俳句歳時記

冬

第五版
【大活字版】

角川書店編

角川書店

俳句歳時記　第五版　冬　【大活字版】

序

季語には、日本文化のエッセンスが詰まっている。俳句がたった十七音で大きな世界を詠むことができるのは、背後にある日本文化全般が季語という装置によって呼び起こされるからである。

和歌における題詠の題が美意識として洗練され、連句や俳諧の季の詞《ことば》として定着するなかでその数は増え続け、さらに近代以降の生活様式の変化によって季語の数は急増した。なかには生活の変化により実感とは遠いものになっている季語もある。歳時記を編纂《へんさん》する際にはそれらをどう扱うかが大きな問題となる。

角川文庫の一冊として『俳句歳時記』が刊行されたのは一九五五年、巻末の解説には、季節の区分を立春・立夏などで区切ることについての葛藤《かっとう》が見られる。特別な歳時記は別として、この区分が当たり前のようになっている今日、歳時記の先駆者の苦労が偲《しの》ばれる。

この歳時記から半世紀以上が経った今、先人の残した遺産は最大限に活用し、なお現代の我々にとって実践的な意味をもつ歳時記を編纂することの必要を感じずにはいられない。

編纂にあたっては、あまり作例が見られない季語や、傍題が必要以上に増大した季語、また、どの歳時記にも載っていないが季語として認定するに相応《ふさわ》しいもの、あまりに細かな分類を改めたもの等々、季語の見直しを大幅に行った。さらに、季語の本意・本情や、関連季語との違い、作句上の注意を要する点等を解説の末尾に示した。

例句は、「この季語にはこの句」と定評を得ているものはできる限り採用した。しかし、人口に膾炙《かいしや》した句でありながら、文法的誤りと思われる例、季語を分解して使った特殊な例など、止むなく外さざるを得ない句もあった。

本歳時記はあくまでも基本的な参考書として、実作の手本となることを目指した。今後長く使用され、読者諸氏の句作の助けとなるならば、これに勝る喜びはない。

二〇一八年十月

「俳句歳時記　第五版」編集部

凡例

- 今回の改訂にあたり、季語・傍題を見直し、現代の生活実感にできるだけ沿うよう改めた。したがって主季語・傍題が従来の歳時記と異なる場合もある。また、現代俳句においてほとんど用いられず、認知度の低い傍題は省いた。
- 解説は、句を詠むときの着目点となる事柄を中心に、簡潔平明に示した。さらに末尾に、季語の本意・本情や関連季語との違い、作句のポイント等を❖印を付して適宜示した。
- 季語の配列は、時候・天文・地理・生活・行事・動物・植物の順にした。
- 冬の部は、立冬より立春の前日までとし、おおむね旧暦の十月・十一月・十二月、新暦の十一月・十二月・一月に当たる。
- 季語解説の末尾に↓を付した季語は、その項目と関連のある季語、参照を要する季語であることを示す。冬以外となる場合には（　）内にその季節を付記した。
- 例句は、季語の本意を活かしていることを第一条件とした。選択にあたっては俳諧や若い世代の俳句も視野に入れ、広く秀句の収載に努めた。
- 例句の配列は、原則として見出し欄に掲出した主季語・傍題の順とした。
- 索引は季語・傍題の総索引とし、新仮名遣いによった。

目次

序 三
凡例 五

時候

冬 一七
初冬 一八
神無月 一八
十一月 一八
立冬 一九
冬浅し 一九
冬ざれ 一九
小雪 二〇
小春 二〇
冬暖か 二一
冬麗 二一
冬めく 二一
霜月 二二
十二月 二二
大雪 二二
冬至 二二
師走 二二
年の暮 二二
数へ日 二四
年の内 二四
行く年 二四
小晦日 二五
大晦日 二五
年惜しむ 二五
年越 二六
除夜 二六
一月 二六
寒の入 二六
小寒 二七
大寒 二七
寒 二七
冬の日 二八
冬の朝 二八
短日 二八
冬の暮 二九
冬の夜 二九
霜夜 二九
冷たし 三〇
寒し 三〇
凍る 三一
冴ゆ 三一
寒波 三二
三寒四温 三二
厳寒 三二
しばれる 三三
冬深し 三三

生活

ちゃんちゃんこ　七二
背蒲団　七二
ねんねこ　七三
重ね着　七三
着ぶくれ　七三
褞袍　七四
紙子　七四
毛衣　七四
毛皮　七五
毛布　七五
角巻　七五
セーター　七六
ジャンパー　七六
外套　七六
マント　七七
雪合羽　七七
冬帽子　七七
頬被　七八
耳袋　七八
襟巻　七八
ショール　七九
手袋　七九
ブーツ　七九
足袋　八〇
マスク　八〇
毛糸編む　八〇
水餅　八一
寒餅　八一
熱燗　八一
鰭酒　八一
玉子酒　八二
寝酒　八二
葛湯　八二
蕎麦掻　八二
湯豆腐　八三
寒卵　八三
薬喰　八三
雑炊　八四
柚子湯　八四
冬至粥　八四
焼藷　八五
鯛焼　八五
夜鷹蕎麦　八五
鍋焼　八六
河豚汁　八六
狸汁　八六
納豆汁　八六
のっぺい汁　八七
根深汁　八七
蕪汁　八七
干菜汁　八七
粕汁　八八
闇汁　八八
鋤焼　八八

牡丹鍋 八九
桜鍋 八九
鴨鍋 八九
鮟鱇鍋 九〇
牡蠣鍋 九〇
寄鍋 九〇
おでん 九〇
煮凝 九一
焼鳥 九一
風呂吹 九二
茎漬 九二
酢茎 九二
乾鮭 九二
塩鮭 九三
海鼠腸 九三
新海苔 九三
寒造 九三
寒晒 九四
葛晒 九四
凍豆腐 九五
沢庵 九五
切干 九五
冬構 九六
冬籠 九六
冬館 九六
北窓塞ぐ 九七
目貼 九七
霜除 九七
風除 九七
雪囲 九八
雁木 九八
藪巻 九九
雪吊 九九
雪搔 九九
雪下し 一〇〇
冬の灯 一〇〇
冬座敷 一〇一
畳替 一〇一
障子 一〇一
襖 一〇二
屛風 一〇二
絨緞 一〇二
暖房 一〇二
ストーブ 一〇三
炭 一〇四
炭団 一〇四
石炭 一〇五
煉炭 一〇五
炬燵 一〇五
炉 一〇六
榾 一〇七
火鉢 一〇七
行火 一〇七
懐炉 一〇八

湯婆 一〇八
炉開 一〇八
口切 一〇九
敷松葉 一〇九
湯気立て 一〇九
賀状書く 一一〇
日記買ふ 一一〇
古暦 一一〇
焚火 一一一
火の番 一一一
火事 一一二
雪沓 一一二
樏 一一二
橇 一一三
すが漏り 一一三
冬耕 一一三
甘蔗刈 一一四
大根引 一一四
蒟蒻掘る 一一五
蓮根掘る 一一五
麦蒔 一一五
藺植う 一一六
大根洗ふ 一一六
大根干す 一一六
干菜 一一七
寒肥 一一七
温室 一一七
狩 一一八
罠掛く 一一九
鷹狩 一一九
網代 一一九
柴漬 一二〇
竹瓮 一二〇
藁仕事 一二一
捕鯨 一二一
泥鰌掘る 一二一
牡蠣剝く 一二一
炭焼 一二二
池普請 一二二
注連作 一二二
歯朶刈 一二三
味噌搗 一二三
寒天造る 一二三
紙漉 一二四
避寒 一二四
雪見 一二四
探梅 一二五
牡蠣船 一二五
寒釣 一二五
顔見世 一二六
青写真 一二六
竹馬 一二七
縄飛 一二七
雪遊 一二七

雪達磨　一二八
スキー　一二八
スケート　一二九
ラグビー　一二九
風邪　一三〇
湯ざめ　一三〇
咳　一三一
嚔　一三一
水洟　一三一
息白し　一三一
木の葉髪　一三二
胼　一三二
皹　一三三
霜焼　一三三
雪焼　一三三
雪眼　一三四
悴む　一三四
懐手　一三四
日向ぼこ　一三五

行事

勤労感謝の日　一三六
開戦日　一三六
亥の子　一三六
七五三　一三七
牡丹焚火　一三七
針供養　一三八
事始　一三八
羽子板市　一三八
熊祭　一三九
追儺　一三九
柊挿す　一四〇
厄払　一四一
神の旅　一四一
神送　一四二
神の留守　一四二
神在祭　一四三
神等去出の神事　一四三
神迎　一四三
恵比須講　一四四
松明あかし　一四四
御火焚　一四五
鞴祭　一四五
酉の市　一四五
神農祭　一四六
秩父夜祭　一四六
春日若宮御祭　一四七
神楽　一四七
里神楽　一四七
終大師　一四八
終天神　一四八
札納　一四八
年越の祓　一四九
和布刈神事　一四九

年越詣　一四九
年籠　一五〇
春日万灯籠　一五〇
十夜　一五〇
御命講　一五一
鉢叩　一五一
報恩講　一五二
臘八会　一五二
大根焚　一五二
冬安居　一五三
除夜の鐘　一五三
寒参　一五四
寒垢離　一五四
寒念仏　一五四
クリスマス　一五五
達磨忌　一五六
芭蕉忌　一五六
嵐雪忌　一五七
空也忌　一五七
貞徳忌　一五八
一茶忌　一五八
近松忌　一五八
蕪村忌　一五九
亜浪忌　一六〇
波郷忌　一六〇
一葉忌　一六一
漱石忌　一六一
青邨忌　一六二
青畝忌　一六二
一碧楼忌　一六二
寅彦忌　一六三
乙字忌　一六三
久女忌　一六三
草城忌　一六四
碧梧桐忌　一六四

動物

熊　一六六
冬眠　一六六
狐　一六六
狸　一六七
鼬　一六七
鼯鼠　一六八
兎　一六八
竈猫　一六八
鯨　一六九
鷹　一六九
鷲　一七〇
冬の鳥　一七〇
冬の雁　一七〇
冬の鵙　一七一
冬の鶯　一七一
笹鳴　一七一

植物

山茶花　一九五
八手の花　一九五
茶の花　一九六
寒木瓜　一九七
室咲　一九七
ポインセチア　一九七
枯芙蓉　一九八
青木の実　一九八
蜜柑　一九八
朱欒　一九九
冬林檎　一九九
枇杷の花　一九九
冬紅葉　二〇〇
紅葉散る　二〇〇
木の葉　二〇一
枯葉　二〇一
落葉　二〇二
柿落葉　二〇二
朴落葉　二〇三
銀杏落葉　二〇三
冬木　二〇三
寒林　二〇四
名の木枯る　二〇四
枯木　二〇五
枯柳　二〇五
枯蔓　二〇五
宿木　二〇六
冬枯　二〇六
霜枯　二〇七
雪折　二〇七
冬芽　二〇七
冬苺　二〇七
柊の花　二〇八
寒菊　二〇八
水仙　二〇九
葉牡丹　二〇九
千両　二一〇
万両　二一〇
藪柑子　二一一
枯菊　二一一
枯芭蕉　二一一
枯蓮　二一二
冬菜　二一二
白菜　二一三
ブロッコリー　二一三
カリフラワー　二一三
葱　二一三
海老芋　二一四
人参　二一五
大根　二一五
蕪　二一五
蓮根　二一六
麦の芽　二一六
冬草　二一七

名の草枯る　二七
枯葎　二七
枯蘆　二八
枯荻　二八
枯芒　二九
枯草　二九
枯芝　三〇
石蕗の花　三〇
冬菫　三一
冬蒲公英　三一
冬蕨　三一
カトレア　三二
クリスマスローズ　三二
アロエの花　三二
竜の玉　三三
冬萌　三三

冬の行事　三四
冬の忌日　三〇
使ってみたい季語の傍題　三六
読めますか　冬の季語　四一
索　引　四五

時候

【冬《ふゆ》】　三冬《さんとう》　九冬《きうとう》　玄冬　冬帝《とうてい》　冬将軍

立冬（十一月八日ごろ）から、立春（二月四日ごろ）の前日までをいう。新暦ではほぼ十一、十二月と翌年の一月にあたるが、旧暦では十、十一、十二月。三冬は初冬・仲冬・晩冬、九冬は冬九旬（九十日間）のこと。玄冬は陰陽五行説で黒を冬に配するところから来た冬の異称。玄は黒の意。冬帝・冬将軍は寒さの厳しい冬を擬人化していう。

冬といふもの流れつぐ深山川　飯田蛇笏
鳥の名のわが名がわびし冬侘し　三橋鷹女
中年や独語おどろく冬の坂　西東三鬼
冬に負けじ割りてはくらふ獄の飯　秋元不死男
冬すでに路標にまがふ墓一基　中村草田男
山河はや冬かがやきて位に即けり　飯田龍太
冬と云ふ口笛を吹くやうにフユ　川崎展宏
温めるも冷ますも息や日々の冬　岡本眸
白髪は絹の手ざはり母に冬　きちせあや
聖堂の木の香奪はれつつ冬へ　廣瀬直人
病院の廊下つぎつぎ折れて冬　津川絵理子
何といふ淋しきところ宇治の冬　星野立子
天龍も行きとどこほる峡の冬　松本たかし
葡萄棚一望に透け甲斐の冬　秋山花笠
三冬や身に古る衣のひとかさね　西島麦南
玄冬の鷹鉄片のごときかな　斎藤玄
冬帝先づ日をなげかけて駒ヶ嶽　高浜虚子
冬帝を迎へて雲はしろがねに　鍵和田秞子
冬帝の日ざしの中を歩み出す　今橋眞理子
冬将軍竜飛《たっぴ》崎あたりを根城とす　小原啄葉

北壁に迫り来るもの冬将軍　鷹羽狩行

【初冬《はつふゆ》】　初冬《しょとう》　冬初め

冬の初めのころ。立冬を過ぎた新暦の十一月にあたる。まだ晩秋の感じも残るが、寒さに向かう引き締まった気分を感じさせる。

初冬の木をのぼりゆく水のかげ　長谷川双魚
初冬の音ともならず嵯峨の雨　石塚友二
はつ冬の丹波木綿を重く着る　中山純子
惜別や初冬のひかり地に人に　赤城さかえ
水に靄動きはじめて初冬かな　永方裕子
ひと筋の潮目や越の冬はじめ　六本和子
暁紅の海が息づく冬はじめ　佐藤鬼房
粥煮ゆるやさしき音の冬はじめ　和田祥子
フルートの唇たひら冬はじめ　柘植史子
あら汁の骨透き通る冬初め　甲斐由起子

【神無月《かんなづき》】　かみなづき　神去月《かみさりづき》　神在月《かみありづき》　時雨月《しぐれづき》　初霜月

旧暦十月の異称。この月、八百万《やおよろず》の神々が出雲《いずも》大社に集まり出雲以外では神がいなくなることからこの名がある。あるいは雷のない月だからとも。❖神々が集う出雲では神在月と呼び、神迎祭・神在祭、神等去出《からさで》祭などが行われる。↓十月（秋）

神無月旅なつかしき日ざしかな　太祇
捨ぶねに雨たまりけり神無月　梅室
空狭き都に住むや神無月　夏目漱石
桑山を風吹き抜ける神無月　有泉七種
降つてまた空深くなる神無月　廣瀬町子
藻の色の残れる塩や神無月　中山世一
金星の神在月の高さかな　井上弘美
飲食のうとましきまで時雨月　長谷川久々子

【十一月《じふいちぐわつ》】

月の初めに立冬がある。天候が定まり、穏やかな日も多いが、下旬には冬の気配が濃くなる。↓霜月

あたゝかき十一月もすみにけり　中村草田男

峠見ゆ十一月のむなしさに　細見綾子
しくしくと十一月の雨が降る　後藤綾子
桃の木に十一月の日ざしかな　篠崎圭介
灯台に十一月の濤しぶき　伊藤敬子
としよりにひととせ迅し十一月　辻田克巳
波へ翔ぶ十一月の荒鵜かな　宮田正和
雀の斑すこし濃くなり十一月　遠藤由樹子

【立冬《りっとう》】　冬立つ　冬に入る　冬来《ふゆきた》る　冬来《ふゆく》　今朝《けさ》の冬《ふゆ》

二十四節気の一つで、十一月七日ごろにあたる。暦の上ではこの日から冬に入る。❖厳しい冬の季節を迎える緊張感がある。

立冬のことに草木のかがやける　沢木欣一
立冬や青竹割れば中の白　鷹羽狩行
堂塔の影を正して冬に入る　中川宋淵
塩甕に塩ぎつしりと冬に入る　福永耕二
灯を消して匂ふ本棚冬に入る　渋川京子
分校の低き鉄棒冬に入る　田邉富子
投函の封書の白さ冬に入る　片山由美子
回転木馬つぎつぎ高し冬に入る　藺草慶子
突堤のあをぞら冬に入りにけり　中岡毅雄
冬来る稲佐の浜の流砂飛砂　和田順子
跳箱の突き手一瞬冬が来る　友岡子郷

【冬浅し《ふゆあさし》】

冬になったものの、寒さはまだそれほどではない。穏やかに晴れた日も多く、残る紅葉も楽しめるころである。

蛍光灯唄ふごと点《つ》き冬浅し　藤田湘子
冬浅し埴輪の口の蕾ほど　宮坂静生
冬浅し水かげろふの道の神　小林篤子
冬浅き靴の埃を払ひけり　川崎展宏

【冬ざれ《ふゆざれ》】　冬ざるる

見渡す限り冬の景色で、荒れさびた感じをいう。❖古語の「冬されば」から生じた誤用が定着したもの。「さる」はやってくるの意で、「夕さる」「春さる」などと使う。

「冬されば」は本来「冬がやってきたので」の意であるが、「冬されれ」の部分が「冬ざれ」として独立して名詞化し、「曝《さ》る」（日光や風雨にあたって色があせる）と混同されて現在の意味が生じた。動詞化した「冬ざるる」という形も慣用化している。

冬ざれや小鳥のあさる韮畠　蕪　村
冬ざれの廚に赤き蕪かな　正岡子規
冬ざれやつくぐ〳〵松の肌の老　松根東洋城
冬ざれや墓となるまで石削り　山口　速
冬ざれや卵の中の薄あかり　秋山卓三
水底の石しんしんと冬ざるる　山本一歩

【小雪《せうせつ》】
二十四節気の一つで、十一月二十二日ごろにあたる。

小雪といふ野のかげり田のひかり　市村究一郎
小雪や津軽の藍の小巾刺《こぎんざし》　井上弘美

【小春《こはる》】　小春日《こはるび》　小春日和《こはるびより》　小六月《ころくぐわつ》

小春・小六月ともに旧暦十月の異称。小春日・小春日和は、立冬を過ぎてからの春のように暖かい晴れた日のこと。❖「小春」は中国の『荊楚歳時記』の「天気和暖にして、春に似る。故に、小春《しようしゆん》と曰ふ」に由来する語。『徒然草』にも「十月は小春の天気」とある。また、「小春風」「小春凪《こはるなぎ》」「小春空」なども用いられる。

暮れそめて馬いそがする小春かな　几　董
海の音一日遠き小春かな　暁　台
小春とは箕に乾きゆくものの音　吉本伊智朗
飴のごと伸びて猫跳ぶ小春かな　今瀬一博
峡の馬首擦り合へる小春かな　押野　裕
小春日や鳴門の松の深みどり　高浜年尾
小春日やりんりんと鳴る耳環欲し　黒田杏子
小春日や色鉛筆に金と銀　岩田由美
大淀や水の光も小六月　日野草城
白絹で碁石を磨く小六月　浅井陽子

半眼の大鹿坐る小六月　井上康明
小六月呼び込みのこゑ歌となり　檜山哲彦

【冬暖か《ふゆあたたか》】　冬ぬくし

冬のさなかでありながら気温が上昇する日がある。寒さを忘れるような日の暖かさが嬉しい。

校庭の柵にぬけみち冬あたたか　上田五千石
冬あたたか掃溜菊が花のこす　島谷征良
弓形に海受けて土佐冬ぬくし　右城暮石
茶畑の丘まろやかに冬ぬくし　道山昭爾
樽で樽押してころがし冬ぬくし　神蔵　器
山々に坂が寝そべり冬ぬくし　佐藤和枝
牛小屋の奥まで夕日冬ぬくし　大串　章

【冬麗《とうれい》】　冬うらら

おだやかに晴れ渡り、春の「麗か《うらら》」を思わせるようなさまである。寒さが続く中にこのような日が訪れると、冬の日差しのまばゆさが恵みのように感じられる。↓麗か（春）

冬麗の不思議をにぎる赤ン坊　野澤節子
冬麗のたれにも逢はぬところまで　黒田杏子
冬麗富士の頂むらさきに　安食彰彦
京よりの湯葉のかるさや冬麗　石嶌　岳
身ふたつのなんの淋しさ冬麗　辻　美奈子
冬うらら鶏のまなぶたくしやと閉ぢ　津川絵理子

【冬めく《ふゆめく》】

万象が冬らしくなってくること。気温が下がり、草木も枯れはじめる。

冬めくや透きて遠のく峠の木　鷹羽狩行
口に袖あてゝゆく人冬めける　高浜虚子
枝葉鳴るあした夕べに冬めきぬ　室積徂春
石鹼のネットに砂や冬めきぬ　小野あらた

【霜月《しもつき》】

旧暦十一月の異称。霜降月《しもふりづき》の略という。↓十一月

霜月や雲もかゝらぬ昼の富士　正岡子規

霜月の川口船を見ぬ日かな　藤野古白
霜月の口ひらきゐる串の鮒　中島梟火
霜月や朱の紐むすぶ壺の口　神尾久美子
霜月のはじめを雨の伊豆にをり　鈴木鷹夫
霜月の奥処《おくが》や藍の深ねむり　斎藤梅子

【十二月《じふにぐわつ》】

一年の最後の月。日ごとに寒さが加わり、草木は枯れ、蕭条《しょうじょう》とした景色が広がるが、街はクリスマスや歳末を迎える人出で賑わいを見せる。↓師走

亡き母を知る人来たり十二月　長谷川かな女
浚渫船杭つかみ出す十二月　秋元不死男
武蔵野は青空がよし十二月　細見綾子
棚吊ればすぐ物が載り十二月　岡本差知子
削るほど紅さす板や十二月　能村登四郎
とかくして風に聴き入る十二月　堀　葦男
風の日の雲美しや十二月　有働　亨
青空を海に拡げて十二月　伊藤通明
立てて売る鮪のあたま十二月　奥名春江
白髪を華髪と讃へ十二月　鈴木太郎

【大雪《たいせつ》】

二十四節気の一つで、十二月七日ごろにあたる。小雪に対して、雪が多い意。

大雪や暦に記す覚え書き　椎橋清翠

【冬至《とうじ》】　一陽来復

二十四節気の一つで、太陽の黄経が二七〇度に達したとき。十二月二十二日ごろにあたり、北半球では一年中で昼が最も短い。

❖この日に粥や南瓜を食べたり、柚子湯に入ったりする習慣がある。古代中国では、陰が極まり陽が復するとして、「一陽来復」と呼んだ。

行く水のゆくにまかせて冬至かな　鳳　朗
山国の虚空日わたる冬至かな　飯田蛇笏
酒になる水やはらかき冬至かな　大屋達治
玲瓏とわが町わたる冬至の日　深見けん二

寮生の長湯は誰ぞ冬至の夜　野中亮介
一陽来復雑木林に射す薄日　棚山波朗

【師走《しはす》】　極月《ごくげつ》　臘月《らふげつ》

旧暦十二月の異称。僧（師）が忙しく走る月だからなど、語源には諸説がある。極月は一年が極まる月の意から。臘月の「臘」は年の暮、年末、また十二月そのものも指す。十二月八日に主に禅寺で行われる法会を「臘八会」と呼ぶのもそのためである。「臘月」はその「臘」に月を添えたもの。
❖一年の終わりの月であるため、新暦十二月の名称としても通用している。↓十二月

なかなかに心をかしき臘月《しはす》かな　芭蕉
大黒の小槌の塵も師走かな　加藤耕子
一食を車中に済ます師走かな　いのうえかつこ
十字路の十字の往き来街師走　粟津松彩子
うすうすと紺のぼりたる師走空　飯田龍太
極月やかたむけすつる枡のちり　飯田蛇笏
極月の水もらひけり鋏研　安東次男
極月の山彦とゐる子供かな　細川加賀
極月の水を讃へて山にをり　茨木和生

【年の暮《としのくれ》】　年末　年の瀬　歳暮《さいぼ》　歳暮《せいぼ》　歳晩《さいばん》　歳末《さいまつ》　年《とし》の果《はて》　年暮《としく》る　年詰まる

一年の終わり。街は歳末売出しで賑わい、家庭では新年を迎える用意に忙しい。すべてが慌ただしく、活気を帯びてくる。

年暮ぬ笠きて草鞋《わらぢ》はきながら　芭蕉
旧里《ふるさと》や臍《へそ》の緒に泣く年の暮　芭蕉
去ね去ねと人にいはれつ年の暮　路通
ともかくもあなた任せのとしの暮　一茶
藁苞を出て鯉およぐ年の暮　宇佐美魚目
松原はつねの波音年の暮　日美清史
捨てられぬ本動かして年の暮　小島健
山が山押して夜の来る年の暮　和田耕三郎
思はざる道に出でけり年の暮　田中裕明
歳晩やひしめく星を街の上　福永耕二

歳晩の水を見てゐる橋の上　加藤耕子
歳晩のよけつつ人にあたりつつ　檜山哲彦
年の瀬や浮いて重たき亀の顔　秋元不死男
山の背に雲みな白し年の果　原　裕
町工場かたことと年暮るるかな　星野石雀
喪の花輪すぐにたたまれ年つまる　菖蒲あや
次の間に紙を切る音年詰まる　津久井紀代

【数へ日《かぞへび》】

年内の日数が指折り数えるほどになったことをいう。新年を迎える年用意の慌ただしさが背後にある。

数へ日や昼の木立に子の遊び　岡本　眸
数へ日の数へるほどもなくなりぬ　鷹羽狩行
数へ日と言へる瑞々しき日かな　後藤立夫
数へ日や一人で帰る人の群　加藤かな文
数へ日といふいちにちの暮れにけり　齋藤朝比古

【年の内《としのうち》】　年内《ねんない》　年内立春

一年の終わり。年内立春は旧暦一月一日より前に立春を迎えること。『古今集』の〈年のうちに春は来にけり一とせを去年とやいはむ今年とやいはむ　在原元方〉は有名。❖年の暮と同じころだが、年の内はまだ日数が残っていることを意識させるため、年の暮ほどの切迫感はない。

としのうちに春は来にけり茎の味　大　魯
母子にて出る事多し年の内　岩木躑躅
竹藪のなかの起伏も年の内　飯島晴子
年の内無用の用のなくなりぬ　星野麥丘人
海苔買ふや年内二十日あますのみ　田中午次郎

【行く年《ゆくとし》】　年逝《としゆ》く　年歩む　年流る　年送る

暮れてゆく年、また、年末をいう。❖「年の暮」が静的な捉え方であるのに対し、「行く年」には去り行く年を見送る思いがより強くこもる。

行く年やわれにもひとり女弟子　富田木歩

行年の浅草にあり川を見て　田川飛旅子
行く年の水に動かぬ塔の影　ながさく清江
行く年や草の中より水の音　小島　健
船のやうに年逝く人をこぼしつつ　矢島渚男
お隣の窓も灯ともり年歩む　深見けん二
年を以て巨人としたり歩み去る　高浜虚子
文机のほかは灯を消し年送る　上野一孝

【小晦日《こつごもり》】

一年の最後の日にあたる大晦日《おおみそか》（大つごもり）に対して、その前日を小晦日という。

翌ありとたのむもはかな小晦日　蝶　夢
妻すこし昼を睡りぬ小晦日　星野麥丘人
小包の紐とく膝やこつごもり　蓬田紀枝子
さし来る日かくも斜めや小晦日　岩田由美

【大晦日《おほみそか》】　大三十日《おほみそか》　大年《おほとし》　大年《おほどし》　大つごもり　除日《ぢよじつ》

十二月の末日。旧暦・新暦いずれにも用いられる。❖晦日も、つごもり（月隠《つきごもり》の変化したもの）も、月の末日の意で、一年の終わりであるため、大の字を付けて大晦日・大つごもりという。

大晦日定なき世の定かな　西　鶴
父祖の地に闇のしづまる大晦日　飯田蛇笏
林中を陽は駆け廻り大晦日　和田耕三郎
漱石が来て虚子が来て大三十日　正岡子規
大年の夕陽当れる東山　五十嵐播水
大歳の暮れてゆく山仰ぎけり　茨木和生
大年の夢殿に火のにほひかな　井上弘美
またきておほつごもりの燈なりけり　七田谷まりうす
闇を来て闇へ除日の大河かな　櫨木優子

【年惜しむ《としをしむ》】

過ぎゆく年を惜しむこと。一年を振り返るしみじみとした感慨が強く表れている。❖かつては正月と共に年を取る数え年の習慣があったので、加齢への思いもこもっていたのだろう。

大海の端踏んで年惜しみけり　石田勝彦
年惜しむ大きな山に真向ひて　藤本安騎生
年惜しむ眼鏡のうちに目をつぶり　鷹羽狩行

【年越《としこし》】　年越す

大晦日から元旦へ年が移り行くこと。また、その間の行事や風習をもいう。

年越や使はず捨てず火消壺　草間時彦
あをあをと年越す北のうしほかな　飯田龍太
しばらくは藻のごときとき年を越す　森　澄雄
がつたんと年越す寝台車の中で　依田明倫

【除夜《ぢょや》】　年《とし》の夜《よ》

大晦日の夜。夜半十二時を期して、人の百八の煩悩を去る百八つの鐘が、各地の寺院で撞《つ》かれる。古い年は去り、新しい年がやって来る。↓年守る・年籠

京泊り除夜の火桶をうちかこみ　大橋越央子
澎湃《はうはい》と除夜の枕にひびくもの　京極杜藻
みほとけに一盞献ず除夜の燭　木村蕪城
除夜の妻白鳥のごと湯浴みをり　森　澄雄
立てかけてある年の夜の箒かな　岸田稚魚
年の夜の咳もて何を責めらるる　野澤節子
年の夜のしづかなる尾にしたがへり　落合水尾
年の夜の灯をふんだんに使ひをり　山本一歩

【一月《いちぐわつ》】

一年の最初の月。寒に入るのはこの月の初旬で、冬の一番寒いころ。さまざまな新年の行事が行われる。↓睦月（春）

一月や日のよくあたる家ばかり　久保田万太郎
一月の川一月の谷の中　飯田龍太
一月や錐もみとなる鳥の空　八田木枯
しろじろと一月をはる風の畦　綾部仁喜
一月の空に静止の観覧車　本宮哲郎
一月の雲の自浄の白さかな　友岡子郷
一月や山の樒《しきみ》のこんもりと　高畑浩平

【寒の入《かんのいり》】　寒に入る

寒に入ること、またその日のことをいう。

小寒の日（一月五日ごろ）と同じ。この日から節分までの約三十日間が寒の内で、寒さも本格的になる。↓寒・寒明（春）

よく光る高嶺の星や寒の入り　村上鬼城
わが十指われにかしづく寒の入　岡本眸
水光に順ふ水や寒の入　綾部仁喜
秩父嶺の吹き晴れ寒に入りにけり　水田清子
寒に入る親しきものに会ふごとく　石田勝彦
合掌のゆびやわらかく寒に入る　瀬間陽子

【小寒《せうかん》】

二十四節気の一つで、一月五日ごろにあたる。寒の入の日。いよいよ厳しい寒さに向かう。↓寒

小寒や枯草に舞ふうすほこり　長谷川春草
小寒のさゞなみ立てて木場の川　山田土偶

【大寒《だいかん》】

二十四節気の一つで、一月二十日ごろにあたる。一年で最も気温が低い時期である。↓寒

大寒の埃の如く人死ぬる　高浜虚子
大寒の一戸もかくれなき故郷　飯田龍太
大寒の竹のこゑきくゆふべなり　古賀まり子
大寒の紅き肉吊り中華街　池田秀水
大寒や日のいろ透けて鉋屑　木内彰志
大寒の畳刺しぬく針の照り　鈴木貞雄
大寒や柱のひびに綿埃　山田真砂年
大寒や星のなまへの店を出て　小林すみれ

【寒《かん》】　**寒中　寒の内　寒四郎　寒九《かんく》　寒土用**

寒の入から立春（二月四日ごろ）の前日までの、およそ三十日間をいう。寒に入って四日目を寒四郎、九日目を寒九といい、寒九の雨は豊年の前兆といわれる。寒土用は冬の最後の十八日間のこと。

から鮭も空也の痩も寒の内　芭蕉
約束の寒の土筆を煮て下さい　川端茅舎

原爆図中口あくわれも口あく寒　加藤楸邨
寒といふ弩《いしゆみ》をひきしぼりたる　友岡子郷
寒四郎目玉の動く木偶吊られ　後藤綾子
老の眼のものよく見えて寒四郎　小松崎爽青
ちいちいと山を鶸とぶ寒九かな　岡井省二
水舐めるやうに舟ゆく寒九かな　奥名春江
竹が竹打つ音を聴く寒九かな　鈴木太郎
寒土用墨の香顕《た》ってきたりけり　星野麥丘人

【冬の日《ふゆのひ》】

冬の一日をいう。冬は日の暮れが早く、そこはかとない心細さを覚える。↓冬の日（天文）

冬の日の言葉は水のわくように　鈴木六林男
冬の日や臥して見あぐる琴の丈　野澤節子
冬の日や繭ごもるごと母睡り　鍵和田秞子
冬の日や風を囃して雑木山　西田孝

【冬の朝《ふゆのあさ》】　冬暁《ふゆあかつき》　寒暁《かんげう》　冬曙《ふゆあけぼの》

冬の朝の寒さはひとしおであり、身が引き締まる思いがする。❖清少納言の『枕草子』には、「冬は、つとめて。雪の降りたるはいふべきにもあらず。霜のいと白きも、またさらでも、いと寒きに火など急ぎおこして炭もてわたるも、いとつきづきし」とある。

線香の函美しき冬の朝　宇佐美魚目
散る濤に冬暁のきざしけり　米澤吾亦紅
寒暁を起きて一家の火をつくる　阿部完市
寒暁のみな独りなる始発かな　兼城雄

【短日《たんじつ》】　日短《ひみじか》　暮早し

冬の日の暮れが早いこと。秋分を過ぎると、すこしずつ昼の時間が短くなり、冬至のころには極限に達する。一日がたちまち過ぎてしまう気ぜわしさがある。❖秋の季語「夜長」と意味の上では同じだが、秋は趣き深く夜なべも捗《はかど》る夜を喜んで「夜長」、冬は暖かい日中の短さを嘆いて「短日」と

いう。→日脚伸ぶ

短日の梢微塵にくれにけり　原　石鼎
短日の水のひかりや浮御堂　久保田万太郎
短日や仏の母に留守たのみ　古賀まり子
短日や長靴逆さまに干され　山本一歩
少しづゝ用事が残り日短　下田実花
為すことの多ししみ〴〵日短　星野　椿
絵を運ぶ大勢の肩日短か　白石喜久子
湯気の出るものを売り買ひ日短　金原知典
自転車にちりんと抜かれ日短　齋藤朝比古
厨の灯おのづから点き暮早し　富安風生
古町の小さき銀行暮早し　轡田　進

【冬の暮《ふゆのくれ》】　冬《ふゆ》の夕《ゆふ》　冬《ふゆ》の夕《ゆふ》べ　冬夕べ
寒暮《かんぼ》

冬の日の夕方。日が短いので早くから灯りがともり、空には寒々とした星が輝き出す。

あだし野や顧みすれば冬の暮　松根東洋城
冬の暮われを呼びとめゐる道も　河原枇杷男
機関車の寒暮炎えつつ湖《うみ》わたる　山口誓子
寒暮の灯点けて雨音身を離る　鷲谷七菜子
斧一丁寒暮のひかりあてて買ふ　福田甲子雄
杉谷に檜山かぶさる寒暮かな　宮坂静生
白き蝶寒暮の松を越えにけり　山西雅子

【冬の夜《ふゆのよ》】　夜半《よは》の冬《ふゆ》　寒夜《かんや》

冬の夜は寒気が厳しく物寂しいだけに、外から帰って灯火を囲む団欒のひと時などには、心身が温まる思いがする。

ふゆの夜や針うしなうておそろしき　梅　室
冬の夜や小鍋立して湖《うみ》の魚　草間時彦
冬の夜や玩具に残る子の匂ひ　田中春生
わが生きる心音トトと夜半の冬　富安風生
繰り難き古書の頁や夜半の冬　吉岡桂六
寒夜覚め何を待つとて灯したる　野澤節子
燈に遇ふは瀆るるごとし寒夜ゆく　津田清子

【霜夜《しもよ》】

霜の降りる寒い夜。気温が低くてよく晴れ

た風のない夜は、霜が降りやすい。しんしんと冷え、あたりは静まりかえる。

独り寝のさめて霜夜をさとりけり　千代女
我骨のふとんにさはる霜夜かな　蕪村
霜夜子は泣く父母よりはるかなものを呼び　加藤楸邨
ひとつづつ霜夜の星のみがかれて　相馬遷子
霜夜読む洋書大きな花文字より　田川飛旅子
手さぐりに水甕さがす霜夜かな　福田甲子雄
子等がねて妻ねて霜夜更けにけり　鈴木貞雄
父と子の会話濃くなる霜夜かな　小島健
吸呑に手の届かざる霜夜かな　中岡毅雄

【冷たし《つめたし》】　底冷《そこびえ》

皮膚に直接感じる寒さ。「底冷」は身体の真底まで冷える寒さをいう。盆地の底冷はひとしおである。❖秋の季語「冷やか」とは異なり、本格的な冷気である。↓冷やか（秋）

日のあたる石にさはればつめたさよ　正岡子規
手で顔を撫づれば鼻の冷たさよ　高浜虚子
生前も死後もつめたき箒の柄　飯田龍太
手が冷た頬に当てれば頬冷た　波多野爽波
鯖の道冷たき手足もていそぐ　柿本多映
働いて耳を冷たく戻りけり　西嶋あさ子
冷たしよ草の青さもその丈も　ふけとしこ
畳の目粗し仏間の底冷に　岡本差知子
底冷の底といふ日の京にあり　粟津松彩子
底冷えの仏の花をあたらしく　きちせあや
底冷や叡山の灯の突き刺さり　西村和子
狩野派の松しんしんと底冷す　佐藤郁良

【寒し《さむし》】　寒さ　寒気　寒冷

皮膚感覚、あるいは目に見えるもの、耳に聞こえるものなどを通して、さまざまに感じる寒さをいう。❖秋の季語「肌寒」「朝寒」「夜寒」などとは異なる本格的な寒さである。↓肌寒（秋）・朝寒（秋）・夜寒（秋）

塩鯛の歯ぐきも寒し魚の店《たな》　芭蕉
葱《ねぶか》白く洗ひたてたる寒さかな　芭蕉
藍壺にきれを失ふ寒さかな　丈草
易水にねぶか流るる寒さかな　蕪村
次の間の灯で膳につく寒さかな　一茶
面影の囚《とら》はれ人に似て寒し　富田木歩
水枕ガバリと寒い海がある　西東三鬼
齢来て娶るや寒き夜の崖　佐藤鬼房
日をのせて川波寒く流れをり　清崎敏郎
日の差せる小径が見えてゐて寒し　石田郷子
みとりする人は皆寝て寒さかな　正岡子規
しん〳〵と寒さがたのし歩みゆく　星野立子
鯛は美のおこぜは醜の寒さかな　鈴木真砂女
くれなゐの色を見てゐる寒さかな　細見綾子
街の灯のかたまり動く寒さかな　岸田稚魚
水のんで湖国の寒さひろがりぬ　森　澄雄
父死して厠の寒さ残しけり　有働　亨
直火欲し山の寒さを戻り来て　茨木和生

新しき墓にもの言ふ寒さかな　橋本榮治
明るくて雀一羽も来ぬ寒さ　小林千史

【凍る《こほる》】　氷《こほ》る　凍《い》つ　冱《い》つ　凍《し》む

寒気のため物が凍ること、また、凍るように感じること。

氷る夜や諸手かけたる戸のはしり　白　雄
流れたき形に水の凍りけり　髙田正子
揺れながら照りながら池凍りけり　藺草慶子
谷氷り日輪空の青とありぬ　石橋辰之助
すぐ氷る木賊の前のうすき水　宇佐美魚目
サーカスの去りたる轍氷りけり　日原　傳
駒ヶ岳凍てて巖を落しけり　前田普羅
獄凍てぬ妻きてわれに礼《いや》をなす　秋元不死男
この世よりこぼるるものの凍てにけり　石嶌　岳
夕凍みの京より戻る宮大工　清水青風

【冴ゆ《ゆさ》】　鐘冴ゆ

冷え切った空気のなかで感じる透徹した寒さ。❖「月冴ゆ」「星冴ゆ」「鐘冴ゆ」のよ

うに光や音がくっきりと寒々しく感じられることにもいう。↓冴返る（春）

山辺より灯《ひとも》しそめて冴ゆるかな　前田普羅
冴ゆる夜のレモンをひとつふところに　木下夕爾
冴ゆる夜の抽斗に鳴る銀の鈴　小松崎爽青
冴ゆる夜の噴煙月に追ひすがる　米谷静二
冴ゆる夜の涙壺とはぬくきもの　田部谷紫

【寒波《かんぱ》】　寒波来《く》

日本付近を西から東へ低気圧が通り抜けたあと、大陸からの寒気団が南下してもたらす厳しい寒さ。波のように次々に押し寄せて来るので寒波という。日本海側は雪、太平洋側は晴れになることが多い。

寒波きぬ信濃へつゞく山河澄み　飯田蛇笏
寒波来るや山脈玻璃の如く澄む　内藤吐天
寒波来ぬ職員室の鍵の束　辻内京子

【三寒四温《さんかんしをん》】　三寒　四温　四温日和《しをんびより》

厳寒のころの冬の大陸性気候の特徴。三日間厳しい寒さが続いたあとに、四日間やや寒さがゆるむという現象が繰り返される。❖春に向けて季節が一進一退するという意味ではないので注意が必要。

三寒四温赤ん坊泣いて肥るのみ　岡部六弥太
土笛の穴も三寒四温かな　野中亮介
三寒の四温を待てる机かな　石川桂郎
三寒と四温の間に雨一日　林十九楼
三寒を安房に四温を下総に　大屋達治
三寒の鯉が身じろぐ泥けむり　能村登四郎
黒板に三寒の日の及びけり　島谷征良
青鳩は木のふところに四温かな　邊見京子
日本海けふ力抜く四温かな　辻桃子

【厳寒《げんかん》】　極寒《ごくかん》　酷寒《こくかん》　厳冬《げんとう》

骨を刺すような厳しい寒さ。水道が凍って水が出なくなったり、氷柱《つらら》が垂れたりする。北国では、人と自然との酷烈な戦いが繰り広げられる。↓大寒

厳寒の駅かんたんな時刻表　仲　寒蟬
極寒のちりもとどめず厳ふすま　飯田蛇笏
身を捨てて立つ極寒の駒ヶ岳　福田甲子雄
極寒のをさなき寝息ふけてゆく　保坂敏子
極寒の炎の中に立つごとし　松永浮堂
厳冬の一燈洩らす翁堂　近藤一鴻
厳冬を越す物のたね無尽蔵　三橋敏雄

【しばれる】
北海道・東北地方において、特に厳しく冷え込む時や、ものみな凍るように感じられるほど寒い時にいう。❖北国の方言が季語になったものである。

しばれるとぼつそりニッカウヰスキー　依田明倫
しばれるといふにはほどの過ぎにけり　笹原和子
しばれると皆言ひ交はす夜空かな　櫂　未知子

【冬深し《ふゆふかし》】真冬
冬もいよいよ深まり、寒さが極まる。自然も人の暮らしもすっかり冬一色である。

冬深し海も夜毎のいさり火も　八木絵馬
冬深し手に乗る禽の夢を見て　飯田龍太
冬ふかしどの幹となく日当りて　綾部仁喜
冬深し地を蹴つて啼く鳥のこゑ　井上康明
冬深し柱の中の濤の音　長谷川　櫂
銀山や真冬の清水たばしりぬ　辻　桃子

【日脚伸ぶ《ひあしのぶ》】
冬至を過ぎて昼の時間が少しずつ伸びてゆくこと。それを実感するのは、一月も半ばになってからである。❖春が近づく喜びをともなう。

糸屑のひとすぢも塵日脚のぶ　阿部みどり女
日脚伸ぶ夕空紺をとりもどし　皆吉爽雨
日脚伸ぶ何かせねばと何もせず　亀田虎童子
日脚伸ぶ電車の中を人歩き　神蔵　器
日脚伸ぶ亡夫の椅子に甥が居て　岡本　眸
球蹴る子縄を回す子日脚伸ぶ　朝妻　力
母に杖三本ありて日脚伸ぶ　岩月通子

【春待つ《はるまつ》】　待春《たいしゅん》

近づく春を心待ちにすること。❖暗く鬱陶《うっとう》しい冬を耐えてきた雪国の人々の、春を待つ思いは切実である。

時ものを解決するや春を待つ　高浜虚子
九十の端《はした》を忘れ春を待つ　阿部みどり女
春を待つおなじこころに鳥けもの　桂　信子
春待つや一幹の影紺を引き　井沢正江
春待つは妻の帰宅を待つごとし　鈴木鷹夫
法螺貝の内のくれなゐ春を待つ　岸原清行
少年を枝にとまらせ春待つ木　西東三鬼
待春の水よりも石静かなる　倉田紘文

【春近し《はるちかし》】　春隣《はるどなり》　春遠からじ

春がすぐそこまで来ていること。

玄関に縄跳びの縄春近し　皆川盤水
叱られて目をつぶる猫春隣　久保田万太郎
六甲の端山に遊び春隣　高浜年尾
春隣吾子の微笑の日日あたらし　篠原　梵
地を搏つて雀あらそふ春隣　堀口星眠
釘箱に小部屋いくつも春隣　平井さち子
井戸水に杉の香まじる春隣　福田甲子雄
春隣古地図は川を太く描き　友岡子郷
児に玩具増えことば増え春隣　伊藤トキノ
早鞆の潮目縞なす春隣　坂本宮尾
春隣時を計るに日を仰ぎ　髙田正子
粉ミルク両手に提げて春隣　鎌田　俊
またたきて春遠からじ湖北の灯　遠藤若狭男

【冬終る《ふゆをはる》】　冬尽く　冬去る　冬果つ

冬が終わること。❖北国では長かった冬が去っていくという安堵が感じられる。

ひそかなる亀の死をもち冬終る　有馬朗人
冬尽きて曠野の月はなほ遠き　飯田蛇笏

【節分《せつぶん》】

立春の前日で、二月三日ごろにあたる。もともと四季それぞれの分かれ目をいう語だが、現在は冬と春の境をいう。❖この夜、寺社では邪鬼を追い払い春を迎える意味で追儺《ついな》が行われる。各家でも豆を撒いたり、鰯の頭や柊《ひいらぎ》の枝を戸口に挿したりして、悪鬼を祓《はら》う。→追儺・柊挿す

節分の高張立ちぬ大鳥居　原　石鼎
節分や灰をならしてしづごころ　久保田万太郎
節分の宵の小門をくゞりけり　杉田久女
節分の水ふくるるよ舟溜　村沢夏風
ざわざわとせる節分の夜空かな　今井杏太郎
節分や梢のうるむ檜林　綾部仁喜
節分や海の町には海の鬼　矢島渚男
節分や駅に大きな夕日見て　村上鞆彦

【冬の日《ふゆのひ》】　冬日《ふゆひ》　冬日向《ふゆひなた》　冬日影

寒気の中の輝かしい冬の太陽、あるいはその日差しをいう。→冬の日（時候）❖冬日影の「日影」は陽光のこと。

冬の日のさし入る松の匂ひかな　暁台
冬の日のあたる篁風に割れ　山口青邨
冬の日の海に没る音をきかんとす　森澄雄
旗のごとなびく冬日をふと見たり　高浜虚子
汐木拾へば磯べに冬日したゝれり　原石鼎
母の忌のこの日の冬日なつかしむ　高野素十
山門をつき抜けてゐる冬日かな　高浜年尾
大仏の冬日は山に移りけり　星野立子
手鏡を冬陽の中にさゝへ持つ　柴田白葉女
石に置く本に冬日の届きけり　森賀まり
砂擦つて浅き水ゆく冬日かな　小川軽舟
昼過ぎのやや頼もしき冬日かな　岩田由美
冬日中牛の骨格あふれをり　岡井省二
鋸の刃の音とほる冬日向　牧辰夫

【冬晴《ふゆばれ》】　寒晴　冬日和《ふゆびより》　寒日和

晴れわたった日は、冬でも日差しが眩《まぶ》しい。太平洋側では晴れの続く日が多い。→小春

家一つ畠七枚冬日和　一茶
冬晴に応《こた》ふるはみな白きもの　後藤比奈夫
冬晴のきはみ川底まで透かす　市場基巳
冬晴やできばえのよき雲ひとつ　岡田史乃
冬晴やきしりきしりと空へ鳶　山西雅子
寒晴やあはれ舞妓の背の高き　飯島晴子
寒晴やわれも一樹となりて立つ　西嶋あさ子
寒晴や高さ貪るビルの群　奥坂まや
人よりも人影しるく冬日和　星野恒彦

死は狎れを許さぬものぞ寒日和　飯田龍太

【冬旱《ふゆひでり》】　寒旱

冬季は太平洋側では降雨量が少なく、空気が乾燥し、川などの水が涸れることもある。

葬列の前向いてゆく冬旱　長谷川双魚
星うるむ一夜もあらず冬旱　馬場移公子
電柱の影が田に伸び冬旱　廣瀬直人
山深き瀬に沿ふ道の寒旱　飯田蛇笏

【冬の空《ふゆのそら》】　冬空　冬青空　冬天《とうてん》　寒天　寒空《さむぞら》　凍空《いてぞら》

曇りや雪の日の暗鬱で寒々とした空。逆に、晴れわたった日の透徹した青空も冬ならではのものである。

寒空やただ暁の峰の松　暁台
夕方がいちばんきれい冬の空　上野章子
冬空や猫塀づたひどこへもゆける　波多野爽波
冬空に摑《つか》まれて富士立ち上る　伊藤通明
雲詰めて冬空といふ隙間あり　山西雅子
懸垂にたましひ鍛へ冬青空　大石悦子
本ひらくやうに冬青空仰ぐ　奥坂まや
倒立の足を揃へぬ冬青空　井上弘美
巨石文明滅びてのこる冬青空　仲寒蟬

【冬の雲《ふゆのくも》】　冬雲　凍雲《いてぐも》　寒雲《かんうん》

冬空を一面に覆う雲、固まって凍りついたように動かない雲、入日に照らされた雲など、いずれも寒々しい。

冬の雲なほ捨てきれぬこころざし　鷲谷七菜子
冬雲は薄くもならず濃くもならず　高浜虚子
冬雲の迅き流れへ足場組む　神原栄二
凍雲を夕日貫き沈みけり　福田蓼汀
寒雲の燃え尽しては峡を出づ　馬場移公子
寒雲の影をちぢめてうごきけり　石原八束
寒雲の充ち来る宇陀の日暮かな　茨木和生

【冬の月《ふゆのつき》】　寒月《かんげつ》　冬満月　冬三日月　月冴《つきさ》ゆ

冴えわたった大気の中で冬の月は磨ぎ澄ま

されたように輝く。

此木戸や鎖のさゝれて冬の月　其角
寒月の門へ火の飛ぶ鍛冶屋かな　太祇
寒月や僧に行き合ふ橋の上　蕪村
あかるさや風さへ吹かず寒の月　樗良
我影の崖に落ちけり冬の月　柳原極堂
冬の月あまり高きをかなしめり　山本洋子
戸口まで道が来ており冬の月　鳴戸奈菜
寒月やひとり渡れば長き橋　高柳重信
寒月の山を離れてすぐ高し　永方裕子
寒月や猫の夜会の港町　大屋達治
寒月下あにいもうとのやうに寝て　大木あまり
霊寄せの冬満月の上り来ぬ　井上弘美
これやこの冬三日月の鋭きひかり　久保田万太郎
冬三日月高野の杉に見失ふ　桑島啓司

【冬の星《ふゆのほし》】　寒星《かんせい》　凍星《いてぼし》　寒昴《すばる》　寒オリオン　寒北斗　冬北斗　冬銀河　星冴《ほしさ》ゆ

冬は大気が澄み、凍空の星の光は鋭い。❖

昴やオリオン座はすぐに見つけることができる。銀河は秋の季語だが、寒天に冴え冴えとかかる冬銀河も趣が深い。

浅草に売る舞踏靴冬の星　日原傳
ことごとく未踏なりけり冬の星　高柳克弘
立ち止まるとき寒星の無尽蔵　木村敏男
鳴り出づるごとく出揃ひ寒の星　鷹羽狩行
凍星を組みたる神の遊びかな　須佐薫子
寒昴天のいちばん上の座に　山口誓子
寒昴幼き星を従へて　角川照子
粒選りの星を揃へて寒北斗　佐藤和枝
生きてあれ冬の北斗の柄の下に　加藤楸邨
再びは生れ来ぬ世か冬銀河　細見綾子
聖堂はまだ灯を消さず冬銀河　岬雪夫
冬銀河砂曼荼羅を地に描く　山崎祐子
冬銀河かくもしづかに子の宿る　仙田洋子

【冬凪《ふゆなぎ》】　寒凪《かんなぎ》

冬は風が強く海が荒れることが多いが、太

平洋側や内海などは波も立たず穏やかな好天の日もある。

冬凪や鳶一つ舞ふ浜の空　寒川鼠骨
冬凪やひたと延べあふ岬二つ　井沢正江
冬凪や置きたるごとく桜島　轡田　進
冬凪や鉄の匂ひの坐礁船　柏原眠雨
寒凪や積木のごとき山の墓　岡本高明
寒凪や樟に日の裏日の表　長田群青

【御講凪《おかうなぎ》】
浄土真宗の開祖親鸞上人の忌日である旧暦十一月二十八日ごろの、風のない穏やかな日和。御講凪の名は、その忌日の大法要を御講ということから。↓報恩講

東西の両本願寺御講凪　高浜虚子
北嶺の近々とある御講凪　井上弘美

【凩《こがらし》】　木枯《こがらし》
初冬に吹く北西寄りの強い風。木々を枯らすほど吹きすさぶことからこう呼ばれる。烈しく吹いて冬の到来を告げる。❖初冬に限定して使う季語。また、「凩」は日本で作られた国字。↓北風

凩の果はありけり海の音　言　水
狂句木枯の身は竹斎《ちくさい》に似たるかな　芭　蕉
木がらしに二日の月の吹きちるか　荷　兮
木枯や更け行く夜半の猫の耳　北　枝
凩の夜の鏡中に沈みゆく　柴田白葉女
凩を来てしばらくはもの言はず　青柳志解樹
ふたりして岬の凩きくことも　大木あまり
木がらしや目刺にのこる海の色　芥川龍之介
一番と言はず一号木枯吹く　右城暮石
海に出て木枯帰るところなし　山口誓子
木の家のさて木枯らしを聞きませう　高屋窓秋
木枯や耳張りづめに馬眠り　六本和子
木枯や星より先に家灯る　井桁衣子
妻へ帰るまで木枯の四面楚歌　鷹羽狩行
木枯や星置といふ駅に降り　片山由美子

星空を吹く木枯しの匂ひかな　村上鞆彦

【寒風《かんぷう》】

身に刺さるような寒い風。冬は風が吹く日が多く、北風にかぎらず、寒さがひとしおである。

寒風の砂丘今日見る今日のかたち　山口誓子
寒風に吹きしぼらるる思ひかな　星野立子
寒風や砂を流るる砂の粒　石田勝彦

【北風《きたかぜ》】　北風《きた》　北吹く

北または北西から吹く、冷たい冬の季節風。大陸の冷たい高気圧から、日本の東海上の低気圧に向けて吹いてくる。

北風にあらがふことを敢てせじ　富安風生
北風の身を切るといふ言葉かな　中村苑子
北風にたちむかふ身をほそめけり　木下夕爾
北風やイエスの言葉つきまとふ　野見山朱鳥
北風に吹かれて星の散らばりぬ　今井杏太郎
北風吹くや鳴子こけしの首が鳴る　菖蒲あや
北吹くと種になりたるもの光る　山西雅子

【空風《からかぜ》】　空つ風

冬に北または北西から吹く、乾燥した強い季節風。❖太平洋側、なかでも関東地方に多く、上州名物とされる。

から風の吹きからしたる水田かな　桃隣
信濃より音曳いてくる空つ風　廣瀬直人
目に入れて太陽痛し空つ風　桑原三郎
釜の湯のうまくなる夜ぞ空つ風　落合水尾

【北颪《きたおろし》】　北下《きたおろ》し

山から吹き下ろしてくる空風。❖山の名を冠して、浅間颪・赤城颪・筑波颪・男体颪・伊吹颪・比叡颪・六甲颪などともいう。

寝られずやかたへ冷えゆく北下し　去来
一族の滅びの墓群北下し　柴田白葉女
北おろし一夜吹きても吹きたらず　福田甲子雄
息荒く浅間颪にまむかへる　相馬遷子
辻神の供米へ比叡颪かな　鈴木鷹夫

【神渡《かみわたし》】

旧暦十月（神無月）に吹く風で、出雲大社に参集する諸国の神々を送る風とされる。

↓神の旅

きらきらとうごける星や神渡し　室積波那女
雲ひとつなき葛城の神渡し　朝妻　力

【ならひ】北風《ならひ》
東日本の海沿いで主に北から吹く寒冷な風。「ならひ」は「並ぶ」「倣う」が語源かといわれるように、山並に沿って吹く。したがって地域により、風の向きは異なる。❖山や地方の名を冠して「筑波ならひ」「下総ならひ」などともいう。

ならひ吹く葬儀社の花しろたへに　飯田蛇笏
白波や筑波北風の帆曳き船　石原八束

【隙間風《すきまかぜ》】

戸障子や壁の隙間から吹き込んでくる風。かつての日本家屋では、それを防ぐために目貼りをした。

寸分の隙間うかがふ隙間風　富安風生
隙間風その数条を熟知せり　相生垣瓜人
隙間風兄妹に母の文異《ちが》ふ　石田波郷
すぐ寝つく母いとほしや隙間風　清崎敏郎
隙間風さまざまのもの経て来たり　波多野爽波
灯を消してより明らかに隙間風　小出秋光
隙間風屏風の山河からも来る　鷹羽狩行

【虎落笛《もがりぶえ》】

柵や竹垣などに吹きつける強い風が発する笛のような音。「もがり」は、枝のついた竹を立て並べた物干しや、竹を斜めに編んだ垣や柵などのこと。それに、中国で虎を防ぐために組む柵をいう「虎落」の字をあてた。

樹には樹の哀しみのありもがり笛　木下夕爾
虎落笛いつの世よりの太き梁　廣瀬町子
琴糸を縒《よ》る灯も消えて虎落笛　細井みち

もがり笛風の又三郎やあーい　上田五千石
ふるさとの闇より来たる虎落笛　柴田佐知子
赤子泣く声に交じりて虎落笛　白濱一羊

【鎌鼬《かまいたち》】

冬季、突然皮膚が裂けて、鋭利な刃物で切られたような傷ができること。信越地方で多く発生した。昔の人は鼬に似た妖獣の仕業と信じたのでこう呼ばれる。原因は不明だが、気象現象のはずみで空気中に真空状態が生じ、その境目に触れると起きるともいう。

三人の一人こけたり鎌鼬　池内たけし
鎌鼬萱負ふ人の倒れけり　水原秋櫻子
かまいたち大国ひとつ忽と消え　三森鉄治

【初時雨《はつしぐれ》】

その冬初めての時雨。❖「初」には賞美の意もこもる。

旅人と我名よばれん初しぐれ　芭蕉
初しぐれ猿も小蓑をほしげなり　芭蕉
鳶の羽も刷《かいつくろ》ひぬはつしぐれ　去来
初時雨これより心定まりぬ　高浜虚子
山中の巌うるほひて初しぐれ　飯田蛇笏
陸橋に遠山を見て初時雨　深見けん二
初時雨家のまはりの藁にほふ　児玉輝代
小包を母につくらむ初しぐれ　黒田杏子
街道は若狭へ下るはつしぐれ　水内慶太
石仏に石の齢や初時雨　野中亮介

【時雨《しぐれ》】　**時《し》雨《ぐ》る　朝時雨　夕時雨　小《さ》夜《よ》時雨《しぐれ》　片時雨　横時雨　村時雨**

冬の初め、晴れていても急に雨雲が生じて、しばらく雨が降ったかと思うとすぐに止み、また降り出すということがある。これを時雨という。「北山時雨」「能登時雨」のように本来は限られた地域で使われていたが、しだいに都会でも冬の通り雨を時雨と呼ぶようになった。村時雨はひとしきり強く降って通りすぎる雨。❖『後撰和歌集』に〈神無月ふりみふらずみ定めなき時雨ぞ冬のはじめなりける　よみ人知らず〉とあるように、時雨はその定めなさ、はかなさが本意とされ、歌語から発したもの。

幾人かしぐれかけぬく勢田の橋　丈草
新しき紙子にかかるしぐれかな　許六
ささ竹にさやさやと降るしぐれかな　士朗
しぐるるや我も古人の夜に似たる　蕪村
天地《あめつち》の間にほろと時雨かな　高浜虚子
翠黛の時雨いよいよはなやかに　高野素十
赤多き加賀友禅にしぐれ来る　細見綾子
道あるがごとくにしぐれ去りにけり　鷹羽狩行
敦賀より北に用ある時雨かな　山本洋子
灯ともせる醤の町の時雨かな　吉田七重
しぐるるや目鼻もわかず火吹竹　川端茅舎
しぐるるや駅に西口東口　安住敦
手から手へあやとりの川しぐれつつ　澁谷道
聞香に一本の松しぐれけり　大石悦子
白味噌の椀の洛中しぐれけり　大屋達治
しぐるるやほのほあげぬは火といはず　片山由美子
しぐるるや松は雀をひそませて　南うみを
生麩買ひひろうすを買ひしぐれけり　西村和子
しぐるるや一山青き竹ばかり　加古宗也
俎板に刻む脂や夕しぐれ　山西雅子
小夜時雨上野を虚子の来つゝあらん　正岡子規
うつくしきあぎとあへり能登時雨　飴山實

【冬の雨《ふゆのあめ》】 寒の雨

冬に降る雨。寒い中、細かに降る雨はうら寂しい。寒の雨は、寒の内に降る雨のこと。

面白し雪にやならん冬の雨　芭蕉
冬の雨柚の木の刺の雫かな　蕪村
人の世の窓打ちにけり冬の雨　西嶋あさ子
葛飾の鯉の黒さや寒の雨　野村喜舟
足もとの草に音して寒の雨　柴崎七重

【霰《あられ》】 玉霰　夕霰　初霰

雪の結晶に水滴が付いて凍り、白い不透明の氷の塊になって地上に降るもの。玉霰は霰の美称。❖『金槐和歌集』の〈もののふの矢なみつくろふ籠手の上に霰たばしる那須の篠原　源実朝〉の「たばしる」に見られるように、霰には勢いの良い動的な印象がある。

いざ子ども走り歩かん玉霰　芭　蕉
城崎に必ず逢ひし霰かな　岡井省二
水の面を打つて消えたる霰かな　綾部仁喜
はらからのみるみる遠し夜の霰　正木浩一
とけるまで霰のかたちしてをりぬ　辻　桃子
満目の霰に旅装解きにけり　田中裕明
旅のわが青き帽子に玉霰　秋元不死男
夕市や蟹の眼を打つ玉あられ　東條素香
神の田の祭のごとし初霰　永方裕子
犬のせて舟下り来る初霰　秋篠光広

【霙《みぞれ》】　霙《みぞ》る

雨混じりの雪で、シャーベット状で降ってくる。冬の初めや終わりに多い。明け方の霙は雪に変わりやすい。❖勢いが良く、時に華やぎも感じさせる霰に対して、霙は陰鬱な印象が強い。

淋しさの底ぬけてふるみぞれかな　丈　草
さらさらと烹《に》よや霙の小豆粥　鳳　朗
てのひらの未来読まるる夜の霙　福永耕二
静かなるもの耳に降り霙降る　本多静江
踏切の開くときしづか霙降る　加藤かな文
棕梠の葉のばさり〳〵とみぞれけり　正岡子規

【霧氷《むひよう》】　霧氷林　樹氷《じゆひよう》　樹氷林

樹木の表面に霧が昇華してつき、木のかたちのまま真っ白になったもの。多くは高原や山地、寒い地方では平地でも見られる。樹氷は、樹木・樹枝に霧氷とさらに雪などが貼りつき、もとの樹木のかたちがわからなくなるほどさまざまなかたちに育ったもの。❖蔵王の樹氷は有名である。

霧氷咲き日は銀環をなしにけり　岡田貞峰
落葉松の霧氷にひびき鳥の声　青柳志解樹
あをあをと日輪座る霧氷かな　櫛部天思
吹きとべる霧の音して霧氷林　下村非文
樹氷凝る汝は何の木と知れず　山口誓子
こまやかに咲きことごとく樹氷林　大橋敦子
樹氷林はぐれ鴉が来て漂ふ　岡田日郎
少年は小鳥の動き樹氷林　茨木和生

【初霜《はつしも》】

その冬初めて降りた霜のこと。

初霜や小笹が下のえびかづら　惟然
初霜や物干竿の節の上　永井荷風
初霜や斧を打ちこむ樹の根ッこ　秋元不死男
初霜のあるかなきかを掃きにけり　鷹羽狩行
初霜や墨美しき古今集　大嶽青児
山頂の樹々初霜の来たる色　茨木和生
初霜や千本の糸染め上がり　水田光雄

【霜《しも》】　霜の花　霜の声　青女《せいぢょ》　大霜《おほしも》　深《ふか》霜《しも》　強霜《つよしも》　朝霜《あさしも》　夜霜《よしも》　霜晴《しもばれ》　霜雫《しもしづく》　霜解《しもどけ》

空気中の水蒸気がそのまま凍り、屋外の建造物や地表などに付着する氷晶。気温が低くよく晴れた夜に多い。夜が明けると一面に白く輝き、日が高くなるにつれ、溶けて雫となる。霜の花は降りた霜の美しさを花にたとえたもの。霜の声は心耳でとらえた霜夜の気配。青女は、霜・雪を降らすという女神で、転じて霜の異称となった。

夜すがらや竹凍らするけさの霜　芭蕉
ひき起す霜の薄や朝の門　丈草
かや船も一夜の霜の入江かな　路通
橋立や霜一すぢの朝朗《あさぼらけ》　大魯
つやつやと柳に霜の降る夜かな　暁台
霜降れば霜を楯とす法の城　高浜虚子
月光をさだかに霜の降りにけり　松村蒼石
霜掃きし箒しばらくして倒る　能村登四郎

霜白し死の国にもし橋あらば　清水径子
観音へ近江の霜を踏みゆける　須原和男
ふるさとの声のひとつに霜の声　鷹羽狩行
大霜の枯蔓鳴らす雀かな　臼田亜浪
大霜のまがきめぐらしひとすめり　中尾白雨
強霜の富士や力を裾までも　飯田龍太
霜強し蓮華と開く八ヶ岳　前田普羅
霜晴や素手に磨きて杉丸太　井沢正江
霜晴の山々空を拡げけり　茨木和生
霜晴や汽車はレールにみちびかれ　鶴岡加苗
薪投げて登り窯たく霜日和　石原八束

【雪催《ゆきもよひ》】

雲が重く垂れ込め、今にも雪が降ってきそうな空模様のことをいう。❖「雪催ふ」と動詞化するのは避けたい。

悪相の魚は美味し雪催　鈴木真砂女
綾取の橋が崩れる雪催　佐藤鬼房
まうしろに蠟燭のある雪催ひ　柿本多映
薪割りの枕がとんで雪催　鷹羽狩行
雪催ひ背中合はせの椅子ふたつ　四方万里子
斧噛んで暮るる一幹雪もよひ　野中亮介
手の中に小さき手のある雪催　辻　美奈子

【初雪《はつゆき》】

その冬初めて降る雪のこと。

初雪や水仙の葉の撓むまで　芭蕉
うしろより初雪降れり夜の町　前田普羅
初雪の忽ち松に積りけり　日野草城
初雪に日のゆきわたる雑木山　行方寅次郎
命ありて見る初雪の新しや　樋笠　文
初雪や仏と少し昼の酒　星野　椿
初雪にして一尺となることも　三村純也

【雪《ゆき》】　**六花《むつのはな》　六花《りくくわ》　小雪《こゆき》　大雪《おほゆき》　深雪《みゆき》**
粉雪《こなゆき》　粉雪《こゆき》　細雪《ささめゆき》　小米雪《こごめゆき》　新雪　根雪
飛雪《ひせつ》　雪明り　暮雪《ぼせつ》　雪晴《ゆきばれ》　深雪晴

大気中の水蒸気が冷えて結晶となり、地上に降ってくるもの。また、それが降り積もったもの。北海道や北陸、東北の日本海に面した地方は有数の多雪地帯で、数か月のあいだ雪に閉じ込められることもある。雪のために被る被害は大きいが、半面豊かな水資源となり豊穣をもたらす。雪の結晶は多く六方晶系の結晶となるため六花ともいう。❖古来、「雪月花」の一つとして愛でられてきた。

我が雪と思へばかろし笠の上　其角
応々といへど敲くや雪の門　去来
下京や雪つむ上の夜の雨　凡兆
是がまあつひの栖か雪五尺　一茶
いくたびも雪の深さをたづねけり　正岡子規
奥白根彼の世の雪をかがやかす　前田普羅
降る雪や玉のごとくにランプ拭く　飯田蛇笏
雪に来て美事な鳥のだまりゐる　原石鼎
雪はげし抱かれて息のつまりしこと　橋本多佳子
限りなく降る雪何をもたらすや　西東三鬼
降る雪や明治は遠くなりにけり　中村草田男
雪の水車ごつとんことりもう止むか　大野林火
落葉松はいつめざめても雪降りをり　加藤楸邨
地の涯に倖せありと来しが雪　細谷源二
山鳩よみればまはりに雪がふる　高屋窓秋
雪はしづかにゆたかにはやし屍室　石田波郷
音なく白く重く冷たく雪降る闇　中村苑子
窓の雪女体にて湯をあふれしむ　桂信子
雪の日暮れはいくたびも読む文のごとし　飯田龍太
雪しづか碁盤に黒の勝ちてあり　澁谷道
美しき生ひ立ちを子に雪降れ降れ　村上喜代子
街に雪この純白のいづこより　橋本榮治
雪霏々と越後の方位消えにけり　若井新一
まだもののかたちに雪の積もりをり　片山由美子
母の死のととのつてゆく夜の雪　井上弘美
雪まみれにもなる笑つてくれるなら　櫂未知子
泥に降る雪うつくしや泥になる　小川軽舟
雪の日のそれはちひさなラシャ鋏　中岡毅雄

雪降れり空ともつかぬあたりより　鶴岡加苗
みづうみは雪の帳の中にあり　佐藤郁良
深雪なり灯の数だけの家の数　今瀬剛一
そこそこの根雪となれば安らけし　小原啄葉
雪晴れの立ち止まるとは仰ぐこと　陽　美保子
深雪晴酢をうつ香り二階まで　中戸川朝人

【雪女郎《ゆきぢよらう》】　雪女

積雪に長く封じ込められる雪国の伝説や昔話に現れる雪の精。❖白ずくめの女の姿だとされ、幻想的な季語である。

みちのくの雪深ければ雪女郎　山口青邨
ひとの世の遊びをせんと雪女郎　長谷川双魚
雪女郎おそろし父の恋恐ろし　中村草田男
簪の星も消えゆき雪女郎　鷹羽狩行
絹鳴りの闇ふかぶかと雪女郎　浅井民子
雪女鉄瓶の湯の練れてきし　小川軽舟

【風花《かざはな》】

冬晴の日に、青空から舞い降りる雪片のこと。山岳地帯の雪が上層の強風に乗って風下に飛来するものである。❖降りはじめの雪のことではない。

風花の大きく白く一つ来る　阿波野青畝
風花を美しと見て憂しと見て　星野立子
風花の御空のあをさまさりけり　石橋秀野
眼の高さにて風花を見失ふ　今瀬剛一
風花の散り込む螺鈿尽くしの間　藺草慶子
旅にあり風花に手をさしのべて　井出野浩貴

【吹雪《ふぶき》】　吹雪く　地吹雪　雪煙《ゆきけむり》

激しい風とともに降る雪。降り積もった雪が風に吹き上げられるものが地吹雪、強風で視界を閉ざすほどに雪が舞い上がるのが雪煙である。

宿かせと刀投げ出す雪吹《ふぶき》かな　蕪村
降り止めば月あり月を又ふぶき　闌更
橇やがて吹雪の渦に吸はれけり　杉田久女
郵袋の吹雪と共に投げ込まれ　今井千鶴子

妻いつもわれに幼し吹雪く夜も　京極杞陽
たましひの繭となるまで吹雪きけり　斎藤　玄
地吹雪や胴擦りあへる寒立馬　小原啄葉
地吹雪に村落ひとつ眠りけり　小畑柚流
地吹雪や蝦夷はからくれなゐの島　櫂　未知子

【雪しまき《ゆきしまき》】　雪しまく

雪まじりの強風。「しまき」の「し」は風の意で、「巻く」と重ねて風が激しく吹き荒れるさまをいう。

廃坑の煙突二本雪しまき　柏原眠雨
雪しまき列車は一人のみ吐きぬ　櫂　未知子
丸太曳く馬子に唄なし雪しまく　小原啄葉
雪しまきつつ金星の在りどころ　山田弘子

【冬の雷《ふゆのらい》】　寒雷《かんらい》

寒冷前線の発達によって積乱雲が発達し、冬でも雷が鳴ることがある。↓雷（夏）

錆のせて画鋲は壁に冬の雷　細谷喨々
原石に未完のひかり冬の雷　松之元陽子
寒雷やセメント袋石と化し　西東三鬼
寒雷やびりりびりりと真夜の玻璃　加藤楸邨
寒雷のふたたびを待つ背を正し　山田みづえ

【雪起し《ゆきおこし》】

日本海側では雪が降る前に雷が鳴ることがあり、それを雪起しと呼ぶ。

雪起し海のおもてをたゝくなり　阿部慧月
雪起し夜すがら沖を離れざる　安藤五百枝
海沿ひの一筋町や雪起し　小峰恭子
生湯葉のほのと甘しや雪起し　関　成美

【鰤起し《ぶりおこし》】

日本海沿岸で鰤漁が盛んになるころの雷。この雷は豊漁の前兆といわれている。↓冬の雷

一湾の気色立ちをり鰤起し　宮下翠舟
流人墓地みな壊《つひ》えをり鰤起し　石原八束
舟屋へと波殺到す鰤起し　森田　峠
底知れぬ佐渡の闇より鰤起し　水沼三郎

鰤起し白山へ雨ともなひ来　新田祐久
山よりも海の尖がりて鰤起し　長田　等
轟きの天地つらぬく鰤起し　片山由美子

【冬霞《ふゆがすみ》】　寒霞《かんがすみ》

単に霞といえば春の季語であるが、冬でも暖かい日には霞が立つことがある。↓霞（春）

大仏は猫背におはす冬霞　大橋越央子
ねんねこから片手出てゐる冬霞　飯島晴子
町の名の浦ばかりなり冬霞　古賀まり子
子のうたを父が濁しぬ冬霞　原　裕
冬霞この山もまた歌枕　伊藤伊那男

【冬の靄《ふゆのもや》】　冬靄《ふゆもや》　寒靄《かんあい》

空気中の水蒸気が凝結してうっすらと漂う現象。霧が乳白色であるのに対して薄青く見える。

冬の靄クレーンの鉤《かぎ》の巨大のみ　山口青邨
東京を愛し冬靄の夜を愛す　富安風生

【冬の霧《ふゆのきり》】　冬霧《ふゆぎり》

単に霧といえば秋の季語であるが、冬でも朝夕などは濃い霧がかかることがある。↓霧（秋）

月光のしみる家郷の冬の霧　飯田蛇笏
橋に聞くながき汽笛や冬の霧　中村汀女
冬の霧アルミの如き日かかれり　松崎鉄之介
塔一つ灯りて遠し冬の霧　藺草慶子
冬霧の夜を徹して市場の灯　西山　睦

【冬の夕焼《ふゆのゆやけ》】　冬夕焼《ふゆゆふやけ》　冬夕焼《ふゆやけ》　寒夕《かんゆ》焼《やけ》　冬茜《ふゆあかね》　寒茜

冬は空気が冴えているので、鮮やかで美しい夕焼が見られる。裸木を染め、西空を燃え立たせるが、たちまち薄れてしまう。❖夕焼は本来、夏の季語である。↓夕焼（夏）

浦上や冬夕焼にわが染まり　大竹孤悠
冬夕焼下山の僧と声交はす　松本　旭

明星の銀ひとつぶや寒夕焼　相馬遷子
いつせいに鐘鳴るごとし寒夕焼　辻内京子
手元まで闇の来てゐる冬茜　廣瀬町子
山彦のかすれてわたる寒茜　早川志津子

【冬の虹《ふゆのにじ》】

冷え冷えとした大気の中で見る冬の虹は、はかなげで美しい。❖虹は本来、夏の季語である。↓虹（夏）

冬の虹とびもからすも地をあゆみ　金尾梅の門
冬の虹消えむとしたるとき気づく　安住　敦
夕暮れは物をおもへと冬の虹　中山純子

【冬の山《ふゆのやま》】 冬山 枯山 雪山 雪嶺《せつれい》 冬山路《やまぢ》

草木が枯れて遠目にも蕭条としている冬の山。また、雪をかぶった山は神々しいまでの静けさを感じさせる。↓山眠る

かくれなく重なり合ふや冬の山　蝶夢
めぐり来る雨に音なし冬の山　蕪村
城は燃え寺は残りぬ冬の山　大峯あきら
銃口にひかりあつめて冬の山　那須淳男
鯉もまた日ざし好めり冬の山　茨木和生
冬山の倒れかかるを支へ行く　松本たかし
鶴啼きて枯山は枯深めけり　古賀まり子
枯山に鳥突きあたる夢の後　藤田湘子
雪山を匐ひまはりゐる谺かな　飯田蛇笏
雪山のかへす光に鳥けもの　木村蕪城
雪山の底なる利根の細りけり　草間時彦
雪嶺よ女ひらりと船に乗る　石田波郷
雪嶺のひとたび暮れて顕《あら》はるる　森澄雄
雪嶺の中まぼろしの一雪嶺　岡田日郎
雪嶺の裏側まつかかも知れぬ　今瀬剛一
手のとどきさうに雪嶺はるかなり　松永浮堂
雪嶺の光をもらふ指輪かな　浦川聡子

【山眠る《やまねむる》】

冬の山の静まりかえったさまをいう。❖北宋の画家郭熙の『林泉高致』の一節の「冬山惨淡として眠るが如し」から季語になった。↓山笑ふ（春）・山滴る（夏）・山粧ふ（秋）

山眠り火種のごとく妻が居り　村越化石
山眠るまばゆき鳥を放ちては　山田みづえ

炭窯に赤き火封じ山眠る　大串　章
水晶を包む天鵞絨《ビロード》山眠る　朝吹英和
落石の余韻を長く山眠る　片山由美子
山眠る細き蛇口のサモワール　満田春日
軒に吊る金糸雀《カナリヤ》の籠山眠る　押野　裕
山眠る命名の字は濃く太く　佐藤郁良

【冬野《ふゆの》】

冬の野原。荒涼とした光景は枯れた田畑にまで及ぶ。→枯野

手も出さずもの荷ひ行く冬野かな　来　山
玉川の一筋光る冬野かな　内藤鳴雪
手庇《てびさし》をそれて鳶舞ふ冬野かな　板谷芳浄
冬野より父を呼ぶ声憚らず　福永耕二

【枯野《かれの》】　枯野道

草の枯れ果てた野。枯れ一色とはいえ、夕日を浴びて輝くさまは侘しいなかにも華やぎを感じさせる。→冬野

旅に病んで夢は枯野をかけ廻る　芭　蕉
蕭条として石に日の入る枯野かな　蕪　村
吾が影の吹かれて長き枯野かな　夏目漱石
遠山に日の当りたる枯野かな　高浜虚子
土手を外《そ》れ枯野の犬となりゆけり　山口誓子
空色の水飛び飛びの枯野かな　松本たかし
火を焚くや枯野の沖を誰か過ぐ　能村登四郎
つひに吾も枯野の遠き樹となるか　野見山朱鳥
よく眠る夢の枯野が青むまで　金子兜太
床下に枯野続けり能舞台　沢木欣一
現在地不明枯野に地図拡ぐ　津田清子
小鳥死に枯野よく透く籠のこる　飴山　實
舞ひあがるもの何もなき枯野かな　白濱一羊
外燈に浮かぶ枯野のはづれかな　寺島ただし
モノレールの影来て止まる枯野かな　山尾玉藻
白毫の如き夕星大枯野　伊東　肇
一対か一対一か枯野人　鷹羽狩行

【雪原《せつげん》】　雪の原　雪野　雪の野

雪が一面に降り積もって平原のように見え

るところ。❖白一色の光景は美しいが、長い冬の厳しさを象徴する。↓冬野

没日の後雪原海の色をなす　有働　亨
雪原に雪原の道ただ岐《わか》る　八木林之助
雪原の二本の杭の呼び合へる　遠藤由樹子
雪野来て雪野を帰る訃の使ひ　小畑柚流
雪野へと続く個室に父は臥す　櫂　未知子
雪の野のふたりの人のつひにあふ　山口青邨

【冬田《ふゆた》】　**冬田道**

冬の田。秋に稲を刈り取ったあと、放置されて荒涼としている。

雨水も赤くさびゆく冬田かな　太　祇
やまのべのみちの左右の冬田かな　高野素十
家にゐても見ゆる冬田を見に出づる　相生垣瓜人
刈りあとの正しかりける冬田かな　酒井土子
冬田へも打ちて葬《はふ》りの集ひ鉦　宮田正和
青空の高々とある冬田かな　太田土男
うごかせぬ巌あらはなる冬田かな　日原　傳
まつすぐな声のやりとり冬田道　加藤かな文

【枯園《かれその》】　**冬の園　冬の庭**

草木が枯れた冬の庭園。見通しがよくなり、木や石にも趣が感じられる。

いたづらに石のみ立てり冬の庭　蝶　夢
枯園や神慮にかなふ薔薇一つ　中田みづほ
枯園の何にさはりし手の匂ひ　辻田克巳
わが胸をあたたかにして枯るる園　阿部みどり女

【冬景色《ふゆげしき》】　**雪景色**

見渡す限り蕭条とした冬の景色をいう。山々は静まり返り、野は枯色を深め、湖や海も寒々しさが極まる。

帆かけ舟あれや堅田の冬げしき　其　角
冬景色はなやかならず親しめり　柴田白葉女
松青きほか唐崎の冬景色　辻田克巳
真ん中を由良川のゆく冬景色　武藤紀子
大臼を運び入れたる冬景色　石田郷子

【水涸る《みづかる》】　**川涸る　沼涸る　滝涸る**

冬は降雨量が少なく、沼や川が底を見せ、滝が細くなって止まることもある。

昼の月で丶ゐて水の涸れにけり　久保田万太郎
水涸れて昼月にある浮力かな　大峯あきら
水涸るや廻ればにほふ糸車　吉本伊智朗
涸川に鳥たつ木曾の夕ぐれは　桂　信子
ライターの火のポポポポと滝涸るる　秋元不死男
涸滝の巌にからみて落つるかな　山口草堂
涸滝を日のざらざらと落つるかな　赤尾冨美子
涸滝の雨に光りてゐたりけり　望月　周

【冬の水《ふゆのみづ》】　冬の泉　寒泉

冬の湖沼や池などの水は、透徹し静まりかえっている。一方、蕭条とした景色のなかで滾々《こんこん》と湧く冬の泉は生命感を感じさせる。❖淡水のことで、主に景色をいう。海水や飲む水などには使わない。

冬の水すこし掬む手にさからへり　飯田蛇笏
冬の水一枝の影も欺かず　中村草田男
冬の水鳳凰堂を映しをり　高木良多
命あるものは沈みて冬の水　片山由美子
羽虫みな微塵のひかり冬の水　長嶺千晶
浮かびくる如く石あり冬の水　山西雅子
鳥も稀の冬の泉の青水輪　大野林火
わが指紋冬の泉に残しけり　坂本宮尾
冬泉夕映うつすことながし　柴田白葉女
寒泉の眼に見えて湧く水繊《ほそ》し　橋本鶏二
寒泉に一杓を置き一戸あり　木村蕪城

【寒の水《かんのみづ》】　寒九の水

寒中の水。冷たく、研ぎ澄まされたかのようである。神秘的な効力があるとされ、滋養強壮のために飲んだり、酒造に用いたりする。また、布や食物を晒す。寒九の水は寒に入って九日目の水で、ことに滋養に富むという。❖本来は湧水や井戸水など自然の水をいい、飲料水などとして生活に用いる。「冬の水」のような景色のことではない。

見てさへや惣身にひびく寒の水　一茶
寒の水飲み干す五臓六腑かな　細見綾子
寒の水荒使ひして鯉を切る　新田祐久
焼跡に透きとほりけり寒の水　石田波郷
寒の水筧に棒となりにけり　上野章子
寒の水こぼれて玉となりにけり　右城暮石
ひたひたと寒九の水や厨甕　飯田蛇笏
寒九の水山国の血を身に覚ます　野澤節子
棒のごと寒九の水を呑みくだす　大石悦子

【冬の川《ふゆのかは》】　**冬川《ふゆかは》**

冬の川は渇水期のため流れが細くなる。また、水量が豊かな川も寒々しくみえる。

冬川や木の葉は黒き岩の間　惟然
ふゆ河や誰が引き捨てし赤蕪　蕪村
流れ来るもの一つなき冬の川　五十嵐播水
冬の河われに嗅ぎより犬去れり　加藤楸邨
流れ来て鉄路に沿へり冬の川　林徹
冬の河渡舟《わたし》に犬を立たせ来る　岡部六弥太
冬の川薄き光が流れゆく　佐藤喜仙
冬川にかゝりて太し石の橋　高野素十
冬河に新聞全紙浸り浮く　山口誓子
鶏捲るべく冬川に出でにけり　飯田龍太
冬川につきあたりたる家族かな　千葉皓史

【冬の海《ふゆのうみ》】　**冬の浜**　**冬の渚**　**冬の岬**

日本海側の冬の海は暗く、荒涼として時化《しけ》ることが多い。太平洋側でもうねりが大きく荒れた海をみることがある。

燈台のまたゝき長し冬の海　富安風生
身も透くやただ一望の冬の海　中村苑子
靴の砂返して冬の海を去る　和田祥子
冬の海流木の芯紅のさす　神蔵器
やあといふ朝日へおうと冬の海　矢島渚男
冬の浜骸は鴉のみならず　森田峠

【冬の波《ふゆのなみ》】　**冬波《ふゆなみ》**　**冬濤《ふゆなみ》**　**冬怒濤《ふゆどたう》**　**寒濤《かんたう》**

北西の季節風が強い冬は、波が高い。日本

海側では海鳴りをともない怒濤となる。

冬の浪炎の如く立ち上り　上野泰
冬の浪よりはら〳〵と鵜となりて　村松紅花
冬の波冬の波止場に来て返す　加藤郁乎
冬波に松は巌を砦とす　松野自得
冬波の刃のことごとくわれにくる　石田勝彦
冬濤はその影の上にくつがへる　富安風生
冬濤に捨つべき命かもしれず　稲垣きくの
冬濤の摑みのぼれる巌かな　橋本鶏二
冬濤の白きたてがみ日本海　林徹
冬浪の立ち上るとき翡翠《ひすい》色　高木晴子
冬浪をいくつ数へて戻らむか　本井英
天日も鬣吹かれ冬怒濤　野澤節子
冬怒濤岬に果つるけものみち　辻内京子
寒濤のあがりそこねてくづれけり　岸田稚魚

【寒潮《かんてう》】　冬潮《ふゆじほ》　冬の潮

冬の海の潮の流れ。寒々とした光景であるが、力強く迫力がある。

寒潮の濤の水玉まろびけり　飯田蛇笏
寒潮や一艘あをき大島へ　吉岡桂六
ふゆしほの音の昨日をわすれよと　久保田万太郎

【霜柱《しもばしら》】

地中の水分が寒さのため凍って、細い柱状の固まりになり地表の土を押し上げるもの。関東ローム層のような湿気を含む柔らかな土質に生じる。❖日陰の気温が低いところでは、日中も溶けず何日も重なって成長し、数十センチに及ぶものもある。

霜柱伸び霜柱押し倒す　右城暮石
霜柱倒れつつあり幽かなり　松本たかし
霜柱俳句は切字響きけり　石田波郷
霜柱はがねのこゑをはなちけり　石原八束
石ひとつすとんと沈め霜柱　石田勝彦
戦没の友のみ若し霜柱　三橋敏雄
霜柱少しこの世に遅れ来て　柿本多映
分校を持ち上げてゐる霜柱　伊藤伊那男

あたらしき墓のまはりの霜柱　藺草慶子

【凍土《いてつち》】

厳寒地で地面が凍りつくこと。❖地中深くまで凍りつき、地面が隆起して、家が傾いたり、線路を浮き上がらせて曲げたりすることもあり、これを「凍上《とうじょう》」という。

凍土につまづきがちの老の冬　高浜虚子
凍て土をすこし歩きてもどりけり　五十崎古郷
凍土に起ち上がりをり葱の屑　北村　保

【初氷《はつごほり》】

その冬初めて氷が張ること。地方や年によって遅速がある。↓氷

朽蓮《くちはす》や葉よりもうすき初氷　麦　水
夕やけや唐紅の初氷　一　茶
二上山《ふたかみ》の雀いろどき初氷　後藤綾子
初氷夜も青空の衰へず　岡本　眸
初氷草の匂ひのしてゐたる　中山世一
いには野の月の育てし初氷　村上喜代子
初氷手をさしのべてみたくなり　星野高士

【氷《こほり》】

厚氷《あつごほり》　氷面鏡《ひもかがみ》　結氷《けっぴょう》　氷橋《こほりばし》　氷湖《ひょうこ》　凍湖《とうこ》　氷海　海凍る　氷江　川凍る

水が氷点下で凝固したもの。水溜りや手水鉢などに張った氷がまず目につく。厳寒地では河川や湖沼、さらに海水まで凍る。氷の張った湖ではスケートや穴釣りを楽しむところもある。晴れた日に氷の表面が光って鏡のように見えることを氷面鏡という。氷橋は河川や湖沼が凍り、人が歩けるようになったもの。

くらがりの柄杓にさはる氷かな　太　祇
鶏の嘴《はし》に氷こぼるる菜屑かな　白　雄
ひる過ぎや氷の上のはしり水　大江丸
湖に鴨の片寄る氷かな　松根東洋城
叩きたる氷の固さ子等楽し　中村汀女
山河けふはればれとある氷かな　鷲谷七菜子
悪女たらむ氷ことごとく割り歩む　山田みづえ

一枚を水より剝がす氷かな　西宮　舞
もの焚けば人の寄りくる氷かな　田中裕明
氷上にかくも照る星あひふれず　渡辺水巴
氷上のまつしぐらなる轍かな　辻　桃子
火掻棒もて割りにけり厚氷　中村雅樹
大和美し厚氷踏む音も　大島雄作
鶴立ちておのが影研ぐ氷面鏡　古賀まり子
どこからか水の乗り来る氷面鏡　小原啄葉
黒雲の縁《ふち》金色に氷橋　柴田白葉女
眼に妻を促しわたる氷橋　橋本鶏二
氷湖ゆく白犬に日の殺到す　岡部六弥太
星殖ゆるたびに氷湖の軋みけり　野中亮介
月一輪凍湖一輪光りあふ　橋本多佳子
氷海や日の一粒の珊瑚色　金箱戈止夫
氷海に覚めをり鶏のうすまぶた　秋本敦子
氷海のどこかゆるびてゐる音ぞ　大石悦子
凍る河見ればいよいよしづかなり　山口誓子
うなだるる馬に凍河の砂利積み上ぐ　斎藤　玄
凍江や渡らんとして人遅々と　高浜年尾

【氷柱《つらら》】　**垂氷《たるひ》**

水の滴りが凍って棒状に垂れ下がったもの。軒端や木の枝、崖などに見られる。大小さまざまで、北国では屋根から地上に届くような太く長い氷柱もできる。垂氷は氷柱の古称。❖『源氏物語』には、「日さし出で、軒の垂氷の光り合ひたるに」とある。

朝日かげさすや氷柱の水車　鬼　貫
みちのくの町はいぶせき氷柱かな　山口青邨
崖氷柱日の差して来て崩れけり　山中弘通
余呉人に月の出おそき氷柱かな　大峯あきら
みちのくの星入り氷柱われに呉れよ　鷹羽狩行
宿までは氷柱明りの峠道　斎藤夏風
一夜さの氷柱の丈に目覚めけり　山田弘子
月光をこぼして氷柱折られけり　今瀬剛一
青空の流れてゐたる氷柱かな　茨木和生
棺出すと軒の氷柱を払ひけり　西畠　匙

鶏小屋につららの太りゆく月夜　根岸善雄
誰そ彼をいちはやく知る氷柱かな　中原道夫
大空に根を張るつららだと思へ　櫂　未知子
草氷柱草より抜けて流れけり　中嶋鬼谷
吐息よりかそけきものに草氷柱　長嶺千晶

【冬の滝《ふゆのたき》】　凍滝《いてだき》　氷瀑《ひょうばく》　滝凍《い》つ　滝凍る

冬は滝の水量が減り、かすかな音を立てて落ちるさまは心細げである。氷点下の日が続くと凍結することもある。周辺の岩にかかったしぶきも凍りつき、神秘的な姿を呈する。↓滝（夏）

八方に音捨ててゐる冬の滝　飯田龍太
なかばよりほとばしり落つ冬の滝　井上康明
冬滝のきけば相つぐこだまかな　飯田蛇笏
冬滝の真上日のあと月通る　桂　信子
音を生みけり凍滝の一とかけら　行方克巳
氷瀑を拝む十指を火に浄め　浦野芳南
滝凍てて金剛力のこもりけり　小島花枝
大岩を乗り出して滝凍てにけり　永島靖子
みづからの丈に凍りて滝全し　伊藤通明
大瀧や凍らんとしてなほしぶき　岩井英雅
滝凍る木っ端微塵の光秘め　守屋明俊

【波の花《なみのはな》】

冬の越前海岸など、岩石の多い海辺で見られる波の白い泡の塊《かたまり》。岩場から高く舞い上がったり、飛び散ったりする。❖海水がプランクトンの粘性によって泡状になるといわれ、一帯に花が群がり咲くように見えることからこの名がある。

幻の過ぐるは速き波の花　前田正治
海はがれ宙へ舞ひ立つ波の花　小原啄葉
飛びそめて高くは飛ばず浪の華　清崎敏郎
能登瓦越えて舞ひけり浪の花　林　　徹
波の花ぶつかり合ひて松が枝に　千田一路
この世へと吹き戻されて濤の花　坂巻純子

【狐火《きつねび》】　狐の提灯《ちやうちん》

冬の夜、山野や墓地などで見られる正体のはっきりしない青白い火。狐火の名は、狐が口から吐くからなどといわれる。❖かつて大晦日の夜、江戸の王子稲荷付近で多くの狐火が見られた。これを「王子の狐火」といい、関八州の狐が官位を定めるため集まるものと伝えられた。人々は燃え方で翌年の豊凶を占ったといい、冬の季語とされたのはその影響であろう。蕪村の作例などはあるが、狐火が歳時記に記載されたのは大正時代である。

狐火や髑髏《どくろ》に雨のたまる夜に　蕪村
狐火を信じ男を信ぜざる　富安風生
狐火に河内の国のくらさかな　後藤夜半
狐火やまこと顔にも一とくさり　阿波野青畝
狐火の減る火ばかりとなりにけり　松本たかし
狐火や鯖街道は京を指す　加藤三七子
狐火や土蔵にかます楔石　山本洋子
狐火や叺《かます》より塩こぼれをり　菅原鬨也
都府楼址暮れて狐火ともるかも　坂本宮尾

【御神渡り《おみわたり》】　御渡《みわた》り

長野県の諏訪湖が全面結氷し、その氷が寒暖差により膨張と収縮を繰り返して長い山脈状の隆起を呈する現象。御神渡りの出現が近づくと氷の下から音がしたり、氷同士が大音響で激突して盛り上がったりする。❖御神渡りは古来諏訪大社上社の男神建御《たけみ》名方《なかた》が、下社の女神八坂刀売《やさかとめ》のもとへ通った道といわれ、その出現の判定を司るのは八剱《やつるぎ》神社。同社は、筋や方向を正式に定め、それを基にその年の豊凶や世相を占う。

御渡りも過ぎてや湖に鳥の声　梅珠
湖岸より赤子の声や御神渡り　磯貝碧蹄館
響きつつ一夜を駆けて御神渡　小松麗
御渡の鋼の風となりにけり　小野美智子

【年末賞与《ねんまつしやうよ》】　年末手当　ボーナス

毎月の給料とは別に、暮れに支給される官庁や会社の賞与金。かつては年を越すために必要な一時金を餅代といい、年末に少額が支給された。❖現在は労働組合と経営者側とが団体交渉して、金額が決められる。

懐にボーナスありて談笑す　日野草城
ボーナスの封固くあり誇りあり　佐藤兎庸
ボーナス待つ深く林檎の傷抉《えぐ》り　有働亨

【年用意《としようい》】　春支度《はるじたく》

新年を迎えるためにさまざまな支度を整えること。煤払・畳替、外回りの繕い、正月用品の買い物、松飾や注連飾《しめかざり》の手配、餅搗《もちつき》、年木《としぎ》取《とり》、春着縫いなどがそれに当たる。

小半日山の出入や年用意　方水
年用意靄あたたかき日なりけり　久保田万太郎
木がくれにうぶすなともる年用意　伊東月草
夢殿へ白砂敷き足す年用意　山田孝子
年用意てのひらつかふこと多し　小原啄葉
年用意牛舎に藁を敷き詰めて　小畑柚流
山国にがらんと住みて年用意　廣瀬直人
子らの間に坐つて居りて春支度　長谷川かな女

【ぼろ市《ぼろいち》】　世田谷ぼろ市

正月準備のための年の市の一つ。各地で行われるが、なかでも東京都世田谷区の旧代官屋敷門前一帯に立つ「世田谷のボロ市」は歴史が長く、天正六年（一五七八）に始まったとされる。かつては農具が市の中心だったが、日清戦争後に古着やつぎあてに使うぼろが盛んに売られるようになり、ぼろ市と呼ばれるようになったという。今では十二月と一月の十五、十六日に開かれ、古着以外にも植木、雑貨などさまざまなものが扱われ、七百以上の露店が並ぶ。

ぼろ市の嵐寛《あらかん》のブロマイドかな　飯島晴子
ぼろ市の古レコードの山崩れ　行方克巳
ぼろ市の日射しが溜まる瓶の底　川崎清明
ぼろ市にトルコの青き涙壺　矢島惠

【年の市《としのいち》】 歳《とし》の市　暮市《くれいち》　がさ市

新年のための品物を売る市。十二月中ごろから大晦日《おおみそか》まで、各地の社寺の境内に大きな市が立つ。❖東京の浅草寺・深川八幡・神田明神、大阪の黒門市場などの賑わいが知られる。浅草寺では、ガサ市として親しまれている。

水仙の香も押し合ふや年の市　千代女
不二を見て通る人あり年の市　蕪村
さわ〱と霰いたりぬ年の市　吉岡禅寺洞
知りつくす抜け裏さびし年の市　長谷川春草
年の市ここのみ静か仏具買ふ　河府雪於
年の市まぶしきものの売られけり　藤木倶子
年の市煙を昇る火の粉疾《と》し　小川軽舟
田の端を踏み暮市の笊を買ふ　手塚美佐
がさ市や昼の薬缶のひゆると噴き　遠藤由樹子

【飾売《かざりうり》】

社寺の境内や街角に天幕張りの仮店を作り、注連《しめ》飾《かざり》・門松などの正月用の飾を売ること。
→飾（新年）

飾売まづ暮れなづむ大欅《けやき》　皆川盤水
雪となる大樹の下の飾売り　福田甲子雄
一灯に一炉を抱き飾売　金箱戈止夫
傍にをさな子ねむる飾売　中嶋鬼谷
その前をきれいに掃いて飾売る　山口青邨

【煤払《すすはらひ》】 煤掃《すすはき》　煤竹　煤籠《すすごもり》　煤逃《すすにげ》　煤《すす》湯《ゆ》

新年を迎えるために、年末に家屋・調度の

塵埃《じんあい》を掃き清める風習。かつては朝廷や幕府で、十二月十三日に行う年中行事の一つであった。現在は寺社などは別として、押し詰まってから行う家が多い。煤払に使う篠竹を煤竹、老人・子供が邪魔にならないように別室に籠るのを煤籠、手伝わずにどこかへ出かけてしまうことを煤逃、その日に入る風呂を煤湯という。❖大晦日に煤払を行うと、注連等を飾るのも当日になってしまう。これは「一夜飾《いちやかざり》」といって忌むべきこととされているので、煤払は小晦日《こつごもり》（十二月三十日）までに済ませるのがよい。

一函の皿あやまつやすす払ひ　召　波
煤払終へ祖父の部屋母の部屋　星野立子
四方の景見えて天守の煤払ひ　岡部六弥太
回廊に潮の匂へる煤払ひ　鈴木厚子
仏の手握りて煤を払ひけり　木内彰志
朝採りの笹もて煤を払ひけり　甲斐由起子
煤掃のすめば淋しきやまひかな　石田波郷
煤逃げと言へば言はるる旅にあり　能村登四郎
煤逃げの隣村まで来てをりぬ　黛　執
景品を抱へ煤逃げより戻る　杉　良介
煤逃げの入江に雲の浮かびたる　浦川聡子
ゆつくりと入りてぬるき煤湯かな　下田実花

【門松立つ《かどまつたつ》】 松飾る

年末、新年の用意に門松を立てること。門松は元来歳神《としがみ》の依代《よりしろ》と信じられ、十二月十三日ごろ、「松迎《まつむかえ》」といって山から伐り出してきた。十二月半ば過ぎに飾るが、近年では月初めから立てるところもある。↓門松（新年）

門松の立ち初めしより夜の雨　一　茶
人住みて門松立てぬ城の門　高浜虚子
門松を立てたる夜の旨寝かな　山西雅子
海鳴りや旧日銀の松立てて　櫂　未知子
松飾り終へたる街の風荒し　片山由美子

【社会鍋《しやくわいなべ》】　慈善鍋

年の暮に、キリスト教の一派の救世軍が行う募金運動。日本では街角に鍋を吊し、その中に集まった献金で慈善事業を行う。一九〇九年、山室軍平らが始めた。❖歳末助け合い街頭募金の元祖といえる。

社会鍋横顔ばかり通るなり　岡本眸
颪の出て楽のとぎるる社会鍋　鷹羽狩行
星空へ口を大きく社会鍋　木内彰志
社会鍋に五歩程離れ待ち合はす　松尾隆信
三角の頂点慈善鍋を吊り　森田峠

【年木樵《としぎこり》】　節木樵《せちぎこり》　年木伐《き》る　年木積む　年木売

正月に飾る年木を、年の暮に山へ入って伐ること。年木を家の内外に飾るのは、歳神《としがみ》の依代《よりしろ》とするためで、門松がその代表的なもの。繭玉の挿木や門松の根元の割木などを年木という場合もあり、いずれもあとで燃料とする。また、正月用の薪を年内に伐ることも年木樵という。↓年木（新年）

谷越に声かけ合ふや年木樵　太祇
年木樵日ざし讃《たた》へてとほりけり　児玉輝代
しなやかなみどりを踏みぬ年木樵　山本洋子
年木伐るひびきに暮るる山ひとつ　黛執
甲斐駒の北壁しろし年木積む　岡田貞峰
年木売櫺子《れんじ》に馬をつなぎけり　中村草田男

【餅搗《もちつき》】　餅　餅米洗ふ　餅搗唄　賃餅《ちんもち》　餅筵《もちむしろ》　餅配《もちくばり》

年の瀬の二十五日から二十八日ごろにかけて正月用の餅を搗くこと。家で搗く場合と、賃餅といって餅屋や米屋に注文して搗いてもらう場合がある。かつては、道具をかついで市中を回り、餅搗唄に合わせて餅を搗く稼業があった。❖近年は各家庭や町内会などに出張して餅搗をする業者がいる。また、二十九日の餅搗は九が「苦」に通じるので行わないことが多い。

有明も三十日に近し餅の音　芭蕉
我が門へ来さうにしたり配り餅　一茶
餅搗のみえてゐるなり一軒家　阿波野青畝
餅搗きの響き山河を喜ばす　小島健
餅つきのかたはらに子の泣いてをり　石田郷子
ちん餅や托して軽き米二升　石塚友二
林中に日がさし入りて餅筵　柴田白葉女
ひろびろとうしろ日暮れて餅筵　廣瀬直人
次の間にはみ出してゐる餅莚　鷹羽狩行
餅配大和の畝のうつくしく　大峯あきら
餅配夕べ明るき山を見て　伊藤通明

【注連飾る《しめかざる》】　注連張る

門や玄関、神棚などに注連を飾りつけること。注連は正月の歳神《としがみ》が来臨する神聖な区域であることを示すもので、藁縄に白紙の御幣《ごへい》や藁やほんだわらを下げ、橙《だいだい》や裏白《うらじろ》などをつける。↓注連飾（新年）

注連飾る間も裏白の反りかへり　鷹羽狩行
村役は雪にとび降り注連飾る　辻桃子
注連はるや神も仏も一つ棚　阿部みどり女

【御用納《ごようおさめ》】　仕事納

十二月二十八日に、官公署がその年の仕事を終えること。翌日から正月三日までは休みとなることが明治六年（一八七三年）に定められた。民間では仕事納という。↓御用始（新年）

煙吐く御用納の煙出し　山口青邨
真顔して御用納の昼の酒　沢木欣一
ガラス拭く御用納めの気象台　辻田克巳

【年忘《としわすれ》】　忘年会

年の暮に、職場の同僚や親戚、友人が集まって、一年の労をねぎらい無事を祝い合う宴のこと。

そばきりのまづ一口やとし忘　宗因
満月の川波見つゝ年わすれ　水原秋櫻子

窓の下を河流れゐる年忘れ　草間時彦
この町に料亭ひとつ年忘　上﨑暮潮
膝抱きて荒野に似たる年忘れ　山田みづえ
またひとり海を見に出る年忘　黛　執
むらさきを着ると決めたり年忘　宇多喜代子
古書街に立飲みをして年忘れ　蟇目良雨
先生が時々笑ふ年忘れ　名村早智子
片減りの靴がずらりと年忘　白濱一羊
遅参なき忘年会の始まれり　前田普羅
スリッパの数見事なり忘年会　右城暮石
忘年会果てて運河の灯影かな　小川濤美子
電飾の街に踏み入り忘年会　吉田千嘉子

【掃納《はきをさめ》】

大晦日も更けてから、その年最後の掃除をすること。❖元日は「福を掃き出す」といって一日中掃除をしない風習があったため、旧年中に清掃を済ませておく。↓掃初（新年）

掃納して美しき夜の宿　高浜虚子
起き臥しの一と間どころを掃納め　富安風生
掃納めしたり静かに床のべよ　林　翔

【年守る《としまもる》】　年守《としも》る

除夜に眠らずに元旦を迎えること。❖かつては家に籠ったり、新年の用意の整った神社に詣でて歳神《としがみ》を迎える風習があった。↓年越詣

年守るや乾鮭の太刀鱈の棒　蕪　村
はるかなる灯台の灯も年守る　遠藤若狭男
榧の木を神とし仰ぎ年守る　石嶌　岳
手を組めば指おとなしく年守る　小川軽舟

【晦日蕎麦《みそかそば》】　年越蕎麦《としこしそば》

大晦日の夜に食べる蕎麦。麺状の蕎麦（蕎麦切）が広まった江戸時代中期以降の風習だとされる。細く長くという願いがこめられている。

書斎より呼び出《いだ》されて晦日蕎麦　遠藤梧逸

家中を点してふたり晦日蕎麦　中村保典
宵寝して年越蕎麦に起さるる　水原秋櫻子
年越蕎麦終の数なるこの三人《みたり》　高澤良一

【冬休《ふゆやすみ》】

正月をはさんだ二週間ほどの学校の休み。❖北国ではもっと長い休みとなり、そのぶん夏休みが短い。↓春休（春）・夏休（夏）

湯の町の小学校や冬休　高田風人子
叱られてばかりゐる子や冬休　青野卯
鍵束のひかりを投げて冬休　鈴木鷹夫
たかむらの風のあかるき冬休み　岡本高明

【寒施行《かんせぎやう》】　野施行《のせぎやう》　穴施行《あなせぎやう》

餌の乏しい寒中に、狐狸《こり》などに食べ物を恵み与えること。林のはずれ、野のほとりなどに、豆腐・油揚げ・握り飯などを置いておく。狐狸の穴と思われるところに食物を置くことを穴施行という。❖動物愛護というよりも、狐狸に対する土俗的信仰の色合いが強い。

山風に押されて暮るる寒施行　福田甲子雄
裏門は白木のままに寒施行　満田春日
野施行や石に置きたる海の幸　富安風生
野施行の籾撒いてある渚かな　茨木和生
野施行や高くしつらへ雪の膳　若井新一
走り根に膳を結はへて穴施行　谷口智行

【寒稽古《かんげいこ》】

寒中の一定期間に行われる柔道や剣道などの稽古。寒さの厳しい時期の早朝や夜に集まり、激しい稽古を重ねて心身を鍛練する。

大ぶりの椀の湯漬や寒稽古　水原秋櫻子
切りむすびたきひとのあり寒稽古　桂信子
角立ててたたむ手拭ひ寒稽古　戸恒東人
天狼をはつしと仰ぎ寒稽古　須佐薫子
海の砂つけて戻りぬ寒稽古　藺草慶子
黒帯が先に来てゐる寒稽古　島野紀子

【寒復習《かんざらひ》】　寒ざらへ

寒中に行う音曲・歌舞などの芸事の稽古。❖精神修養の意味合いが濃い。

芸に身を立てて稽古や寒ざらひ　上村占魚
すたれたる奥浄瑠璃や寒復習　宮野小提灯
半分は泣いてゐる声寒復習　浅野白山

【寒声《かんごゑ》】
寒中に歌や読経などの発声を鍛磨すること。また、その声。寒中の厳しい修練は、声を良くし芸を上達させるといい、早朝や深更に行う。

かん声や身をそらし行く橋の上　素丸
寒声は虚空の月にひゞきけり　松瀬青々
寒声や目鼻そがるる向う風　青木月斗
寒声や辰巳といへば橋いくつ　野村喜舟
寒声を使ふ始めは低うして　藤本美和子
寒声や金春流といふ艶に　稲畑廣太郎

【寒弾《かんびき》】
寒中にする三味線などの稽古。師匠の家に住み込んで修業している弟子などは、寒中の未明から練習に励む。

寒弾のねぢに幼き手をのぼる　下田実花
すすみ出て寒弾の膝揃へけり　種田歌子
寒弾の糸をきりりと張りにけり　安田源二郎

【寒中水泳《かんちゆうすいえい》】　寒泳
日本泳法を伝える各流派の水練道場が寒稽古を行うこと。寒中に川や海で泳いで心身を鍛えることもいうようになった。❖現在は、一日だけ日を定めて、イベントとして行うことが多い。

寒中水泳初陣のととのひて　井上弘美
寒泳の身よりも黒眸《くろめ》濡れてくる　能村登四郎
寒泳の端のひとりのやや逸り　久保田博
すれちがひざま寒泳の髪雫　福永耕二
橋の上より寒泳の頭かず　山尾玉藻
陸続と来る寒泳の眼かな　大島雄作

【寒紅《かんべに》】　丑紅《うしべに》

寒中に作られる紅のこと。色があざやかで美しい。丑紅は寒中の丑の日に買ったりつけたりしたもので、種々の薬効があるとされた。現在では高級品として僅かに生産されるのみである。❖本来は紅花から製した紅のことであるが、現在では単なる口紅が詠まれるようになってしまった。

寒紅の皿糸底の古りにけり　京極杞陽
寒紅の燃え移りたる懐紙かな　池上不二子
寒紅を引く表情のありにけり　粟津松彩子
寒紅や鏡の中に火の如し　野見山朱鳥
寒紅や妻より若き妻の客　大久保白村
丑紅を皆濃くつけて話しけり　高浜虚子

【寒灸《かんきゅう》】　寒灸《かんやいと》

寒中にすえる灸のことで、効き目が著しいとされた。❖寒灸同様、炎暑のさなかの土用灸も効き目があるといわれるが、科学的には解明されていない。

寒灸や痩身に火を点じたり　村山古郷
脳天にきりきり沁みて寒灸《かんやいと》　上林白草居
そくばくの余命を惜しみ寒灸　西島麦南
わが肩に上る煙や寒灸　下田実花

【寒見舞《かんみまい》】　寒中見舞

寒中に、親戚・友人などの安否を見舞うこと。喪中で年賀欠礼した人が、年賀状の返事として葉書を出したり、歳暮の品を贈る機を逸し、年が明けてから贈る場合などにこのことばを使うことが多い。❖儀礼的な年賀に比べ、より個人的な感がある。→暑中見舞（夏）

寒見舞古江の鯉をさげきたる　水原秋櫻子
しもふりの肉ひとつつみ寒見舞　上村占魚
藁苞《つと》のまたも動くや寒見舞　平松竃馬
美しき富士を見たりと寒見舞　和田順子
潮さして川のふくるる寒見舞　藤本美和子
煙草やめよと書き添へて寒見舞　片山由美子

【冬服《ふゆふく》】　冬着　冬シャツ

冬に着る衣服全般をいう。厚地で防寒効果の高いものが多い。冬シャツは防寒用の下着のこと。❖かつては冬服は洋服、冬着は和服という使い分けをしていたようだが、近年その区別は曖昧になっている。

さむざむと着れど冬服瀟洒にも　石原舟月
冬服の衣囊《かくし》が深く手を隠す　山口誓子
冬服と帽子と黒し喪にはあらぬ　谷野予志
取り出だす冬服喪章佩きゐたり　田中灯京
冬服のみんなに見える木の校舎　杉野一博
山国の闇冬服につきまとふ　茨木和生
阿波に入る父の形見の冬着きて　加藤憲曠

【綿入《わたいれ》】　布子《ぬのこ》　綿子《わたこ》

保温のため、表地と裏地の間に綿を入れた着物。木綿綿を入れたものを布子、絹綿をいれたものを綿子という。

綿入の肩あて尚も鄙びたり　河東碧梧桐
日あたつて来ぬ綿入の膝の上　臼田亜浪
綿入の絣大きく遊びけり　金尾梅の門
野に干せる四五歳の子の布子かな　高野素十

【夜着《よぎ》】　搔巻《かいまき》　小夜着《こよぎ》

掛布団の一種で袖と襟がある。普通の着物より大型で厚く綿を入れる。搔巻は綿が薄めで身丈も短く、小夜着ともいう。

しつとりと雪もつもるや木綿夜着　許六
昔の友夜着から頭だけ出して　金子兜太
搔巻にふたつの顔の寝てゐたり　茨木和生

【衾《ふすま》】　紙衾《かみぶすま》

寝るときに体の上に掛ける薄い夜具。普通、四角に縫い、袖も襟もない。のちには掛蒲団と同義に使われるようになった。❖『古事記』などにも記述があり、古来用いられている。

かぶり居て何もかも聞く衾かな　樗堂
人吉《ひとよし》の雨にわびしき衾かな　阿波野青畝

一日を心に描く衾かな　池内友次郎
衾引けば独語の息の顔蔽ふ　岸田稚魚
そのかみの伊吹颪や紙衾　斎藤梅子
あかときの湖は墨色紙衾　鈴木総史

【蒲団《ふとん》】　布団　干蒲団　蒲団干す
袋状に縫った布の中に綿や鳥の羽毛などをつめた寝具。敷蒲団と掛蒲団がある。❖蒲団は、もともとは座禅の時に敷いて座る、蒲の葉を編んだ円座のこと。↓夏蒲団（夏）

星空をふりかぶり寝る蒲団かな　松根東洋城
更けて寝る蒲団に嵩のなきおのれ　山口草堂
くちもとに風の吹いたる蒲団かな　鴇田智哉
佐渡ヶ島ほどに布団を離しけり　櫂　未知子
どの家もみな仕合せや干蒲団　鈴木花蓑
頭上より垂れてきたるは干蒲団　小圷健水
干蒲団うすむらさきに沖はあり　菅原鬨也
名山に正面ありぬ干蒲団　小川軽舟
天竜に落ちむばかりに干布団　阿波野青畝
蒲団ほす家の暮しのみられけり　西島麦南
葬りあと湖に向け蒲団干す　宇多喜代子
一望の港の照りに蒲団干す　寺島ただし
鳥籠の日向を残し蒲団干す　後閑達雄

【ちゃんちゃんこ】　袖無《そでなし》
防寒用の袖のない羽織で、綿が入っている。動きやすく、重ね着に向いている。

脱いでみて着てみてやはりちゃんちゃんこ　小畑柚流
峡深く住む家族みなちゃんちゃんこ　鍵和田秞子
ほろ酔ひの昼の漁師のちゃんちゃんこ　三村純也
持ち帰り仕事の妻のちゃんちゃんこ　井出野浩貴
袖なしや水仕すみたる朝つとめ　河野静雲

【背蒲団《せなぶとん》】　肩蒲団　腰蒲団　負真綿《おひまわた》
背に当てる小さな蒲団で、紐をつけてずり落ちないようにしてある。肩蒲団・腰蒲団はそれぞれの部位を温める座布団状のもの。負真綿は真綿（屑繭などから取った絹綿）

を直接負うもので、いずれも大変温かい。

わが世すでに終つてゐたる肩布団　草間時彦
よき夢を見よと姉より肩布団　堀田政弘
腰布団身にあて念《おも》ふ母の恩　宮下翠舟
負ひ真綿して大厨司る　高野素十
負真綿しんそこ家に仕へけり　寶子山京子

【ねんねこ】　ねんねこばんてん

乳幼児を背負う際に用いる防寒用の子《こ》守《もり》半《ばん》纏《てん》で、膝上まですっぽり覆う。親も子も温かく気持ちがよい。赤ん坊を俗に「ねんねこ」といったことからの呼び名ともいわれる。和服仕立てと洋服仕立てがある。近年は乳幼児を背負う姿が少なくなった。❖「ねんねこから赤ん坊の足が覗く」という内容の句は、形状からしてあり得ない。

ねんねこの子の眼も沖を見てゐたり　畠山譲二
ねんねこの中で歌ふを母のみ知る　千原叡子
ねんねこの中の寝息を覗かるる　稲畑汀子
ねんねこの手が吊革を握りたがる　塩川雄三
ねんねこや鈍間《のろま》色《いろ》なる佐渡の海　岸　孝信
ねんねこを解きほんたうに小さき子　佐藤博美

【重《かさ》ね着《ぎ》】　厚着

寒さを防ぐために着物や洋服を何枚も重ねて着ること。↓着ぶくれ

重ね着の模様重なる襟周り　原子公平
よんどころなく世にありて厚着せり　能村登四郎
胸元を牛に嗅がれて厚着の子　木附沢麦青

【着《き》ぶくれ】

何枚も重ね着したり、分厚いものを着たりして体が膨れて見えること。❖重ね着同様、動作が鈍くなり、無精な印象を与える。

着ぶくれて我が一生も見えにけり　五十嵐播水
着ぶくれて怖ろしきものなくなりぬ　原田　喬
通夜の座にあり誰よりも着ぶくれて　山崎ひさを
着ぶくれて神の姿に近くなる　大牧　広
着ぶくれてよその子どもにぶつかりぬ　黒田杏子

着ぶくれて他人のやうな首がある　二川茂徳
着ぶくれて祈りの人に遠くをり　片山由美子
着ぶくれて人の流れに逆らはず　西宮　舞
着ぶくれてエレベーターに重なれり　白濱一羊
残照はわがうちにあり着ぶくれて　櫂　未知子
着ぶくれてビラ一片も受け取らず　髙柳克弘

【褞袍《どてら》】　丹前《たんぜん》

ふつうの着物よりもやや長く大きめに仕立てられた、広袖で綿の入ったくつろぎ着。家庭では近年ほとんど見られないが、旅館などで浴衣の上に着るように備えてあることが多い。丹前は主に関西地方の呼び名。

昨今の心のなごむ褞袍かな　飯田蛇笏
声高に湯の町をゆく褞袍かな　渋沢渋亭
褞袍着てさて何もなき日曜日　伊藤伊那男
丹前を着れば馬なり二児乗せて　目迫秩父

【紙子《かみこ》】　紙衣《かみこ》

紙製の着物。上質の厚い和紙に柿渋を塗って天日に乾かすことを数回繰り返した後、一夜露に当ててから揉んで柔らかくし、衣服に仕立てる。軽く丈夫で温かいが、近年はほとんど見られない。

あるほどの伊達仕尽して帋子かな　園女
めし粒で紙子の破れふたぎけり　蕪村
うつらうつら紙衣仲間に入りにけり　一茶
放埒の顔美しき紙子かな　野村喜舟
紙子着て古人の旅につながれり　大野林火
我死なば紙衣を誰に譲るべき　夏目漱石
この紙衣なりひらの古歌散らしたる　鈴木幸子

【毛衣《けごろも》】　裘《かはごろも》　皮衣

獣の毛皮で作った防寒用の衣。寒冷地の猟師などは、動物の毛皮で作った腰当や袖無を身につける。

毛衣を尻まで垂らし杣《そま》通る　高浜年尾
海は夕焼裘《けごろも》のぼる坂の町　角川源義
鏡中にわが髯白し裘　島田五空

裘一番星と呟けり　飯島晴子
ポケットの底はるかなり裘　佐藤和枝
驪馬《せりうま》のどれが売り手や皮衣　嶋田摩耶子

【毛皮《けがは》】　毛皮売　毛皮店　敷皮

毛のついた獣皮をなめしたもの。防寒用に衣服の襟や袖口につけたり、襟巻や外套に仕立てたり、そのままの形で敷物にしたりする。『万葉集』や『源氏物語』にも鹿や黒貂《くろてん》などの毛皮が出てくる。❖毛皮は古くから使用され珍重されたが、動物保護が叫ばれる近年、人気が衰えた。

毛皮夫人にその子の教師として会へり　能村登四郎
毛皮着て臆する心なくもなし　下村梅子
いちまいの毛皮が人をいつくしむ　後藤比奈夫
毛皮着てけものの慈悲をもらひけり　鈴木榮子
青き眼のさびしき毛皮売に逢ふ　中村若沙
寛げと豹の毛皮の四肢を張る　山口誓子

【毛布《もうふ》】　ケット　電気毛布

毛や化繊で織った寝具。軽くて温かいので、膝掛けとしても使われる。ケットはブランケットの略。

志摩ホテル白き毛布の目ざめかな　車谷弘
毛布買ひ一夜は早く寝まりたり　石塚友二
いまさらに一人旅めく毛布かな　岡本眸
もぐり込む毛布老には老の明日　辻田克巳
メビウスの輪かと毛布を掛け直す　櫂未知子
毛布からのぞくと雨の日曜日　加藤かな文
電気毛布にも青空を見せむとす　中原道夫

【角巻《かくまき》】

雪国の女性が用いる、四角い毛布のような防寒衣。頭から膝までをすっぽり覆う。

角巻のもたれあひつゝ二人行く　阿波野青畝
角巻を展《ひろ》げて雪を払ひをり　原田青児
角巻をとめたる襟の銀の蝶　上村占魚
乗り降りのとき角巻の羽搏けり　福永耕二
角巻の手に角巻の子の手かな　柏原眠雨

角巻や駅の端から日本海　杉　良介

【セーター】　カーディガン　ジャケツ

毛糸で編んだ防寒用の上着の総称で、本来は汗（スウェット）をかかせるものの意。かぶって着るものをセーター、前開きのものをカーディガン、ジャケツと呼ぶ。素材は羊毛・化繊など。

老いぬれば夫婦別なきスエタかな　松尾いはほ
としよりやとつくりセーターまへうしろ　草間時彦
セーターをかむりいつもの顔を出す　落合水尾
セーターの上にセーター街古りぬ　小宅容義
橋渡り来るセーターの黒い胸　坂本宮尾
カーディガン語学教師の胸薄き　櫂　未知子
ジャケツの端のどをつつみて花とひらく　中村草田男
跫音高し青きジャケツの看護婦は　石田波郷

【ジャンパー】　ブルゾン　皮ジャンパー

袖口と裾を絞った防寒用の短い上着。労働やスポーツ、遊び着などに用いる。フランス語ではブルゾンと呼ぶ。

青年の顎ジャンパーが突き上ぐる　今村俊二
ジャンパーを脱ぎ捨ててすぐ仲良しに　髙田正子
ブルゾンや茶房の隅の指定席　片山由美子
胸隆き皮ジャンパーの女馭者　鷹羽狩行

【外套《ぐわいたう》】　オーバーコート　オーバーコート　被布　東《あづま》コート

防寒のために服の上に着る衣服の総称。厚手のウール生地が多い。かつてはコートというと和装用のものをさした。❖「套」は「被《おお》い」の意。東コートは明治時代に百貨店が売り出した和装用の外套。

外套の裏は緋なりき明治の雪　山口青邨
外套の釦あたらし熔岩《ラバ》に落ち　山口誓子
外套やすみれ色なる比叡見ゆ　草間時彦
脱ぎ捨てし外套の肩なほ怒り　福永耕二
晩年か最晩年か黒外套　大牧　広
外套を預け主賓の顔になる　森野　稔

外套のポケットの深きを愛す　片山由美子
エンドロール膝の外套照らし出す　柘植史子
外套は神話の如く吊られけり　日原　傳
外套が長くて海は遠すぎて　櫂　未知子
横町をふさいで来るよ外套《オーバ》着て　藤後左右
板の間に置きしオーバー膨みぬ　宮崎夕美
コート古る思ひのほかの速さにて　井上信子

【マント】　二重廻《にぢゆうまは》し　とんび　インバネス

ケープのついた釣鐘形で袖のない、ゆったりした外套。日本では着物の上に着るものとして普及し、かつては旧制高校の生徒も愛用した。女性用や子供用もある。インバネスはスコットランドの地名にちなむ。

修道尼の吊鐘マント戸がはさむ　田川飛旅子
ひと憎むこころをつつむ黒マント　文挟夫佐恵
弥撒《みさ》にゆく母のマントにつつまれて　津田清子
背に老いのはやくも二重廻しかな　久保田万太郎
鎌倉を知りつくしたるインバネス　吉本和子

【雪合羽《ゆきがつぱ》】　雪蓑《ゆきみの》

雪の降る時に着る合羽で、マントのように裾が広く長い。防水加工を施してある。江戸中期以降に普及し、その多くは木綿や油紙製であったが、現代ではビニール製や化繊で防水仕様にしたものが多い。雪蓑は藁などで作ったもの。

雪合羽汽車にのる時ひきずれり　細見綾子
雪蓑の子が立つ道のまん中に　中田みづほ
雪蓑の藁のどこからでも出る手　後藤比奈夫

【冬帽子《ふゆぼうし》】　冬帽

冬にかぶる防寒用の帽子。素材や形はさまざま。❖もともとは、大正時代以降に紳士が被った帽子をさした。↓夏帽子（夏）

よこはまに近づく紺の冬帽子　長谷川双魚
居酒屋のさて何処に置く冬帽子　林　翔
別れ路や虚実かたみに冬帽子　石塚友二

くらがりに歳月を負ふ冬帽子　石原八束
冬帽子低く来るなり上野駅　石田勝彦
幾つかは遺品とならむ冬帽子　藤田湘子
産土の苗字に還る冬帽子　山田みづえ
ふくらませへこませて選る冬帽子　有吉桜雲
大阪に慣れて淋しき冬帽子　西村和子
旅の絵に囲まれてゐる冬帽子　谷口摩耶
霊園といふ日だまりや冬帽子　山田径子
冬帽を脱ぐや蒼茫たる夜空　加藤楸邨

【頰被《ほほかむり》】　ほほかぶり

屋外で寒風を防ぐために、頭から頰にかけて手拭いなどをすっぽりかぶること。

そこにあるありあふものを頰被　高浜虚子
見かけよりぬくきものなり頰被　右城暮石
種馬のふところに入る頰被　佐野鬼人
頰被口が何やら嚙んでをり　鈴木鷹夫
まつさきに白き歯が見え頰被　櫛部天思

【耳袋《みみぶくろ》】　耳掛　耳当

兎の毛皮や毛糸などで作られた、耳にかぶせる袋状のもの。耳は寒風に触れると凍傷を起こしやすいので、それを防ぐ。すっぽりと耳だけ覆うものと、耳・頰・顎《あご》全部を覆うものとがある。イヤーマフなどと称し、今でも使われている。

耳飾少し見えゐて耳袋　恵利嘯月
一対のものにいろいろ耳袋　鷹羽狩行
耳袋とりて生きものめく耳よ　伊藤トキノ
木菟《づく》めきて木登りの子の耳袋　村上喜代子

【襟巻《えりまき》】　マフラー

首に巻いて寒さを防ぐもの。絹・毛織物・毛皮・毛糸などで作られる。

襟巻の狐の顔は別に在り　高浜虚子
襟巻やほのあたたかき花舗のなか　中村苑子
襟巻の狐くるりと手なづけし　中原道夫
巻き直すマフラーに日の温みあり　岡本眸
マフラーの先余るとも足らぬとも　和田順子

マフラーを巻いてやる少し絞めてやる　柴田佐知子
マフラーの子の牛小屋を覗きをり　井上弘美
マフラーを巻いて下校の顔となる　今瀬一博

【ショール】　肩掛　ストール

女性が外出する時の防寒用肩掛。絹・毛織物を縫い合わせたり、毛糸や絹糸を編んで作る。かつてはショールというと和服用のものをいう場合が多かった。❖語源はペルシア語のシャール。

身にまとふ黒きショールも古りにけり　杉田久女
真白なるショールの上の大きな手　今井つる女
人恐れ人を恋ふ日の白ショール　木田千女
肩かけやどこまでも野にまぎれずに　橋本多佳子
肩掛を家のうちよりして出づる　山口波津女
肩かけの臙脂《えんじ》の滑り触れしめよ　石塚友二
肩掛をゆるめロマンスカーの人　吉田瞳
ストールに包みおほせぬ心かな　片山由美子

【手袋《てぶくろ》】　手套《しゆたう》　皮手袋

防寒・保温のために手指を覆うもの。布・皮革・毛糸製がある。❖親指のみ分かれたミトンや指先のないものもある。儀式や業務に用いられる手袋は季語にならない。

手袋の左許《ばか》りになりにける　正岡子規
手袋の右ぬいで持つ左かな　奈倉梧月
漂へる手袋のある運河かな　高野素十
手袋の十本の指を深く組めり　山口誓子
手袋をぬぐ手ながむる逢瀬かな　日野草城
手袋に五指を分ちて意を決す　桂信子
手袋の赤きを少し後悔す　岡村敏子
手をつながむと手袋を脱ぎにけり　荒井千佐代
手袋や或る楽章のうつくしく　山西雅子
哀しみのごとやはらかし革手套　永島靖子

【ブーツ】　ロングブーツ

踝《くるぶし》より上、あるいは膝まで覆う深靴。革製が多い。日本では昭和三十年代以降、防寒を兼ねたお洒落用の靴として流行した。

ブーツ履く潮時てふはこんな時　櫂　未知子
折り合へぬ同士やブーツ直立す　田中冬生

【足袋《たび》】　白足袋　色足袋

和装のときの保温用の履物。木綿や化繊でつくった白足袋のほか、繻子《しゅす》織りの黒布で作った黒足袋があり、絹や別珍製もある。こはぜをつけて留めるようになったのは江戸時代中期で、それ以前は紐で結んだ。❖舞踊などで履く足袋は季節感が薄い。

足袋はいて寝る夜ものうき夢見かな　蕪　村
足袋つぐやノラともならず教師妻　杉田久女
石の上花のごとくに足袋を干す　柏　禎
足袋脱いで眠りは森に入るごとし　神尾久美子
足袋履くや誰にともなく背をむけて　吉田千嘉子
いつの世も足袋の白さは手で洗ふ　朝倉和江
平凡な妻の倖はせ色足袋はき　柴田白葉女
女面打つ黒足袋を穿きにけり　山口都茂女

【マスク】

白いガーゼなどで作り、風邪の感染予防や、寒さや乾燥から喉や鼻を守るために用いる。近年では防塵用のものも増え、使い捨てタイプも多くなった。❖医療の現場で医師等が使うものは季節感が薄い。また、花粉症対策用のマスクは含めない。

美しき人美しくマスクとる　京極杞陽
純白のマスクを楯として会へり　野見山ひふみ
マスクして人に遠ざけられてをり　大橋　晄
マスクして他人のやうに歩く街　山田佳乃

【毛糸編む《けいとあむ》】　毛糸　毛糸玉

毛糸でセーター・マフラー・手袋などを編むこと。

毛糸あむ指の小さな傷がじやま　今井つる女
毛糸編みつづけ横顔見せつづけ　右城暮石
毛糸編はじまり妻の黙《もだ》はじまる　加藤楸邨
わが思ふそとに妻ゐて毛糸編む　宮津昭彦
白指も編棒のうち毛糸編み　鷹羽狩行

一人編み女生徒のみな毛糸編む　楠　節子
揺り椅子を折々揺らし毛糸編む　柏原眠雨
坐る位置少し移して毛糸編む　鬼形むつ子
すこしずつ人のかたちに毛糸編む　齋藤朝比古
毛糸編む娘をとほく見てをりぬ　佐藤郁良
毛糸選る欲しき赤とはどれも違ふ　山下知津子
毛糸玉声ある方へ転がれり　市堀玉宗

【水餅《みづもち》】

餅は黴《かび》が生えたり乾燥したりしやすいので、甕などに水を張り、その中に沈めて保存した。❖生活様式の変化に伴い、見ることも稀になった季語である。

水餅の水深くなるばかりかな　阿波野青畝
水餅の真夜すこし殖ゆ水の嵩　能村登四郎
この暗さ水餅の甕あれば置く　岡本　眸
水餅や母の応《いら》へのあるところ　山本洋子

【寒餅《かんもち》】　寒の餅

寒中に搗いた餅。餅は寒中に搗くと黴が生えにくいといわれる。乾燥させ、かき餅やあられにして保存したりもする。

湖に響く寒餅搗きにけり　室積徂春
寒餅のとゞきて雪となりにけり　久保田万太郎
寒餅を搗く音きこえすぐやみぬ　水原秋櫻子
寒餅の反りて乾くはなつかしき　後藤比奈夫
寒の餅切る日あたりの古畳　松村蒼石

【熱燗《あつかん》】　燗酒《かんざけ》

燗をつけた酒。❖寒さの厳しい夜は、冷えきった体に沁《し》みわたり、まことに嬉しい。

熱燗に焼きたる舌を出《いだ》しけり　高浜虚子
熱燗に落ちついてゆく雨の宴　星野　椿
熱燗やさざなみは灯のいろを湛へ　廣瀬町子
熱燗の夫にも捨てし夢あらむ　西村和子

【鰭酒《ひれざけ》】　身酒《みざけ》

切り落とした河豚《ふぐ》の鰭をこんがり焼いて、熱燗を注いだもの。鰭の代わりに刺身の一片を入れたのが身酒。❖酔いの回りが早いとされる。

鰭酒のすぐ効きてきておそろしや　皆川盤水
ひれ酒や雨本降りの花川戸　星野麥丘人
鰭酒や畳の上で死ぬつもり　亀田虎童子
旅なれや鰭酒に気を許したる　山田弘子
鰭酒の鰭くちびるにふれにけり　中岡毅雄

【玉子酒《たまござけ》】　卵酒

酒に卵と砂糖を加えて火にかけ、酒精分を飛ばしたもので、子どもでも飲める。風邪気味の時に飲む。❖滋養があり、古くから風邪の民間療法として伝えられてきた。

玉子酒するほどの酒ならばあり　菅　裸馬
母の瞳《め》にわれがあるなり玉子酒　原子公平
玉子酒妻子見守る中に飲む　高木良多
独り居の灯を閉ぢ込めて玉子酒　片山由美子
志ん生の火焔太鼓や玉子酒　加藤　潤

【寝酒《ねざけ》】

寒い夜、寝る前に体を温めるために飲む酒。❖冷えた体を芯から温めてくれる。

手さぐりの寝酒の量をあやまたず　鷹羽狩行
灯に透かしブランディなる寝酒かな　小澤　實

【葛湯《くずゆ》】

葛粉に砂糖と少量の水を入れ、よく掻き混ぜながら熱湯を加えた飲み物。体を温め消化も良い。❖滋養や発汗解熱作用があることから、風邪をひいた際にもよく飲まれてきた。

薄めても花の匂ひの葛湯かな　渡辺水巴
あはあはと吹けば片寄る葛湯かな　大野林火
しみじみとひとりの燈なる葛湯かな　岡本　眸
花びらを散らすかに吹き葛湯かな　山上樹実雄
横顔はさびし葛湯を吹けばなほ　大石悦子
匙あとへゆつくりもどる葛湯かな　仲　寒蟬
恋の句の一つとてなき葛湯かな　岩田由美

【蕎麦掻《そばがき》】

蕎麦粉を熱湯で練ったもの。つゆに浸した

り、醬油をかけたりして食べる。簡単に食べられ、体が温まるため、重宝された。

そばがきやきのふのことをなつかしみ　黒田杏子
蕎麦掻くと男の箸を探し出す　上野さち子

【湯豆腐《ゆどうふ》】
豆腐を四角に切り、昆布を敷いた水に入れて温め、醬油・薬味をつけて食べる。❖夏の冷奴とともに古くから広く親しまれてきた。

湯豆腐の一と間根岸は雨か雪　長谷川かな女
湯豆腐やいのちの果てのうすあかり　久保田万太郎
湯豆腐の一つ崩れずをはりまで　水原秋櫻子
湯豆腐にうつくしき火の廻りけり　萩原麦草
湯豆腐や男の歎ききくことも　鈴木真砂女
永らへて湯豆腐とはよくつきあへり　清水基吉
湯豆腐に咲いて萎れぬ花かつを　石塚友二
湯豆腐やほのと老母の恋がたり　久保千鶴子

【寒卵《かんたまご》】　寒玉子
寒中に鶏が産んだ卵。鶏卵は完全食品に近く、特に寒卵は栄養豊富で、生で食べるのが良いとされる。かつては珍重された。

寒卵どの曲線もかへりくる　加藤楸邨
白粥に宝珠とおとす寒卵　谷野予志
寒卵二つ置きたり相寄らず　細見綾子
寒卵わが晩年も母が欲し　野澤節子
籠青し翳かさねたる寒卵　草間時彦
寒卵割つて左右の手が分る　中嶋秀子
はれやかに佐渡は近しや寒卵　黒田杏子
誰からも好かれて独り寒卵　吉田成子
絶海のしづけさにあり寒卵　中村正幸
曙光まだ天にのみあり寒卵　山下知津子
老いて慈悲ふかき妹寒玉子　成田千空

【薬喰《くすりぐひ》】　紅葉鍋《もみぢなべ》
養生のため、栄養食を摂《と》ること。古くは仏教の普及により獣肉には穢れがあるなどとされ、肉食が禁止されていたが、寒中には薬と称して獣肉を食べた。鹿は美味なので特に好まれ、その鍋は鹿と紅葉の縁で紅葉鍋という。❖広義には獣肉に限らず、寒中に滋養になるものを食べることをいう。

きつさきを立てて葱煮ゆ薬喰　亀井糸游
まつくらな山を背負ひぬ薬喰　細川加賀
熊笹に血ののこりたる薬喰　藤本安騎生
曲り家の一夜泊りの薬喰　小畑柚流
鉈彫の座敷柱や薬喰　山本洋子
上物の熊と誘はれ薬喰　茨木和生
旨酒《うまさけ》のことに吉野の薬喰　小島　健
一灯の低きを囲み薬喰　若井新一
紐ながき換気扇なり薬喰　中原道夫

【雑炊《ざふすい》】　おじや

野菜や魚介類を入れ、塩・醤油・味噌などで味付けした粥《かゆ》。米から炊く場合と飯を煮て作る場合がある。鍋料理の残り汁に飯を加えてさっと煮た雑炊もおいしい。

雑炊や庇《ひさし》あらはに湖《うみ》の風　石橋秀野
雑炊の浄土へ卵落しけり　大牧　広
雑炊のあと何となくにぎやかに　鷹羽狩行
門司の灯のふゆる雑炊すすりけり　西嶋あさ子
韮《にら》雑炊いよいよ素なる我が暮し　小原菁々子
かき雑炊太白すでに海の方　星野麥丘人

【柚子湯《ゆずゆ》】　冬至《とうじ》湯《ゆ》　柚子風呂　冬至風呂

冬至の日に、香りの高い柚子の実を風呂に浮かべて入浴すること。柚子湯に入ると無病息災でいられるという俗信がある。❖この風習は江戸時代から銭湯で行われていた。

柚子湯して柚子とあそべる独りかな　及川　貞
柚子湯沁む無数の傷のあるごとく　岡本　眸
柚子風呂に浸す五体の蝶番《てふつがひ》　川崎展宏
濤音をあひまあひまの冬至風呂　飯島晴子

【冬至粥《とうじがゆ》】　冬至南瓜《かぼちゃ》

冬至の日に、災厄を祓うために食べる小豆

入りの粥。❖生命力のもっとも弱くなるとされる冬至に、いろいろなものを食べる俗信のひとつ。→冬至

頬杖を解く冬至粥食はんため　佐藤鬼房
長江の岸を旅行き冬至粥　有馬朗人
一刷毛の夕映えとあり冬至粥　金箱戈止夫
選ばれて冬至南瓜となりにけり　山本一歩

【焼藷《やきいも》】　**焼芋《やきいも》　石焼藷　焼藷屋**

焼いた甘藷《さつまいも》。石焼藷を売り歩く声には独特の季節感がある。焼藷は栗に近い味ということで八里半、または「栗より（九里四里）うまい十三里」などという。❖屋台の焼藷屋は、関東大震災で店舗が激減した後に盛んになった。

焼藷や歌劇の町に笛高く　森田峠
焼藷を割つて話を切り出せり　老川敏彦
青空に焼藷の煙立ちのぼる　平田洋子
焼芋の大きな湯気を渡さるる　網倉朔太郎
焼芋屋いつもの闇に来てゐたり　児玉仁良
焼芋屋行き過ぎさうな声で売る　後藤立夫

【鯛《たひ》焼《やき》】　**今川焼　太鼓焼　大判焼**

生地を鯛の焼型に流し込み、餡を入れて焼いた菓子。鯛の形が何ともめでたい。今川焼は、神田今川橋付近で売り始めたことによるといわれる。

鯛焼をふたつに頒けて尾がさみし　ながさく清江
鯛焼は鯛焼同士ぬくめあふ　大牧広
鯛焼にある糊しろに似たるもの　岡崎るり子
鯛焼を割つて五臓を吹きにけり　中原道夫

【夜鷹蕎麦《よたかそば》】　**夜鳴蕎麦《よなきそば》　夜鳴饂飩《よなきうどん》**

夜、屋台を引いて売り歩く蕎麦。江戸時代に街角で客引きをした最下級の遊女「夜鷹」の値段と同じことから、この名がついたという。関西では夜鳴饂飩。チャルメラを鳴らしてくる中華蕎麦もある。

竹筒に竹箸なんど夜鷹蕎麦　原石鼎

みちのくの雪降る町の夜鷹蕎麦　山口青邨
夜鷹蕎麦これより曳いてゆくところ　岸本尚毅
灯を点けて塔の全貌夜鳴蕎麦　鈴木総史

【鍋焼《なべやき》】　鍋焼饂飩《なべやきうどん》

古くは、土鍋に鶏肉・魚介類・芹・慈姑《くわい》などを入れ、醤油や味噌の味で煮ながら食べるものを指した。現代では鍋焼饂飩をいう場合が多い。❖近代になり、夜鷹蕎麦の衰退と共に盛んになったとされる。

鍋焼ときめて暖簾《のれん》をくぐり入る　西山泊雲
鍋焼や泊ると決めて父の家　篠田悌二郎
ねもごろに鍋焼饂飩あましけり　村上麓人

【河豚汁《ふぐじる》】　ふぐと汁　ふぐ鍋　ふぐちり　てつちり　河豚の宿

河豚の身を入れた味噌汁。江戸時代の河豚料理はほとんどこれで、中毒をおこすことが多かった。現代では資格を持った料理人が河豚をさばき、刺身を作ったあとの骨や頭などを鍋料理にする。

あら何ともなや昨日は過ぎて河豚汁　芭蕉
逢はぬ恋おもひ切る夜やふぐと汁　蕪村
花嫁の父と二次会ふぐと汁　嶋田一歩
海峡に神事待つ夜のふぐと汁　河野頼人
てつちりや道頓堀のぬめ灯り　老川敏彦
河豚宿の古き柱を背にしたる　三村純也

【狸汁《たぬきじる》】

狸の身とたっぷりの野菜を入れて作った味噌汁。狸は雑食の野生動物特有の臭みがあるが、冬は脂肪が乗っておいしいといわれる。

方正を守る豆腐や狸汁　石井露月
狸汁喰べて睡たうなりにけり　大橋越央子
段々に部屋暖かく狸汁　高木晴子
一つしか打たぬ時計や狸汁　小笠原和男

【納豆汁《なっとじる》】

納豆をすり鉢ですり、汁でのばして野菜や

豆腐などと一緒に煮立てた味噌汁。体がよく温まる。❖古くは、納豆はそのまま食するよりも、汁仕立てにして食べることが多かった。

朱にめづる根来《ねごろ》折敷《をしき》や納豆汁　蕪村
納豆汁杓子に障る物もなし　石井露月
箸割れば響く障子や納豆汁　石塚友二

【のっぺい汁《じる》】　のっぺ汁

里芋を中心に鶏肉・人参・大根・椎茸・蒟《こん》蒻《にゃく》・油揚げ・豆腐などを好みの大きさに切り揃え、出汁《だし》で柔らかく煮た郷土料理。塩と醬油などで味付けをし、煮上がったら片栗粉や葛粉でとろみをつける。新潟県・島根県・山口県ほか、各地に伝えられる。

わかたれて湯気のつながるのつぺい汁　鷹羽狩行
風の夜は風の音降るのつぺ汁　伊藤虚舟
夜は佐渡をかくしてしまふのつぺ汁　永方裕子
百年の柱を前にのつぺ汁　水田光雄

【根深汁《ねぶかじる》】　葱汁

葱を実にした味噌汁。舌の焼けるほど熱くなった半煮え加減の葱がおいしい。根深は関東での葱の異称。❖風邪をひきやすい季節に好まれる。

母病みて一人にあまる根深汁　下田実花
根深汁一日寝込めば世に遠し　安住　敦
夕空の寧日つづき根深汁　櫻井博道
腰強き湯気たちのぼり根深汁　片山由美子

【蕪汁《かぶらじる》】

蕪を具にした味噌汁。❖蕪は株が上がるようにという商売繁盛の縁起物としても好まれた。

白河に風がうがうと蕪汁　福原十王
母すこやか蕪汁大き鍋に満つ　目迫秩父
まだ尾根の見ゆる明るさ蕪汁　小山玄黙

【干菜汁《ほしなじる》】

干菜を具にした味噌汁。干菜は大根や蕪の

切り落とした葉を陰干しにした、冬場の保存食料。❖鄙《ひな》びた味わいがある。

家郷いつも誰かが病めり干菜汁　関戸靖子
めつきりと友減つてゐし干菜汁　大牧　広
長生きの眉毛をぬらす干菜汁　角　光雄

【粕汁《かすじる》】

酒粕を混ぜた味噌汁。塩鮭や塩鰤《しおぶり》に野菜を加え、柔らかくなったところに酒粕を加える。こってりした味で、体が温まる。❖北国でよく作られる。また、関西では粕汁定食があるほど一般的な食べ方。

粕汁を吹き凹《くぼ》めてはたらべけり　金子杜鵑花
粕汁にあたたまりゆく命あり　石川桂郎
粕汁や裏窓にある波がしら　千田一路
粕汁や夫に告げざることの殖ゆ　大石悦子
粕汁や疵古るままに夫婦椀　水口泰子

【闇汁《やみじる》】　闇夜汁　闇鍋

闇汁会などといって、灯を消した室内で、持ち寄った食べ物の名を教えぬまま鍋の中に入れ煮て食べる。食べたものの名を当てたり、思いがけぬものが箸にかかったりするのを楽しむ。❖娯楽の少なかった時代の名残か。

闇汁の杓子を逃げしものや何　高浜虚子
闇汁やさのみならざる外の闇　阿波野青畝
闇汁のわが入れしものわが掬《すく》ひ　草野駝王
闇汁の闇のつづきに渡し舟　澁谷　道
闇汁をはつと点してしまひけり　鈴木鷹夫
闇汁に持ち来しものの鳴きにけり　大石悦子
闇夜汁電話の鳴つてしまひけり　小山玄黙
曲り家のごとき暗さの闇汁会　鷹羽狩行
闇汁会をんなの靴のひしめける　櫻井博道

【鋤焼《すきやき》】　牛鍋

牛肉に、葱・焼豆腐・白滝・麩《ふ》・白菜・春菊などを加え、砂糖・味醂・醬油などで作った割《わ》り下《した》で、煮ながら食べる。❖関東と関西では作り方が異なる。

横額は八一の書なり鋤焼す　右城暮石
すき焼や浄瑠璃をみて泣いてきて　長谷川櫂
すき焼やいつか離れてゆく家族　花野くゆ
牛鍋に一悶着を持ち込めり　村山古郷

【牡丹鍋《ぼたんなべ》】猪鍋《ししなべ》

猪肉の鍋料理。猪鍋ともいう。昔は薬喰の一種だった。関西で好まれ、野菜と一緒に煮込み、味噌で味付けする。❖牡丹に似た赤い色の猪肉は、獣肉を嫌った時代には山鯨と呼ばれた。

大根が一番うまし牡丹鍋　右城暮石
ぼたん鍋食べし渇きか雪を食ふ　橋本美代子
鍋底を火のはひまはる牡丹鍋　岬雪夫
牡丹鍋みんなに帰る闇のあり　大木あまり
言葉尻湯気にかき消え牡丹鍋　片山由美子
猪鍋の大山詣くづれかな　石田勝彦
猪鍋やとなりの部屋のまくらがり　細川加賀
猪鍋の佳境もなくて終りけり　関森勝夫
猪鍋や山の見ゆるを上座とし　井上弘美
猪鍋や箪笥の上に物を積み　山西雅子

【桜鍋《さくらなべ》】

馬肉の鍋料理。馬肉は桜色なので桜鍋という。葱・牛蒡などを入れ、味噌仕立てまたは鋤焼風の味付けをする。

二階より素足降り来る桜鍋　鈴木鷹夫
ぶちぬきの部屋の敷居や桜鍋　綾部仁喜
さくら鍋箸やすめれば噴きこぼれ　檜紀代

【鴨鍋《かもなべ》】

鴨の肉を用いる鍋物。もともとは真鴨を用いていたが、近年は家鴨との雑種の合鴨が主流になった。葱、白菜、牛蒡、豆腐などとともに煮込み、味付けはさまざまである。❖鴨肉と相性のよい葱がそろえばすぐにでも鍋ができることから、「鴨が葱を背負って来る」ということわざが生まれた。

鴨鍋やたびたび人が背を通り　角　光雄
鴨鍋や甲斐甲斐しくて左利き　山田弘子
鴨鍋を囲むころより湖暮るる　細川子生

【鮟鱇鍋《あんこうなべ》】
鮟鱇は見た目はグロテスクだが、味は美味で、ことに鍋が好まれる。旬は冬から早春にかけて。身が柔らかく、粘りが強く切りづらいので吊し切りという方法で捌く。鍋には、ほかに焼豆腐・葱などを加え、醬油・味醂・酒などを入れた薄味の汁で煮る。

ほかの部屋大いに笑ふ鮟鱇鍋　深川正一郎
鮟鱇鍋戸の開けたてに風入りぬ　舘岡沙緻
沖の灯と見えて星出づ鮟鱇鍋　中　拓夫
鮟鱇鍋廊下灯してなほ暗し　藤田直子
灯台の光の届く鮟鱇鍋　永瀬十悟
襖絵の波に囲まれ鮟鱇鍋　三浦美穂
鮟鱇もわが身の業も煮ゆるかな　久保田万太郎

【牡蠣鍋《かきなべ》】　土手鍋
冬季においしくなる種類の牡蠣を主な材料として楽しむ鍋料理。土手鍋は、味噌を鍋の周囲に塗り、その味噌を出汁に溶かし入れながら、野菜と共に牡蠣を煮て食べる。

牡蠣鍋の葱の切っ先そろひけり　水原秋櫻子
土手鍋の土手のさびしくなりにけり　櫂　未知子

【寄鍋《よせなべ》】
薄味のだし汁で魚貝・鶏肉・野菜などの季節の材料を煮込んだ鍋物。決まった具材は特になく自由に楽しむ。

舌焼きてなほ寄鍋に執しけり　水原秋櫻子
寄せ鍋の一人が抜けて賑はへり　千田一路
寄鍋や蓋の重たき唐津焼　斎藤朗笛
寄鍋にもつとも遠き席当る　中原道夫
寄鍋の大げさに開く貝の口　福神規子

【おでん】　関東煮《くわんとだき》
もともとは豆腐を串に刺して味噌をつけてあぶった味噌田楽の田に「お」をつけたも

ので、のちにその変形である煮込み田楽をおでんというようになった。江戸時代末期に始まったといわれ、関西では関東煮と称する。蒟蒻《こんにやく》・白滝・大根・はんぺん・竹輪・玉子・生揚げなどの種を煮込む。❖かつては田楽には菜飯、おでんには茶飯がつきものとされていた。

夫あらば子あらばこそのおでん種　角川照子
別るるに東京駅のおでんかな　岬　雪夫
おでん食ふよ轟くガード頭の上　篠原鳳作
おでん煮えさまざまの顔通りけり　波多野爽波
おでん煮る新らの杉箸割りたくて　鈴木八洲彦
おでん屋に同じ淋しさおなじ唄　岡本　眸
おでん屋に昼の輩となりにけり　三村純也
おでん酒一期一会の肘ぶつかる　大牧　広
こんにやくのはればれとある関東煮　川名将義

【煮凝《にこごり》】　凝鮒《こごりぶな》

魚の煮汁が冷えてゼリー状に固まったもの。また煮魚の身をほぐして煮汁とともに固めた寄せ物。ゼラチン質に富んだ鰈《かれい》・鮃《ひらめ》・鮟鱇《あんこう》などの魚はよく固まり味も良い。寒鮒を用いたものは、凝鮒《こごりぶな》といって賞味される。❖かつての日本家屋は室内温度が低く、自然と煮凝ができた。

煮こゞりの魚の眼玉も喰はれけり　西島麦南
煮凝やなにもかもはや過ぎしこと　小川匠太郎
煮凝やにぎやかに星移りゐる　原　裕
煮凝の山河端より崩しけり　宗田安正
煮凝にするどき骨のありにけり　大牧　広
山際の茜消えゆく凝鮒　福田甲子雄

【焼鳥《やきとり》】

鳥肉を串に刺して直火で焼いたもの。冬は鳥類のおいしい季節。かつて、焼鳥にするのは野鳥に限られていた。雁、鴨、雉《きじ》、山鳥などが好まれた。❖近年の町なかで食べる鶏肉の焼鳥は、季語として成立しにくい。

大靏に焼鳥の串落としけり　長谷川かな女
焼鳥の血のしたたりも中津川　藤澤清子
看板に山鳥つるや焼鳥屋　中山稲青

【風呂吹《ふろふき》】風呂吹大根

大根や蕪を茹でて、味噌だれなどをかけて食べるもの。熱いものを吹きながら食べるので風呂吹という。

風呂吹の一きれづつや四十人　正岡子規
風呂吹に杉箸細く割りにけり　高橋淡路女
風呂吹や妻の髪にもしろきもの　軽部烏頭子
風呂吹や闇一塊の甲斐の国　廣瀬直人
箸入れて風呂吹の湯気二つにす　山田佳乃

【茎漬《くきづけ》】菜漬　茎の桶《をけ》　茎の石　茎の水

蕪や大根、野沢菜などの漬物。葉・茎を樽に入れ、塩を加え、重石《おもし》を載せておく。麹を用いることもある。数日で熟し、酸味があって美味。漬ける桶を茎の桶といい、重石とする石を茎の石、上がってきた水を茎の水などという。

茎漬や妻なく住むを問ふおうな　太祇
水あげて茎漬はもう食べ頃か　小川匠太郎
石一つたす茎漬の手くらがり　長谷川久々子
茎の石土間の暗さにならし馴染む　後藤比奈夫
億劫なところより出す茎の石　北村仁子
茎の石母の力の底知れず　片山由美子

【酢茎《すぐき》】酢茎売

蕪の一種の酢茎菜を塩漬けにしたもの。京都上賀茂地方の特産である。

加茂川の日々に涸れゆく酢茎かな　岸風三樓
筆置ける石あり酢茎桶ならぶ　皆吉爽雨
ずりずりと路地へ押し出す酢茎樽　南うみを
酢茎売来て賑やかや台所　谷野予志
胸深く財布しまひぬ酢茎売　森田峠
残り火を暗きに捨つる酸茎売　井上弘美

【乾鮭《からざけ》】干鮭

北海道、東北地方北部などでは鮭を塩漬けにするばかりでなく、軒下にぶら下げ素干しにして保存した。食べるときには木槌で打って柔らかくし、火にあぶったり煮たりする。❖現代ではあまり見られない。

雪の朝独り干鮭を嚙《か》み得たり　芭蕉
乾鮭の切口赤き厨かな　正岡子規
乾鮭の下顎強くもの言へり　嶋田麻紀
乾鮭を鍛へ上げたる海の風　若井新一

【塩鮭《しほざけ》】　**新巻《あらまき》**　**荒巻《あらまき》**　**塩引《しほびき》**

鮭の塩蔵品のこと。生鮭の鰓《えら》を取り除き、腹部を開き、内臓などを除いたあと、口腔、腹腔に塩を入れ、回りにも塩を撒き、積みあげる。塩引ともいわれる。甘塩の鮭を縄で巻いた上等品を新巻という。

塩引や蝦夷の泥まで祝はるる　一茶
塩鮭の塩きびしきを好みけり　水原秋櫻子
新巻の荷にちがひなき長さかな　唐笠何蝶
さしあたり箱へ戻しぬ新巻鮭　池田澄子
骨董市荒巻提げて通りけり　七田谷まりうす

【海鼠腸《このわた》】

海鼠《なまこ》の腸を塩漬けにした、塩辛の一種。そのまますすったり、三杯酢で食べたりする。主に酒の肴とする。

このわたの壺を抱いて啜りけり　島田五空
海鼠腸が好きで勝気で病身で　森田愛子
このわたを立つて啜れる向ふむき　飴山實
海鼠腸の一尋ほどをひと啜り　岡田菫也

【新海苔《しんのり》】　**寒海苔**

海苔は本来春のものだが、冬のうちから出回るものを新海苔という。暮の贈答品などにする。色が鮮やかで柔らかく香りもよい。

新海苔や午前の便にも午後の便にも　相島虚吼
新海苔の艶はなやげる封を切る　久保田万太郎
新海苔買ふ仲見世の灯のはなやぎに　加藤松薫

【寒造《かんづくり》】

寒中の水で、酒を醸すことおよび醸したその酒をいう。酒造りは大体十一月から始まり三月に終わる。清酒は酛《もと》を仕込み、醪《もろみ》を発酵させ、粕を搾って造る。寒の水を用いて造った酒は味が良く、長期間の貯蔵に耐えられるといわれる。❖冬期の季節労働者を使えることも、寒造が盛んになる要因となった。↓新酒（秋）

碓《からうす》の十梃だてや寒づくり　召波
寒造りしたたる甕のひびきかな　田中王城
湯気ひいてはしる蔵人寒造　大橋櫻坡子
むかしめくくらき灯や寒造　五十嵐播水
佇めばつぶやく醪寒造　岸風三樓
一燈を神にともして寒造り　岬雪夫
能登杜氏のなべて小柄や寒造　福井貞子
かぐはしき湯気くぐりては寒造　三森鉄治

【寒晒《かんざらし》】　**寒曝《かんざらし》**

寒中に白玉粉などを製すること。石臼で粉砕した糯米《もちごめ》などの粉を清水につけ、濁りがとれるまで何度も水を替える。これを数日続けたのち、布の袋に入れて絞って水分を取り去り、木箱や筵《むしろ》に広げて天日で乾かす。糯米で作ったものが白玉粉であり、現在は機械化され、菓子の材料として広く用いられている。

毎夜さの槙の嵐や寒晒　子静
水が責めぬきし白さよ寒晒　右城暮石
なだるる日簀にせきとめて寒晒　木村蕪城
寒曝富嶽大きく裏に聳つ　西村公鳳

【葛晒《くずさらし》】

粉砕した葛の根を、何度も水を替えながら晒し、澱粉をとる作業。寒中の水を用いるのがよいとされた。

氷張る桶の重たし葛晒　岩根壽美
雪白に劣らじと葛晒しけり　江口井子
葛晒す男に匂ひなかりけり　広渡敬雄

【凍豆腐《しみどうふ》】　凍《こほり》豆腐　氷豆腐　寒豆腐
高野豆腐《かうやどうふ》

伝統的な保存食の一つで、豆腐を戸外に出して凍らせて乾燥させたもの。豆腐を四角に切って冬の晴天の夜、氷点下の屋外で簀《す》の上に並べて氷結させる。それを二、三週間低温で寝かせたものを藁で編み竹竿に掛け、天日で乾かす。高野山（和歌山県）の僧侶が考案したといわれ、高野豆腐とも呼ぶ。現在では機械化され、長野県で多く生産されている。

凍豆腐今宵は月に雲多し　松藤夏山
雪すこしかかりて暁けの凍豆腐　細見綾子
天竜のひびける闇の凍豆腐　木村蕪城
どれほどを星と語りし凍豆腐　大牧　広
荒星のこぼるる軒の凍豆腐　山田弘子
しばらくは嶺の薔薇色凍豆腐　柿沼　茂
田の畦の凍豆腐に月させり　加藤楸邨

【沢庵《たくあん》】　沢庵漬　沢庵漬く　大根漬く

天日に干した大根を糠《ぬか》に漬けたもの。沢庵の名は、禅僧の沢庵が考え出したことからとも、「たくわえ漬け」の訛《なま》ったものからともいわれている。米糠と塩の加減、重石《おもし》などによって味が決まる。

沢庵を漬けたるあとも風荒るる　市村究一郎
運ばれてすぐに沢庵石と呼ぶ　加倉井秋を
沢庵石てこでも島を出ぬ気なり　黛　執
大根を漬けてしまへば真暗がり　大峯あきら

【切干《きりぼし》】　切干大根

多くは大根を細く切って寒風に晒し、乾燥させたものをいう。三杯酢で和えたり、醤油に漬けたり、油揚げや人参と一緒に煮たりする。

切干のむしろを展《の》べて雲遠し　富安風生
切干やいのちの限り妻の恩　日野草城
切干も金星もまだ新しく　大峯あきら

切干や人の往来のまれにあり　九鬼あきゑ
切干にまぶしき山の旭かな　中山世一
世をしのぶかたちじわじわ切干に　中原道夫
山峡の切干に日の当たりけり　佐藤郁良

【冬構《ふゆがまへ》】 冬囲《ふゆがこひ》

本格的な防寒・防雪の備えをすること。家々では北窓を塞いだり、風除けを設けたり、また庭木を藁《わら》で囲ったり、田畑の作物や花卉《かき》を保護したりする。

山畑や青みのこして冬構へ　去来
あるだけの藁かゝへ出ぬ冬構　村上鬼城
格子戸の奥の格子戸冬構　加藤憲曠
棕梠縄をたつぷり使ひ冬構　山崎ひさを
石垣の高さ湖国の冬構　友岡子郷
冬構へ味噌樽の箍きりきりと　たなか迪子
冬構括りきれざるものは伐り　三村純也
冬構いくつも神を祀りたる　岸本尚毅
蘇鉄とは分らぬまでに冬囲　児玉輝代

【冬籠《ふゆごもり》】 雪籠《ゆきごもり》

冬の寒さを避けて家にこもっていること。東北・北陸・北海道などの寒冷地、特に豪雪地帯では、冬は家にこもりがちになる。

金屏の松の古さよ冬籠り　芭蕉
一ぱいに日のさす屋根を冬ごもり　鳳朗
薪をわるいもうと一人冬籠　正岡子規
待つものに郵便ばかり冬籠　宮部寸七翁
いまは亡き人とふたりや冬籠　久保田万太郎
読みちらし書きちらしつつ冬籠　山口青邨
返信のおほかたを否に冬ごもり　橋閒石
夢に舞ふ能美しや冬籠　松本たかし
背に触れて妻が通りぬ冬籠　石田波郷
兵糧のごとくに書あり冬籠　後藤比奈夫
冬籠ひとりの智慧はひとり分　星野麥丘人
身ほとりをかろやかにして冬籠　藤本美和子

【冬館《ふゆやかた》】

冬景色の中の洋館。❖ひっそりとした佇ま

いに詩的な趣がある。↓夏館（夏）

冬館訪ふ近道や廃墟の中　中村草田男
ベル押せば深きにいらへ冬館　長谷川浪々子
鳥影や遠き明治の冬館　角川源義
造花よりほこりのたちぬ冬館　津川絵理子

【北窓塞ぐ《きたまどふさぐ》】　**北塞ぐ**

北風を防ぐために、北向きの窓を塞ぐこと。戸を下ろしたり、板を打ちつけたりする。かつては筵《むしろ》で覆う地域もあった。❖窓をふさいだ家屋は閉じ込められたような陰鬱さがある。↓北窓開く（春）

北窓をふさぎ怒濤を封じけり　徳永山冬子
まなこまで北窓塞ぎたるおもひ　鷹羽狩行
こころにも北窓のあり塞ぐべし　片山由美子
ことごとく北塞ぎたる月夜かな　大峯あきら
バス停にバスの来る頃北塞ぐ　櫂未知子

【目貼《めばり》】

東北・北海道方面では、雪や風が吹き込まないように紙やテープなどを貼って隙間ができないようにする。現代家屋ではアルミサッシなどが普及したため、目貼りの必要は少なくなった。↓目貼剝ぐ（春）

目張して空ゆく風を聞いてゐる　伊東月草
首の骨こつくり鳴らす目貼して　能村登四郎
渚なき海をさびしと目貼しぬ　岡本眸
目貼して音なき夜となりにけり　茂惠一郎

【霜除《しもよけ》】　**霜覆《しもおほひ》**　**霜囲《しもがこひ》**

寒さに傷みやすい果樹・庭木・花卉《かき》類を藁や菰《こも》・筵などで囲って、霜害を防ぐこと。寒冷紗を用いることも多い。

山畠や菜に笹さして霜覆ひ　宗居
霜除の藁に降る雨だけ見えず　後藤比奈夫
霜囲めをとのごとくそれは牡丹　山口青邨

【風除《かざよけ》】　**風垣《かざがき》**　**風囲《かざがこひ》**

農村や漁村で寒風を防ぐために設けたもの。多くは北西の季節風の強い日本海沿岸の地方で、家の周りに板や藁・葭《よし》・竹などで塀のように高い囲いをする。大規模なものもあれば、簡単で粗末なものもある。❖北陸地方などに多く見られる。

風除やくぐりにさがるおもり石　村上鬼城
風除の砂に埋もれて少し見ゆ　高浜虚子
風除の裡に雨降る砂地かな　木村蕪城
櫂かつぎ風除垣を出で来る　岡安迷子
風垣を甲斐駒の日が照らすなり　村山古郷
風垣のくくり縄噛む放ち鶏　皆川盤水
風垣の内なる風の吹きにけり　今井杏太郎
風垣をつらねて能登の海見せず　片山由美子

【雪囲《ゆきがこひ》】　**雪垣《ゆきがき》**　**雪構《ゆきがまへ》**　**雪除《ゆきよけ》**　**墓囲《はかかこ》ふ**

雪国で風雪の害を防ぐため、家の入り口や周囲、庭木などを藁・薦《こも》・簀《す》・竹・板などで囲うこと。またその囲い。↓雪囲とる（春）

御社雪囲ひして雪すくな　高野素十
雪囲して三百の僧住めり　伊藤柏翠
長縄は放りて捌き雪囲　嶋田摩耶子
飯粒の流れ出でけり雪囲　山本洋子
逃げたがる枝を封じて雪囲ひ　村上沙央
荒縄を男結びに雪囲　棚山波朗
雪囲ひして松の丈黄楊の丈　藤本美和子
青空の沖荒れてゐる雪囲　中町恵美子

【雁木《がんぎ》】

新潟・北陸・山陰および東北地方などの雪の深い土地では、町の家々の軒から頑丈な庇《ひさし》を歩道に張り出して、大雪の日でも自由に通行できるようにしてある。これを雁木という。アーケードに代わってしまった所が多いが、昔ながらのものが残っている地域もある。❖採光や通風の便より雪中の通行を優先させている。

来る人に灯影ふとある雁木かな　高野素十
雁木とふ急に静かなところかな　中村たかし

大寺の庫裡へとつづく雁木かな　佐久間慧子
ゆきかひのさざめきさびし雁木道　上林天童

【藪巻《やぶまき》】　菰巻《こもまき》

雪折れなどを防ぐために竹や樹木に縄や筵などを巻きつけること。

藪巻の松千本や法隆寺　細川加賀
藪巻やこどものこゑの裏山に　星野麥丘人
菰巻いて松は翁となりにけり　大石悦子
菰巻をしてことごとく傾ぎけり　藤本美和子

【雪吊《ゆきつり》】

雪の重みで果樹や庭木の枝が折れないように、樹形に合わせて縄を張り、枝を吊り上げておくこと。松など、その庭園において重要な木に施されることが多い。金沢市の兼六園の雪吊は、冬の風物詩となっている。❖近年は雪の少ない地域でも飾りとして雪吊を施すことがある。

雪吊に白山颯《さつ》とかがやけり　阿波野青畝
雪吊をして貰ひたる小松かな　轡田進
風に鳴るほど雪吊の弦張つて　中村青路
雪吊や旅信を書くに水二滴　宇佐美魚目
雪吊を見てゐて背丈伸びにけり　山田みづえ
雪吊の縄のいつぽん怠けをり　伊藤白潮
雪吊りや吊つて三日の縄匂ふ　加藤耕子
雪吊の縄雪空を引き絞る　藤木俱子
雪吊のはじめの縄を飛ばしけり　大石悦子
雪吊りの雪を弾いて中に鳥　西山睦
その下を掃き雪吊の仕上がりぬ　片山由美子
雪吊の縄途中から新しき　山口昭男

【雪搔《ゆきかき》】　除雪　除雪車　ラッセル車

雪国で家ごとに周辺の雪を搔いて除く作業。鉄道や道路では除雪作業用の車両で雪を取り除くが、降雪に追いつかない年もある。❖近年は地方の過疎化が進み、雪搔ボランティアを募ったり、雪搔ツアーを募集することも増えている。

雪搔きのまばらと見えて総出なり　宮津昭彦
雪道へ出るための雪搔きにけり　山本一歩
雪のほかは見る物がなき雪を搔く　菅　裸馬
歩くだけ生きるだけの幅雪を搔く　寺田京子
昼よりも明るき夜の雪を搔く　北　光星
除雪車の地ひびき真夜の胸の上　黒田桜の園
除雪車のたむろしてゐる駅に着く　福永鳴風

【雪下し《ゆきおろし》】　雪卸《ゆきおろし》

雪の多い地方では、屋根の雪を時々除く必要がある。雪の重みで、戸や障子の開けたてができなくなったり、屋根が崩落したりする恐れがあるためである。❖現在では屋根に傾斜や融雪装置をつけたりと、省力化も進んでいるが、依然として冬季の重労働であることに変わりはない。

飛びたつは夕山鳥かゆきおろし　白　雄
雪下し夕空碧くせまり来る　金尾梅の門
雪下し影切り落し切り落し　若井新一
雪卸し能登見ゆるまで上りけり　前田普羅
ほつほつと空に人でて雪卸　永田耕一郎
命綱付け大空の雪卸　藤原静思
青空に声あらはれて雪卸す　落合水尾

【冬の灯《ふゆのひ》】　冬灯《ふゆともし》　寒灯　寒灯《かんともし》

寒さの厳しい冬の灯火のこと。必ずしも寒中の灯火のことだけを指すわけではない。❖早々とともされた灯には、寂しさとともに人懐かしさがある。→春灯《しゅんとう》（春）・夏の灯（夏）・秋の灯（秋）

大阪の冬の灯ともる頃へ出る　後藤夜半
峡《かひ》住みの言葉置くごと冬灯《ともし》　有馬籌子
図書館に知恵の静けさ冬灯　秋尾　敏
冬灯二つ一つと消えて山　坊城俊樹
辞書割つて一字を寒燈下に拾ふ　佐野まもる
寒燈の消えて乾坤闇に落つ　星野立子
寒灯の下の落雁まだ食はず　鈴木鷹夫
寒灯の真下に据ゑて面打てり　三森鉄治

在はすやと訪ひて戸ぼその寒灯　田畑美穂女

【冬座敷《ふゆざしき》】

襖や障子を閉めきり、冬のしつらえをした座敷。❖整然としていて、居間など日常的に使う部屋とはちがう趣がある。↓夏座敷（夏）

日の筋に微塵浮かすや冬座敷　小杉余子
あか〳〵と熾《おこ》りたる火や冬座敷　久保田万太郎
冬座敷くぬぎ林の中にあり　大峯あきら
亡き人の先にきている冬座敷　宇多喜代子
閂の音のここまで冬座敷　榎本好宏
結納の紅を拡げて冬座敷　桑島啓司
その昔学問寺や冬座敷　稲田眸子

【畳替《たたみがへ》】

正月を迎える年用意の一つとして、汚れたり傷んだりした畳表を取り替えること。青々とした畳表を敷き詰めた部屋には、藺《い》草《ぐさ》の匂いが立ちこめ、快い。

畳替すみたる箪笥据わりけり　久保田万太郎
一枚を灯下に仕上げ畳替へ　鷹羽狩行
敲《たた》いてはのし歩いては畳替　千葉皓史

【障子《しやうじ》】　腰障子　明り障子　白障子　雪見障子

片側にのみ和紙を貼り、光を採り入れつつ寒さを防ぐ、日本家屋の建具。古くは障子といえば襖も含んだが、現在では採光のできる明り障子を単に障子といっている。❖障子を通してほのかに光の入った部屋は落ち着きを感じさせる。↓葭戸《よしど》（夏）

嵯峨絵図を乞へば障子の開きにけり　五十嵐播水
うしろ手に閉めし障子の内と外　中村苑子
一亭の障子ましろく池に向く　村上冬燕
女弟子ふえて障子の小づくろひ　北村仁子
一枚の障子明りに伎芸天　稲畑汀子
覚めてまだ今日を思はず白障子　岡本眸
午後といふ不思議なときの白障子　鷹羽狩行

みづうみに舟の出てゐる白障子　大串　章
またひとつ記憶のもどる白障子　今井　豊
ちちははへ雪見障子を上げておく　和田順子

【襖《ふすま》】　唐紙《からかみ》　白襖　絵襖

襖障子の略で、細木の骨を組み、両面から紙や布を張った建具。部屋を仕切ると共に防寒に役立つ。唐紙を用いることから唐紙障子や唐紙というようにもなった。

震度2ぐらいかしらと襖ごしに言う　池田澄子
次の間へ襖の松のつづきをり　奥坂まや
唐紙の山河はづして通夜の家　岬　雪夫
星空をもどれば白き襖かな　鴇田智哉

【屏風《びやうぶ》】　金屏風　金屏　銀屏風　銀屏
枕屏風

風除けのために立てる調度。古く中国から入ってきたもので、はじめは現在の衝立《ついたて》のようであったが、改良されて折りたためる形になった。高さ五尺（約一・五メートル）のものを本間屏風、三尺前後のものを小屏風といい、六曲一双を基準とする。❖装飾品として利用されることが多く、実用性は薄れている。式場などに置かれる金屏風、銀屏風はとりわけ季節感が乏しい。

今消ゆる夕日をどつと屏風かな　山口青邨
屏風の図ひろげてみれば長恨歌　下村梅子
運ばむと四枚屏風に抱きつきぬ　後藤綾子
あかあかと屏風の裾の忘れもの　波多野爽波
畳まれてひたと吸ひつく屏風かな　長谷川櫂
銀屏の古鏡の如く曇りけり　高浜虚子
六面の銀屏に灯のもみ合へる　上村占魚
絵屏風の隅に描かれて芹その他　宇多喜代子
屏風絵の鷹が余白を窺《うかが》へり　中原道夫

【絨緞《じゅうたん》】　絨毯《じゅうたん》　緞通《だんつう》　カーペット

獣毛などを用いた毛織物の一種で、美しい文様や絵が織り込まれている。❖本来は保温用の冬の敷物だが、近年は一年中敷いたままの家もあり、季節感が薄れている。

絨毯に坐せる少女を見下すも　草間時彦

絨毯は空を飛ばねど妻を乗す　中原道夫

【暖房《だんぼう》】煖房　床暖房　スチーム　ヒーター　暖房車

室内を暖めること。またその器具。従来、日本では火鉢などのように身体の一部分を温めるに留まり、部屋そのものを温めるという発想は近代になって欧米の生活から取り入れられたものである。

暖房や肩をかくさぬをとめらと　日野草城

暖房のぬくもりを持ち鍵一房　有馬朗人

空青し床暖房のしづけさに　市古美香

スチームや中世の色濃きホテル　千原叡子

煖房車荒涼たる河をわたりたり　山口誓子

大陸の綺羅星の夜を煖房車　福田蓼汀

身ひとつの旅すぐ睡く暖房車　菖蒲あや

暖房車青年チエロを立てて坐す　大山さちを

【ストーブ】暖炉　ペチカ　温突《オンドル》

ガス・石油・電気・石炭・薪などを用いた暖房装置をストーブという。洋館には暖炉も設けられた。❖北欧やロシアのペチカ、朝鮮半島・中国北部の温突《オンドル》などは、小説などを通して日本に知られるようになったが、戦前、大陸で過ごした人などは実体験に基づいて俳句に詠んでいる。

ストーブの口ほの赤し幸福に　松本たかし

ストーブの中の炎が飛んでおり　上野泰

風の声火の声ストーブ列車発つ　成田千空

父も来て二度の紅茶や暖炉燃ゆ　水原秋櫻子

一片のパセリ掃かるる暖炉かな　芝不器男

夜の海見て来て寄れる暖炉かな　安住敦

室内を暖炉煙突大まがり　藤後左右

チェスの二人読書の一人暖炉の夜　牛田修嗣

またひとつ話のもどる暖炉かな　明隅礼子

動かしてペチカにほぐす十の指　石川桂郎

ペーチカに蓬燃やせば蓬の香　沢木欣一

【炭《すみ》】　炭火　燻炭《いぶりずみ》　跳炭《はねずみ》　炭の尉《じよう》　埋火《うづみび》
枝炭　堅炭　備長炭《びんちやう》　佐倉炭　桜炭　火消
壺　消炭　炭斗《すみとり》　炭籠《すみかご》　炭俵

　木炭のこと。火鉢や炬燵が暖を取る手段だった時代には、欠かすことのできない燃料だった。材料となる木はさまざまである。堅炭、白炭など炭の性質によって分けたり、雑丸《ぞうまる》・雑割《ぞうわり》・楢丸《ならまる》・楢割《ならわり》・楓丸《かえでまる》など原料の樹種や形によって分類したりする。茶道で使う炭には枝炭・花炭などがある。❖跳炭のことは、走り炭ともいう。

更くる夜や炭もて炭をくだく音　蓼太
はしり炭用のなき身を驚かす　闌更
切口に日あたる炭や切り落とす　原石鼎
学問のさびしさに堪へ炭をつぐ　山口誓子
炭はぜてうつつにかへる夜の畳　福島小蕾
しづけさに加はる跳ねてゐし炭も　鷹羽狩行
炭の尉《じよう》驚ろかしたる湯玉あり　中原道夫
埋み火やまことしづかに雲うつる　加藤楸邨
掘りあてし埋火紅く透きとほり　眞鍋呉夫
埋み火や直会いまだ始まらず　森田峠
埋火の一語大事に育てけり　西嶋あさ子
枝炭の骨の音して山あかり　大木あまり
おもむろに尉となりつつ桜炭　児玉輝代
母の亡き世にも慣れたり桜炭　伊藤通明
くらがりに置かれて火消壺といふ　今井杏太郎
消炭を夕べまつかな火に戻す　三橋鷹女
炭斗や母の手届く置きどころ　草間時彦
地に一度置いてかつぐや炭俵　京極杞陽
炭俵ほどきはじめの川明り　花谷和子

【炭団《たどん》】　豆炭《まめたん》

　木炭の粉をふのり液などで球形に固め、乾燥させた固体燃料のこと。一定温度を保つことができるので火鉢や炬燵に使われた。❖煉炭は火力が強く煮炊きに向くが、炭団の方が硫黄分が少なく、灰の出も少ない点で燃料としてはまさっているといえる。

寄り合うて焔上げゐる炭団哉　青木月斗
昼からの日ざしに乾くたどんかな　荻野忠治郎

【石炭《せきたん》】　コークス

太古の植物が、地中に埋蔵されて炭化したもの。燃料として用いられ、冬季は保温・暖房に利用される。コークスは石炭を高温で乾留し、揮発分を除いたもの。石炭は安価で発熱も良いため大量に採掘されたが、次第に石油が主流となり、石炭産業は衰微してしまった。❖燃料としては現在ほとんど顧みられない石炭だが、季語としての存在感はいまだにある。

手に重し大塊りの石炭は　橋本鶏二
石炭や二十世紀は移りつつ　京極杞陽

【煉炭《れんたん》】

木炭・石炭などの粉末を円筒状に固めたもので、明治時代末期に日本で発明された。内部に燃焼を良くするための空気孔が縦にあいている。火持ちが良いので、暖房用燃料や煮炊きなどに使われたが、かつては煉炭中毒をおこすことがあった。現在ではあまり用いられない。

濤高き夜の煉炭の七つの焔　橋本多佳子
煉炭の火口へ種子を突きおとす　秋元不死男
煉炭の火の絶壁を風のぼる　斎藤空華
煉炭の穴より炎あがりけり　鳥居三朗
練炭の灰練炭の形で立つ　中村与謝男

【炬燵《こたつ》】　切炬燵《きりごたつ》　置炬燵　掘炬燵

日本独特の採暖用具。部屋の中に炉を切り、その上に格子に組んだ木製の櫓《やぐら》を掛け、櫓の中に炭火などを入れて暖を取るものが切炬燵。移動可能なものを置炬燵という。さらに床に深く掘り下げて腰掛けられるようにしたものが掘炬燵である。近年は電気炬燵が主流。❖極寒地では、炬燵では間に合わないため、ほとんど用いられない。

淀舟やこたつの下の水の音　太　祇
住みつかぬ旅のこゝろや置火燵　芭　蕉
よき衣を着てあたりゐる炬燵かな　山口波津女
炬燵出て歩いてゆけば嵐山　波多野爽波
どつぷりとつかりてこその炬燵かな　中嶋秀子
世の中の炬燵の中といふ処　池田澄子
脚すこし弱くなりたる炬燵出す　柴田佐知子
折鶴の嘴《はし》うつくしき炬燵かな　馬場龍吉
切札のひらりと出たる炬燵かな　津川絵理子
つくづくと出雲訛の炬燵の子　京極杞陽
茶を出しぬ炬燵の猫を押落し　金子伊昔紅
うたゝねの夢美しやおきごたつ　久保より江
別々のことして愉し置炬燵　杉田菜穂
猫が出て子が出て来たる掘炬燵　千原叡子

【炉《ろ》】　**囲炉裡《ゐろり》**　**囲炉裏《ゐろり》**　**炉火**　**炉明《ろあか》り**　**炉話《ろばなし》**　**炉語《ろがた》り**

家の土間や床の一部を方形に切って設けた、火を焚く所。農村の昔ながらの住宅では、大きい炉を切り、薪や榾《ほた》を燃やした。そこで煮炊きをしたり、暖を取ったりした。火を囲んでの炉辺の語らいは楽しいものだが、近年では炉は少なくなっている。❖囲炉裏は家族の団欒の中心であり、座る場所など、さまざまな決まりごとがあった。→炉開

大原女の足投げ出してゐろりかな　召　波
炉の部屋を常に散らかし親しめり　山口波津女
詩の如くちらりと人の炉辺に泣く　京極杞陽
炉辺の母昨日と同じ話かな　有馬籌子
松笠の真赤にもゆる囲炉裏かな　村上鬼城
火の色の夕間暮来る囲炉裏かな　小杉余子
囲炉裏辺の熊皮北海道の形　奈良文夫
雨音の強まりて炉火盛んなり　大峯あきら
いろいろのものに躓《つまづ》き炉火明り　高野素十
炉話のところどころに風の声　八染藍子

炉話へ一人二人と加はれり　小畑柚流
炉話のやがて静かに火を見つめ　白石渕路
炉語りを長押《なげし》の槍を見つゝ聞く　伊藤柏翠

【榾《ほた》】　榾火《ほたび》　榾明《ほたあか》り　榾の宿　榾の主

太めの木の枝や幹、根株などを干して、囲炉裏に用いる焚きもの。柴や小枝を焚き付けとして燃やす。「ほだ」とも。

妻も子も榾火に籠る野守かな　白雄
大榾をかへせば裏は一面火　高野素十
大榾の突きはなしたる焰かな　橋本鶏二
大榾の骨ものこさず焚かれけり　斎藤空華
大榾木已が重みに崩れけり　石井いさお
ふとしたることより榾火よく燃ゆる　星野立子
年輪のからからと榾明りかな　喜多明美
ひといろの火のゆらぎをる榾の宿　上村占魚

【火鉢《ひばち》】　火桶《ひをけ》　手焙《てあぶり》　手炉《しゆろ》

灰を入れ、中に炭などをいけて、暖を取ったり、煮炊きなどに使う器具。木製・金属製・陶磁器製などがある。古くは火桶を用いたが、のちに木製の箱火鉢・角火鉢・長火鉢が使われ、やがて陶製のものが主流となった。

うき時は灰かきちらす火鉢かな　青蘿
金沢のしぐれをおもふ火鉢かな　室生犀星
動かせば火鉢に爺がついてくる　伊藤伊那男
手をおいて心落つく大火鉢　五十嵐播水
死病得て爪美しき火桶かな　飯田蛇笏
火桶抱く三時といへば夕ごころ　皆吉爽雨
刈込みのよき庭を見る火桶かな　森田峠
かの巫女の手焙の手を恋ひわたる　山口誓子
手炉撫でゝ山の嵐をきゝにけり　宇田零雨

【行火《あんくわ》】　猫火鉢

炭火を入れて手足を温める道具。上部がやや丸くなった箱型で、火種を出し入れする開口部があり、他の三面には穴が開いている。蒲団などを掛けて用いる。猫火鉢は小型の行火で、寝床に入れて用いる。❖「行」は持ち運びできるという意味。

ペンの走り固しとおもひ行火抱く　臼田亜浪
ありがたや行火の寝床賜ひしは　石塚友二
猫火鉢すでに足より遠くあり　片山由美子
三毛猫とわかちあひけり猫火鉢　櫂　未知子

【懐炉《くわいろ》】温石《をんじやく》

懐に入れて、体の冷えを防ぎ、暖を取る道具。金属などで作った容器に火をつけた懐炉灰を入れて用いるものや、揮発油を用いるものがあり、近年は使い捨ての紙懐炉が主流となっている。懐炉は元禄期の発明で、それ以前は石などを火で温め、布で包んだ温石を用いていた。❖形態の大きく変わった季語のひとつである。

ほこほこと身を焼きいやす懐炉かな　細木芒角星
むら肝のおとろへを知る懐炉かな　阿波野青畝
懐炉して臍からさきにねむりけり　龍岡　晋
みぞおちの懐炉があつし川を見る　田中午次郎
亡き母がふところにゐる懐炉かな　国弘賢治
温石の抱き古びてぞ光りける　飯田蛇笏
温石や山の端を飛ぶ鳥の群　野中亮介

【湯婆《たんぽ》】湯たんぽ

寝床で用いる陶製・金属製などの保温器。中に熱湯を入れて使う。行火などに比べ、比較的安全な道具といえる。

起さるる声も嬉しき湯婆かな　支　考
寝がへりに音をあやしむ湯婆かな　嘯　山
寂寞と湯婆に足をそろへけり　渡辺水巴
みたくなき夢ばかりみる湯婆かな　久保田万太郎
湯婆より足が離れて睡り落つ　福永耕二
湯たんぽを抱き波乗りの夢見んか　高　千夏子
湯たんぽを抱へ二階へゆくところ　佐藤博美
湯たんぽに揃へてのせる母の足　井上弘美
ゆたんぽのぶりきのなみのあはれかな　小澤　實

【炉開《ろびらき》】

炉を中心に生活していた時代は本格的な寒さに備えて炉を開いた。現在、家庭から炉が消えてしまった中で、茶道では、行事としての炉開きが重要である。旧暦十月朔日《ついたち》または十月中の亥《い》の日を選んで、風炉を閉じ、炉を開く。→炉

炉開や昼の紙燭の影よはき　路人

炉開きや漆黒のピアノ次の間に　及川貞

炉開やまらうどはみづうみを来し　野中亮介

人泊めてもてなしの炉を開きけり　鈴木花蓑

炉開いて重き火箸を愛しけり　後藤夜半

富士隠す雨となりたり炉を開く　下村非文

【口切《くちきり》】

炉開きの日に、その年の新茶の茶壺の封を切ること。また、その茶で行う茶事のこと。

❖茶壺を密封しておき、秋を越して風味が増すのをこの日まで待つのである。

口切に堺の庭ぞなつかしき　芭蕉

口切やふるきまじはりまた重ね　及川貞

口切や招かれて行く誰々ぞ　岩谷山梔子

【敷松葉《しきまつば》】

庭の苔などが、霜に損なわれないように松の枯葉を敷いて保護する。また庭園に雅趣を添えるため、枯松葉を敷き詰めたものもいう。

北向の庭にさす日や敷松葉　永井荷風

上京や雨の中なる敷松葉　鷲谷七菜子

敷松葉紅志野紅を深めけり　浅野洋子

霧雨の後の木洩日敷松葉　瀧澤和治

【湯気立て《ゆげたて》】　湯気《ゆげ》立《た》つ　加湿器

室内の空気の乾燥を防ぐため、ストーブや火鉢の上に鉄瓶ややかんを載せて湯気を立てること。適度な湿度が保たれ、身体によい。近年は加湿器をよく見かけるようになった。

湯気立て、ひそかなる夜の移りゆく　清原枴童

ほしいまゝ湯気立たしめて独ゐむ　石田波郷
湯気立てて大勢とゐるやうに居り　岡本　眸
湯気たてて宿題の子の眠くなる　山西雅子

【賀状書く《がじやうかく》】

新年に届くように、年内に賀状を用意すること。十一月になるとお年玉付きの年賀はがきが売り出され、暮れの忙しい中で、暇を見て書き続けていく。❖賀状は新年、「賀状書く」は冬の季語。→賀状（新年）

みささぎの梢の見ゆる賀状書く　波多野爽波
一つ灯を妻と分け合ひ賀状書く　高村寿山
賀状書くけふもあしたも逢ふ人に　藤沢樹村
美しき名の誰かれへ賀状書く　片山由美子

【日記買ふ《にっきかふ》】　古日記　日記果つ

年末に来年の日記を買うこと。新年を迎える用意のひとつ。一年間書き綴った古日記にも愛着はあるが、残り少なくなると買い換える。❖新たな年への決意めいた思いも滲む。→初日記（新年）

人波のここに愉しや日記買ふ　中村汀女
こころにも風吹く日あり日記買ふ　保坂伸秋
来し方の美しければ日記買ふ　赤松蕙子
われ買へばなくなる日記買ひにけり　池上浩山人
日記買ひ雪新しき山に向く　岩崎健一
日記買ひ夜の雑踏に紛れけり　星野高士
空白をそのまま閉ぢぬ古日記　大野建三
日月を束ねるやうに日記果つ　的場秀恭

【古暦《ふるごよみ》】　暦果《は》つ　暦の果　暦売

正確には新年になってから、旧年の暦をさしていうのだが、十二月も押しつまって、新しい暦が売られたり配られたりすると、使用中のものでも古暦という感じがしてしまう。→初暦（新年）

大安の日を余しけり古暦　高浜虚子
古暦少しくこげて炉辺にあり　清原枴童
古暦水はくらきを流れけり　久保田万太郎

古暦焚くユトリロを惜しみつつ　下村ひろし
人波の流れやまぬに暦売　富安風生
街灯の影の二重に暦売　米澤吾亦紅
暦売恋の二人を見送れる　轡田　進
高波をうしろにしたり暦売　大峯あきら

【焚《たき》火《び》】　朝焚火　夕焚火　夜焚火　落葉焚

暖を取るために、枯木や枯草を燃やすこと。社寺の境内での落葉焚、野山で木の枝や枯蔦を燃やす焚火、また建築現場で木屑や塵を燃やす焚火など、いかにも冬らしい光景である。❖近年は防火意識の高まりにより、ほとんど見かけなくなった。

焚火かなし消えんとすれば育てられ　高浜虚子
八ヶ岳見えて嬉しき焚火かな　前田普羅
火になりて松毬見ゆる焚火かな　吉岡禅寺洞
一人退き二人よりくる焚火かな　久保田万太郎
なめらかに煙伸びゆく焚火かな　阿波野青畝
焚火離る誰にともなく会釈して　鈴木鷹夫
夕闇のうつくしかりし焚火かな　今井杏太郎
ヨルダンの岸の焚火の濃かりけり　有馬朗人
歪みたり焚火の向う側の人　矢島渚男
軍港をあぶり出したる焚火かな　中村和弘
囲みたる焚火の主を誰も知らず　大類つとむ
流木をねぎらふ焚火はじめけり　中原道夫
色々のてのひらのある焚火かな　塩田博久
焚火跡暖かさうに寒さうに　後藤比奈夫
浜焚火してゐて遠流めきにけり　岩岡中正
訪《おとな》ひを待つとはいはず夕焚火　上田五千石
落葉焚空をけぶらす遊びして　手塚美佐
てつぺんにまたすくひ足す落葉焚　藺草慶子

【火の番《ひのばん》】　夜番　夜廻《よまはり》　夜警《やけい》　寒柝《かんたく》

火事の多い冬季に火の用心のために夜廻りをすることで、江戸時代には各町ごとに火の番を雇っていた。拍子木（柝）を叩いて歩くのが普通だが、金棒を曳く者と一緒に廻ることもあった。今でも「火の用心」と声を上げながら柝を打って歩くこともある。この柝を「寒柝」とよぶ。

町を行く夜番の灯あり高嶺星　松本たかし
水枕中を寒柝うち通る　山口誓子
寒柝の終の一打は湖へ打つ　大石悦子
寒柝のひびきて湖の漁師町　鈴木しげを

【火事《くわじ》】大火　小火《ぼや》　近火　遠火事
昼火事　火事見舞

冬は空気が乾燥しているので、暖房器具の扱いの不適切さや寝煙草などにより火事が起きやすい。

白鳥のごときダンサー火事を見て　百合山羽公
暗黒や関東平野に火事一つ　金子兜太
火事を見し昂り妻に子に隠す　福永耕二
浅草にレコード探し昼の火事　福島　勲
棒立ちのものばかりなり火事の跡　北村仁子
火事跡に海見えゐたるあはれかな　藤田湘子
火事跡の鏡に余るほどの空　板倉ケンタ
東京や遠火事は一輪の花　櫂　未知子
火事見舞あかつき近く絶えにけり　西島麦南

【雪沓《ゆきぐつ》】藁沓《わらぐつ》

雪中を歩くために履《は》く沓。藁で作られたものが多いので藁沓ともいい、北陸などの豪雪地帯で用いられた。浅沓から深沓までさまざまな形がある。↓ブーツ

雪沓を履かんとすれば鼠行く　蕪　村
雪沓や土間の広さを踏みて待つ　石島雉子郎
雪沓の音なく来たり湖《うみ》の際　桂　信子
雪沓穿く広き背にいふ頼みごと　村越化石
雪沓の挟まつてゐる薬師の戸　西野文代
荒磯まで雪沓の径ありにけり　今井杏太郎
雪沓といふ暗闇が立つてをり　仲　寒蟬

【樏《かんじき》】輪樏

雪の中に足を踏み込んだり、滑ったりするのを防ぐために、雪深い地方で靴や藁沓な

どの下につけるもの。円形や楕円形のもの
が多い。材料は竹・木の皮・麻縄など、土
地によってさまざまである。

かじき佩《は》いて出でても用はなかりけり　一　茶
かんじきの一歩はやはりやや沈む　安藤五百枝
樏の危ふき歩幅たのしめる　岸田稚魚
道ゆづりたる樏のあと深し　中戸川朝人
樏をためすは空の蒼きゆゑ　橋本末子
落慶の寺へと急ぐ輪樏　小畑柚流

【橇《そり》】　馬橇《ばそり》　犬《の》橇《そ》　手橇《てそり》　雪車《そり》　雪舟《そり》

雪や氷の上を滑らせて、人や荷物を運ぶ運
搬具。古くは雪国の主要な移動手段でもあ
った。普通馬に曳かせるが、犬に曳かせる
ものもある。❖物資を運ぶほかに、子ども
たちの遊び道具としての役割もあった。

ぬつくりと雪舟《そり》に乗りたる憎さかな　荷　兮
城うらや橇《そりこ》の道に星光る　白　雄
橇がゆき満天の星幌にする　橋本多佳子
旅二日すでにさみしき橇の鈴　栗生純夫
一人づつ死し二体づつ橇にて運ぶ　松崎鉄之介
空に抛《はふ》らるる子もあり橇の丘　依田明倫
馬の足太く短く橇行けり　稲畑廣太郎
地響きのごとき海鳴り橇を曳く　中岡毅雄
さいはての町の馬橇に鈴もなし　上村占魚

【すが漏り《すがもり》】

屋根から屋内に溶けた氷が染み出してくる
こと。寒冷地で屋根から軒にかけて雪が帯
状になって凍りつき、それが室内の暖かさ
で溶けて屋根裏や天井に流れ込み、隙間か
ら染みる。「すが」は氷や氷柱をさす方言。
❖家屋自体を脅かすものとして、雪以上に
恐れられた。

すが漏の天井低く住ひけり　松原地蔵尊
すが漏りや暁《あけ》の夢の間父生きて　村上しゆら

【冬耕《とうこう》】

冬に田畑を耕すこと。稲刈りの済んだあと、麦蒔などに備えて鋤き起こしたり、土を運び入れて土壌改良をする客土をしたりする。

↓耕（春）

冬耕の畝長くしてつひに曲る　山口青邨
冬耕の一人となりて金色に　西東三鬼
冬耕の鍬の高さのくるひなし　稲荷島人
冬耕の顔に大きく没日《いりひ》来る　秋山幹生
冬耕の影ふえもせず減りもせず　岬　雪夫
耳成《みみなし》山へ冬耕の畝立てにけり　大石悦子
冬耕のはるかな先にまたひとり　中田水光
遠くより冬耕の息見えてをり　高木瓔子

【甘蔗刈《かんしよかり》】　甘蔗刈る　甘蔗刈《きびかり》

甘蔗（砂糖黍）を収穫すること。甘蔗は沖縄や鹿児島県島嶼部などの暖地で栽培される。沖縄では十二月から三月に収穫する。刈り取った茎の搾り汁を煮詰めて黒砂糖を作る。

左右《さう》の海展くるところ甘蔗刈　中島南北
大鎌を荒使ひして甘蔗刈る　塩川雄三
甘蔗刈るさやぎやまざる葉に埋れ　伊藤とし子

【大根引《だいこんひき》】　大根引《だいこひき》　大根引《だいこひ》く　大根抜《だいこぬ》く　大根馬《だいこうま》

冬期に大根を収穫すること。青首系の大根は根が地表に突き出していて引くのが容易なのに対し、白首系の大根は地中に深く張っているので抜くのに技術がいる。かつては馬などに積んで収穫した大根を運んだ。

↓大根

鞍壺に小坊主乗るや大根引　芭蕉
大根引き大根で道を教へけり　一茶
たら〱と日が真赤ぞよ大根引　川端茅舎
もう山の影がとゞいて大根引　飴山實
噴煙の高き日大根引きにけり　伊藤通明
ぬくもりの雨となりたる大根引　橋本榮治
大根抜くとき大根に力あり　青柳志解樹
土が力ゆるめ大根抜けにけり　黛　執

大根引馬おとなしく立眠り　村上鬼城
吾も老いぬ汝も老いけり大根馬　高浜虚子

【蒟蒻掘る《こんにゃくほる》】　蒟蒻玉掘る　蒟蒻干す　蒟蒻玉

初冬に蒟蒻玉を掘り起こすこと。収穫した蒟蒻玉を、洗って皮を除き乾かし、粉末にする。この粉を水に溶かし、石灰液を加えて蒟蒻にする。❖コンニャクはサトイモ科の多年生作物で、主産地は群馬県。

蒟蒻を掘るや甘楽《かんら》の山日和　佐々木有風
三日月に蒟蒻玉を掘る光り　萩原麦草
山々に照る日を貰ひこんにやく干す　大野林火
蒟蒻玉ころがしてある入日かな　黛　執

【蓮根掘る《はすねほる》】　蓮根掘《はすねほり》　蓮掘《はすほり》　蓮根掘る《れんこん》

冬季に蓮根を収穫すること。正月用に需要が多いため、十二月が収穫の最盛期となる。葉が枯れたあとの蓮田で行われる大変な重労働である。近年では機械で行うところもある。↓蓮根

顔上げてからかはれをり蓮根掘　高野素十
蓮根掘田の面這ひ来て這ひ上がる　小原啄葉
蓮根掘モーゼの杖を摑み出す　鷹羽狩行
蓮根掘り畦《あぜ》をつかみて上がりけり　稲富義明
荒縄で手足を洗ふ蓮根掘り　館　容子
ふんばりていよよ深みへ蓮根掘　檜　紀代
泥の上に泥のひろごる蓮根掘　千葉皓史
蓮根掘膝をたよりに動きをり　山田真砂年
蓮根掘虚空摑みて上がりけり　野中亮介
蓮掘りが手もておのれの脚を抜く　西東三鬼

【麦蒔《むぎまき》】　麦蒔く

初冬に麦の種子を蒔くこと。麦は稲作や夏作の裏作とすることが多い。冬のあいだ多数分蘖《ぶんけつ》し、初夏に収穫期を迎える。↓麦踏（春）

麦蒔の伊吹をほめる日和かな　支　考
麦蒔の蒔いてしまひぬ日は高し　星野麦人

村の名も法隆寺なり麦を蒔く　高浜虚子
麦を蒔く二つの村のつづきをり　大峯あきら

【藺植う《ゐうう》】　藺草植う　藺苗植う

夏に藺代に種を蒔き、そこで育てておいた苗を十二月ごろに藺田に植え替える作業。寒さの中、手植え作業が中心のため、昔も今も重労働である。❖熊本県が全国の生産量の多くを占める。→藺刈（夏）

藺植うや田の面に氷る人の影　北　河
もろの手にしんじつ青き藺を植うる　山口草堂
藺を植うる筑後国原日一つ　兒玉南草
藺の神の苑より藺草植ゑはじむ　赤尾冨美子
五六人水明りして藺苗植う　高野素十

【大根洗ふ《だいこんあらふ》】　大根《だいこ》洗《あら》ふ

畑から引き抜いた大根は、用水堀や川などで、たわしや藁縄などでごしごし強く洗う。洗い終わった大根は真っ白で、見た目にも快い。現在では、この作業も機械化が進んでいる。

夕月に大根洗ふ流かな　正岡子規
街道に大根洗ふ大盥　富安風生
大根洗ふ日向の水のやはらかに　小杉余子
大根を洗ひ終ればもとの川　太田正三郎
大根を水くしや〳〵にして洗ふ　高浜虚子

【大根干す《だいこんほす》】　大根《だいこ》干《ほ》す　懸大根《かけだいこん》　掛大根　干大根《ほしだいこん》

沢庵漬けなどにする大根を干すこと。しんなりとするまで十日ほど干す。大根がいっせいに干される光景は眩しいばかりである。

柿といはず桜といはず大根干す　山本洋子
大根干す父亡き家に日の当たり　小橋末吉
大根をどこかに干せりどの家も　右城暮石
かかはりなき樹よ大根を干すまでは　津田清子
真白な懸大根の一日目　太田土男
立山へ日は傾きぬ懸大根　田島和生
曲り家の曲りを隠す懸大根　森岡正作

三日過ぎ三日のしなひ掛大根　きくちつねこ
掛大根寺の籬《まがき》に細りけり　澤村昭代
干大根人かげのして訪はれけり　橋本多佳子
雲行くは山際ばかり干大根　廣瀬直人

【干菜《ほしな》】　懸菜《かけな》　吊菜《つりな》　干葉《ひば》　干菜風呂　干菜湯

初冬に収穫した大根や蕪の葉の部分を首から切り取って軒先などに吊して干すこと。また、干しあがったものもいい、保存食とする。体が温まるため、風呂に入れたりもする。❖鄙《ひな》びた味わいのある季語。

かけそめし日からおとろふかけ菜かな　一茶
釘くらく打ちて干菜のひとつらね　長谷川双魚
遠山に雪来てゆるぶ干菜綱　渡辺文雄
干菜吊るあをぞらながら雨ながら　加藤逸風
焚口に山風あそぶ干菜風呂　黛　執
湯に浮ける干菜の葉先までひらく　中村与謝男

【寒肥《かんごえ》】

寒中に施す肥料のこと。冬は草木は活動していないが、春に備えて、樹木や果樹などに適宜肥料を施す。

寒肥を皆やりにけり梅桜　高浜虚子
寒肥や花の少き枇杷の木に　高野素十
寒肥に一鍬の土かけて踏む　本田一杉
風の中寒肥を撒く小走りに　松本たかし
寒肥を吸ひきつてまた土眠る　横澤放川

【温室《をんしつ》】　温床《をんしやう》　フレーム　ビニールハウス

寒さから植物を保護し、また野菜や草花を促成栽培するために設けた保温装置、あるいは温熱を補給する設備のこと。ガラスで囲った大型のものからビニールで作った箇素なものまでいろいろある。❖人工的なものではあるが、明るい雰囲気がある。植物園などで熱帯植物を栽培するために通年用いられるものは季語にはならない。→室咲

温室の明るさ戸外ともちがふ　山口波津女
温室のうつすら濁る夜なりけり　櫂　未知子
フレームの出荷の一花づつ親し　岡安仁義
フレームや万の蕾に紅兆し　山崎ひさを
方舟となるや夜のビニールハウス　笠原みわ子

【狩《かり》】猟　狩猟　猟解禁　猟期　猪狩《ししがり》　鹿狩《しかがり》　兎狩《うさぎがり》　熊突　熊打　狩人《かりうど》　猟夫《さつを》　猟銃　猟犬　狩座《かりくら》　狩の宿

種々の猟具を用いて鳥獣を捕獲することをいう。解禁日は、地方や動物の種類によって異なるが、十一月中が多い。猟銃を肩に、猟犬を伴った狩猟家が山野に繰り出す。鴨・水鶏《くいな》・鷭《ばん》・鴫《しぎ》などの水鳥や雉などの山鳥、熊・鹿・猪などの獣が主な対象。❖かつては単に狩といえば鷹狩のことをさした。

狩の天青し発砲寸前か　児玉南草
猟の沼板の如くに轟けり　阿波野青畝
林中に火の香が走り猟期来る　白岩三郎
柵に干す軍手一対猟期くる　船越淑子
猪狩の衆を恃《たの》みて押通る　細川加賀
勃海に傾ける野の兎狩り　石田波郷
兎狩隣の国も山ばかり　大峯あきら
学校をからつぽにして兎狩　茨木和生
熊突の石狩川を渡りけり　深見桜山
熊撃ちに鹿撃ち道を譲りけり　鶴田玲子
行きずりの銃身の艶猟夫の眼　鷲谷七菜子
鼻すこし曲りてゐたる猟師かな　肥田埜勝美
一湾をたあんと開く猟銃音　山口誓子
猟銃音湖《うみ》氷らんとしつつあり　相馬遷子
猟犬をまつ白樺のほとりかな　水原秋櫻子
猟犬は他所《よそ》もの峡の犬吠ゆる　馬場移公子
ぴつたりと猟犬を着け若き腰　熊谷愛子
耳うごくときはつきりと狩の犬　後藤比奈夫
たちざまにぬくみはらへり狩の犬　原　裕
しなやかに吊橋わたる狩の犬　三田きえ子
狩くらや氷柱《つらら》をはらふ山刀　橋本鶏二

狩座の径のすりきれたるところ　鷹羽狩行
階段が土間へすとんと狩の宿　見學　玄
熊を貼り猪を敷き狩の宿　若井菊生

【罠掛く《わなかく》】　**兎罠《うさぎわな》**　**兎網《うさぎあみ》**　**狸罠《たぬきわな》**　**狐罠《きつねわな》**　**鼬罠《いたちわな》**

兎・狸・狐などを捕るための罠を掛けること。動物によって仕掛けは異なる。

朴の葉をいちまい嚙みて兎罠　木内彰志
遠まきに杣《そま》のぞきをり兎罠　美柑みつはる
木に結ぶ赤き布切れ兎罠　大島雄作
狸罠かけて後生も願はざる　清原枴童
牧場に置く新しき狸罠　田丸富子
狐罠かけて百年待つ構へ　林　友次郎
日ざらしにして四五日の鼬罠　廣瀬直人
いたちわな一番星の出てゐたり　七田谷まりうす

【鷹狩《たかがり》】　**放鷹《はうよう》**　**鷹野《たかの》**　**鷹匠《たかじやう》**

飼い慣らした鷹を放って小動物や野鳥を捕らえる狩。放鷹・鷹野ともいう。鷹狩の歴史は古く、春・秋にも行うが、単に鷹狩といえば冬のものをさし、これを大鷹狩ともいう。勢子を使って獲物を飛び出させ、鷹を放つと、鷹は一直線に獲物に向かい、捕らえる。仁徳天皇の時に朝鮮半島より伝わったという。江戸時代に武家の間で盛んになり、幕府は江戸近郊に鷹場を設けた。❖寒の入りに三河島・小松川・品川の鶴の飼付場で行った鷹狩で得た鶴は朝廷に献上する習わしで、「鶴の御《お》成《なり》」といった。

装束は黒にきはむる鷹野かな　浪化
鷹狩の闇の底より鷹の鈴　松井慶太郎
鷹狩の鷹となるまで闇に置く　村上喜代子
放鷹の鈴の音天を翔りけり　鞠絵由布子
鷹匠のにぎりこぶしは鷹支ふ　阿波野青畝
鷹匠の手首に残る爪の痕　濱田規子

【網代《あじろ》】　**網代木**　**網代床《あじろどこ》**　**網代守《あじろもり》**

網代は網の代わりの意で、古く冬季に行わ

れた漁法の一つ。木・柴・竹などを網のように編んで水中に立て連ね、その終端に設けた簀《す》に誘い入れて魚を捕る。これの番人を網代守という。京都府の宇治川、滋賀県の田上《たなかみ》川の網代は名高い。

松風や膝に波よるあじろ守り　闌更
網代木のそろはぬかげを月夜かな　白雄
蘆深く人も網代も隠れけり　石井露月
橋ゆく灯ある夜なき夜や網代守る　奈倉梧月

【柴漬《ふしづけ》】

冬季の漁法のひとつ。柴《しば》（小さな雑木やその枝）の束をいくつも固めて水中に沈めておくと、寒さを避ける小魚がたくさん集まってきてひそむ。この柴の外側を簀などで囲ってから柴を取り去り、その中に集まっている魚を叉手《さで》網《あみ》・たも網・四つ手網などを入れて掬《すく》い捕る。今でいう人工漁礁のようなもの。❖柴《ふし》は柴《しば》の古語。

柴漬に古椀ぶくりぶくりかな　一茶
柴漬をおもむろに去る海老のあり　本田あふひ
柴漬や簀建《すだて》の中の波こまか　高野素十
柴漬や夕富士夙《つと》に見失ふ　石橋辰之助
柴漬や根こそぎの草流れゆく　寺島ただし

【竹瓮《たっぺ》】

川や湖沼、浅い海で魚などを捕るための漁具。細い竹を筒のように簀編みにして、一端は紐などで閉じ、もう一方の口から小魚が入ると、外に出られない仕掛けになっている。水に沈めておき、魚が入ったころを見計らって引き上げる。単独で用いるほか、数十個連ねる場合もある。

沈みたる竹瓮が濁す水の底　前田普羅
客あれば竹瓮をあげて廻りけり　古川迷水
水郷の竹瓮の真向きそ向きして　岡本春人
ただよひて引佐《いなさ》細江《ほそえ》の竹瓮船　松崎鉄之介
綱たぐり竹瓮なかなか現れず　木下雪洸

【藁仕事《わらしごと》】　**縄綯《なはな》ふ**　**筵織《むしろお》る**

俵・縄・筵・畚《もっこ》・蓑《みの》などを藁で作ること。農家では長い冬籠りの期間中に、藁仕事に精を出した。雪国では藁沓《わらぐつ》なども作った。

出稼の留守のわづかの藁仕事　大島鋸山

おほいなる日向の家の藁仕事　渡辺純枝

風軽くなりたる午後の藁仕事　井上かほり

縄綯ひの身体を叩《はた》き終りけり　滝沢伊代次

【捕鯨《ほげい》】　**勇魚《いさな》取《とり》**　**捕鯨船**

日本では、江戸時代から網捕式（銛と網による漁法）の捕鯨が紀伊・土佐・長門・肥前などで組織的に行われていた。その後、近代化され、大船団を組んで、南氷洋に赴いて捕鯨を行うようになった。現在、商業捕鯨は世界的に禁止され、わずかに調査捕鯨と沿岸の小型クジラを対象としたもののみが行われている。❖勇魚は鯨の古名。

突き留めた鯨や眠る峰の月　蕪村

勇魚とる船見送りのテープこれ　山口青邨

鯨より小さかりけり捕鯨船　小林貴子

【泥鰌《どぢやう》掘《ほ》る】　**泥鰌掘**

冬、田や浅い沼の水が少なくなった時に、泥を掘り返して泥鰌を捕ること。泥鰌は水田や細流・池・沼などに棲む魚で、食用とされる。

泥鰌掘る手にちょろ〳〵と左右《さう》の水　阿波野青畝

泥鰌掘泥そのままに立ち去れり　棚山波朗

下総の人と泥鰌を掘りにけり　今井杏太郎

【牡蠣《かき》剝《む》く】　**牡蠣割る**　**牡蠣打**

牡蠣の殻を剝くこと。牡蠣は殻が固く鋭く、素人では簡単に剝くことができない。産地では牡蠣割女が、すばやく牡蠣を剝いていく光景が見られる。

蠣むきや我には見えぬ水かがみ　其角

牡蠣むきの殻投げおとす音ばかり　中村汀女

牡蠣打に日和の声をかけにけり　飴山實

牡蠣を打つ貝の如くに押し黙り　光野昌平

【炭焼《すみやき》】　炭焼小屋　炭焼竈《すみやきがま》　炭竈《すみがま》

燃料用の木材を蒸し焼きにして、木炭を生産すること。かつては主要な燃料だったので各地の山中には炭焼小屋が見られた。中には土竈や石竈があり、橅《ぶな》や櫟《くぬぎ》をはじめとする木を一週間ほどかけて焼くため、小屋に寝泊りするのが普通であった。はじめは水分が多いため白い煙があがるが、焼きあがりに近づくと紫色に変わる。❖炭焼の煙が上がっているさまは、いかにも冬らしい風情であった。↓炭

炭竈のほとりしづけき木立かな　蕪村
寄りゆけば炭焼く人がひとりゐる　山口草堂
山そこに落ちこんでゐて炭をやく　藤後左右
山すこし片附けるとて炭を焼く　後藤比奈夫
炭窯の口塗り込めし指の痕　右城暮石

【池普請《いけぶしん》】　川普請

冬、池の水の少ない時期を選んで、塵芥や落葉、泥などを取り除いたり、水漏れを直したりすることをいう。❖かつては村を挙げての作業だった。鯉・鮒・鰻なども取り上げられた。

蘆《あし》焚いて顔のそろひぬ池普請　亀井糸游
すつぽんを摑みあげたり池普請　滝沢伊代次
なかぞらへ鯉投げあぐる池普請　飴山實
鯉と鮒深みへ移し池普請　池内けい吾
赤松に日の当りをり池普請　藤田あけ烏

【注連作《しめつくり》】　注連作る　注連綯《な》ふ

藁を用いて注連縄を作ること。まだ穂の出ない時期の稲を刈り取り、青さが失われないように保存し、それを水に浸し、槌で叩いて柔らかくしてから綯《な》う。❖年男の仕事にする地域もある。↓注連飾る・注連飾（新年）

納屋に盛る浄めの塩や注連作　堺祥江

注連作るしづかに藁の音かさね　松尾美穂
はね癖の藁をなだめて注連を綯ふ　石井いさお

【歯朶刈《しだかり》】　羊歯刈《しだかり》　歯朶刈る

正月の飾りに使う歯朶を刈ること。❖形や色のよいものを選んで、鎌で刈る。❖主に関東以南の温暖な地方の仕事とされている。

→歯朶（新年）

歯朶刈りにゆきて戻らぬ祖《おや》ひとり　吉本伊智朗
歯朶振つて歯朶刈の禰宜応へけり　櫛部天思
羊歯刈やむかしのことを少し言ひ　大石悦子
歯朶刈るや山の昔を知り尽くし　児玉輝代
歯朶刈るやこほりの雫うち払ひ　南うみを

【味噌搗《みそつき》】　味噌焚《みそたき》　味噌搗《つ》く　味噌作る　味噌仕込む

味噌を作るため、煮たり蒸したりした大豆を搗くこと。麴・塩を混ぜ、発酵させて作る。麴には米と麦があり、塩の分量など地方によって作り方が異なる。❖個人で行ったり数軒による共同作業であったり、さまざまである。

三年は囲ふつもりの味噌を搗く　後藤比奈夫
味噌焚の大竈《おほへつつい》や燃え上る　川島奇北
老いてより夫婦気の合ふ味噌仕込み　古賀まり子
大安のついたちなりと味噌仕込む　川端富美子

【寒天造る《かんてんつくる》】　寒天干す　寒天晒《さら》す

寒天を造る作業。天草を水に晒し、煮てから型に流し込んで凝固させる。これを屋外に出し、夜は凍らせ、昼間は天日に晒して溶かす作業を数日間続けると、寒天が出来上がる。→天草採（夏）

粉雪舞ふ闇に寒天造りの燈　堤俳一佳
寒天を干すはすかひに水平に　右城暮石
畑中に海の匂ひの寒天干す　西村和子
寒天干す風の漣痕きざみつつ　奥村和廣
寒天干場厄除神の吹かれをり　米澤吾亦紅
寒天を晒すや日没り月のぼる　大橋櫻坡子

晒し場に寒天しろし昼の月　桂　樟蹊子

【紙漉《かみすき》】　**寒漉《かんすき》**　**紙干す**　**紙漉場**　**楮蒸《かうぞむ》す**　**楮干す**　**楮晒《さら》す**　**楮踏む**

和紙を漉くこと。和紙の原料となる楮《こうぞ》・雁《がん》皮《ぴ》・三椏《みつまた》などの樹皮を水に浸け、煮熟《しゃじゅく》してさらに精製し、黄蜀葵《とろろあおい》の根から採った液を加えて一枚一枚漉いていく。最後に貼板上に広げて、天日乾燥を行う。❖寒中は雑菌が繁殖しにくく、よい紙が漉けるとされる。

紙漉のはじまる山の重なれり　前田普羅
水責めの道具揃ひて紙を漉く　後藤夜半
紙を漉く唱ふごとくに首ふつて　野見山朱鳥
まだ水の重みの紙を漉き重ね　今瀬剛一
新しき波を育てて紙を漉く　稲田眸子
漉き紙のほの暗き水かさねたり　矢島渚男
漉く紙のまだ紙でなく水でなく　正木ゆう子
紙一重水の一重と漉きあがる　中原道夫
天日を仰いで紙を干しにけり　石田勝彦
天窓に残れる光紙漉場　足立幸信
火の神の棚に湯気上げ楮蒸す　皆川盤水
揉みあげて橋の手摺りに楮干す　森田公司
楮踏む瀬に湧水のけぶり立つ　馬場移公子
楮踏みたちまち頬の紅潮す　沢木欣一

【避寒《ひかん》】　**避寒宿**　**避寒地**

寒気を避けて、暖かい海岸や温泉地などへ出かけること。❖夏の避暑地の華やぎとは異なり、静かな温泉地などの雰囲気を詠むことが多い。↓避暑（夏）

葉ばかりの浜木綿ならぶ避寒かな　森田　峠
暗がりの急坂下り避寒宿　星野立子
漁り火の沖を賑はす避寒宿　鈴木真砂女
何もなき海見つくして避寒宿　桂　信子
避寒宿夜は蘇鉄に風しきり　皆川盤水
降り立てば松のにほひや避寒宿　辻　桃子

【雪見《ゆきみ》】　**雪見舟**　**雪見酒**

雪を眺めて賞すること。花見・月見と並ぶ

風流な遊びである。江戸時代には庶民にまで広がって盛んになり、上野や隅田川などは江戸の雪見の名所だった。❖豪雪地帯の雪を見にゆくことではなく、ふだんそれほど降らない地域での愉しみ。

いざさらば雪見にころぶ所まで　芭　蕉
門を出て行先まどふ雪見かな　永井荷風
船頭の唄のよろしき雪見かな　斎藤梅子
さりさりと雪見の舟を押し出す　平井洋子
やがてまた雪の降り出す雪見酒　小笠原和男

【探梅《たんばい》】　**梅探《うめさぐ》る**　**探梅行《たんばいかう》**

早梅を探って山野を巡るのが探梅、または探梅行である。❖春の梅見とは異なり、咲いているかどうかわからない時期に花を求めて歩く、風趣に富んだ季語である。↓梅見（春）

探梅のこころもとなき人数かな　後藤夜半
探梅やみさゝぎどころたもとほり　阿波野青畝
探梅の橋なくて引き返へしけり　秋篠光広
探梅の空ばかり見て歩きけり　髙田正子
探梅や鞄を持たぬ者同士　櫂　未知子
築地塀いつしかとぎれ梅探る　山本洋子
日の当る方へと外れて探梅行　鷹羽狩行
聞くたびに道細くなる探梅行　大牧　広
探梅行こころおぼえの橋わたり　北村仁子

【牡蠣船《かきぶね》】

江戸時代、広島産の牡蠣を積んで大坂に来て河岸につなぎ、牡蠣料理を客に供した船。現在ではほとんど残っていない。↓牡蠣

牡蠣舟の舳《へ》をゆく月の芥かな　岸　風三樓
牡蠣舟とわかる一つが帰り来る　児玉輝代
牡蠣船の障子や波をひからせて　角　光雄
灯をともし牡蠣舟さらに暗くなる　後藤立夫
牡蠣船に窓際と云ふ上座あり　吉川堤歩

【寒釣《かんづり》】　**穴釣《あなづり》**

寒中の魚釣りをいう。魚類は冬季には深い

所で群れてあまり動かずにいることが多いが、日和《ひより》や潮の干満などによって動き出すことがあり、それを狙って釣るのである。穴釣は結氷した湖などの表面に穴を開けて釣るもの。

寒釣のいでたちしかと見えにけり　石原舟月
寒釣の一人動きて二人なる　右城暮石
寒釣へ声かける人なかりけり　高橋沐石
寒釣やただひとことのあと無口　岬　雪夫
寒釣のきのふの背中見せにけり　大嶽青児
穴釣の小さな焚火匂ひけり　坂巻純子

【顔見世《かほみせ》】　歌舞伎正月

新しく契約した俳優を披露する興行のこと。江戸中期から幕末にかけて、興行主は俳優と毎年十一月（旧暦十月）に契約を更新した。狂言の組み方などに厳しい決まりがあった。❖明治以降、顔見世の形式は急速に廃れていくが、今でも京都四条大橋の袂にある南座の十二月興行は顔見世と呼ばれ、往時の名残をとどめている。

顔見世の楽屋入まで清水に　中村吉右衛門
顔見世の京に入日のあか〳〵と　久保田万太郎
顔見世や名もあらたまる役者ぶり　水原秋櫻子
顔見せや京に降りれば京ことば　橋本多佳子
顔見世のまねきの掛かる角度かな　後藤比奈夫
顔見世や百合根ふつくらお弁当　草間時彦
顔見世や団十郎の大髻　金久美智子
顔見世や身を乗り出せば帯の音　横井理恵

【青写真《あをじやしん》】　日光写真

半透明の種紙を感光紙の上に置き、日光に当てて焼き付けたもの。種紙には、その時代のヒーローや芸能人などが描かれた。子どもの遊びである。❖寒い季節の太陽の光のありがたさゆえ、季語になったか。

現れて邪魔をせぬ雲青写真　依田明倫
青写真兄のかしこくありし日ぞ　大石悦子

かつてララ科学の子たり青写真　小川軽舟
しんしんと濁る日光写真かな　笠原悠路

【竹馬《たけうま》】　高足　鷺足《さぎあし》

冬の子どもの遊び道具の一つで、長い青竹に、薪などの横木を結びつけたもの。それに足を踏みかけ、竹の上端を握り、歩行して遊ぶ。高足・鷺足などともいい、竹馬は高馬《たかうま》の転訛《てんか》といわれる。❖もともとは、川を渡ったり、深い雪を漕いでゆく時に実用にされたものである。

竹馬の別る丶声のしてゆふべ　清原枴童
垣の内竹馬の子に覗かる丶　池内たけし
竹馬やいろはにほへとちり〴〵に　久保田万太郎
竹馬に土まだつかず匂ふなり　林　翔
竹馬に土ほこほこと応へけり　山田みづえ
遠野へ行きたし竹馬で行きたし　塩野谷仁
竹馬や朝日を運ぶ波がしら　小野恵美子
竹馬を担いで戻る渚かな　中岡毅雄

【縄飛《なはとび》】　縄跳

縄を使って行う遊び。縄の両端を持ち、回しながらくぐったり飛んだりするもので、一人もしくは数人で行う。❖屋外の遊びで、身体があたたまる。

縄跳びの大波に入りかねてをり　藤崎　実
縄とびの子等に大きくなる夕日　高橋謙次郎
縄とびの子が戸隠山《とがくし》へひるがへる　黒田杏子
さびしいぞ縄跳の地を打つ音は　大石悦子
空中へ大縄飛びの子ら揃ふ　津川絵理子

【雪遊《ゆきあそび》】　雪礫《ゆきつぶて》　雪合戦　雪丸《ゆきまろ》げ

降り積もった雪を使って遊ぶこと。雪国はもちろん、雪の少ない地方でも、子どもたちは雪合戦に興じる。雪丸げは、雪の塊を転がして大きな雪の玉にする遊び。❖『源氏物語』の浮舟に「わらはべの雪遊びしたるけはひ」とある。

君火を焚けよきもの見せむ雪まるげ　芭　蕉

靴紐を結ぶ間も来る雪つぶて　中村汀女
雪礫湖《うみ》に抛《はふ》りて掌《て》がさびし　猿橋統流子
雄ごころの萎《な》えては雪に雪つぶて　川崎展宏
手の熱くなるまで固め雪礫　深谷鬼一
雪合戦休みてわれ等通らしむ　山口波津女

【雪達磨《ゆきだるま》】　雪仏　雪布袋《ほてい》　雪兎《ゆきうさぎ》　雪釣

大小二つの雪玉を作って積み重ね、達磨に見立てたもの。木炭や薪または笹の葉などで目鼻を作って興じる。雪で兎をかたどり盆に載せたものを雪兎という。赤い実の目と青い葉の耳が愛らしい。また紐の先に木炭などをぶら下げ、軒下の雪を付着させて塊を大きくしていく遊びを雪釣という。❖いずれも、ふだんあまり雪の降らない地域で降雪を楽しむ遊びである。

御ひざに雀鳴くなり雪仏　一茶
家々の灯るあはれや雪達磨　渡辺水巴
雪だるま星のおしやべりぺちやくちやと　松本たかし
朝の日に濡れ始めたる雪達磨　稲畑汀子
村の灯のことごとく消え雪達磨　木内彰志
雪だるま小さい方を頭とす　加藤かな文
ゆきうさぎ雪のはらわた蔵したる　中原道夫
良き耳をもらひてしづか雪うさぎ　明隅礼子
雪釣の糸を窓より垂らしけり　片山由美子

【スキー】　スキー場　スキーヤー　ゲレンデ　シャンツェ　シュプール　スキー列車　スキーバス　スキー宿　スキーウエア　雪眼鏡　スキー帽　スノーボード

細長い板を用いて雪上を滑るスポーツ。冬季競技の花形の一つ。滑降・回転・ジャンプ・距離・バイアスロン・モーグルなど多彩な競技がある。近年はスノーボードも人気。

スキー長し改札口をとほるとき　藤後左右
わが座席なり頭の上にスキー吊る　橋本美代子
スキーヤー曲る速さに木立あり　嶋田一歩

われの妻みるみるスキーヤーとなる　田中春生
シュプールをいたはるごとし夕映は　香西照雄
全車両全スキー揺れスキー列車　山口誓子
紅茶のむ少女ら夜もスキー服　中島斌雄
貸スキー貸靴若さ借りられず　津田清子
雪眼鏡紫紺の岳と相まみゆ　谷野予志

【スケート】　スケート場　スケーター
スケート靴

底に刃状の金具を取り付けた靴を履いて氷上を滑るスポーツ。スキーと並ぶ冬季競技の花形の一つ。結氷する湖沼・池などがスケート場として開放されるほか、人工のスケートリンクが設置されている。スピード・フィギュア・アイスホッケーなどの競技がある。❖テレビなどで観た試合を詠むことは、臨場感に欠けるので避けたい。

スケートや右に左に影投げて　鈴木花蓑
スケートの紐むすぶ間も逸りつゝ　山口誓子
スケートの濡れ刃携へ人妻よ　鷹羽狩行
スケートの両手ただよひつつ止まる　森賀まり
スケートの花となるまで回りけり　名取里美
スケート場リボンのやうに楽流る　坂本宮尾
わが身抱くやうに止まりぬスケーター　田中春生

【ラグビー】　ラガー　ラガーマン

フットボール競技の一種で、サッカー同様、イギリスが発祥の地。秋から冬にかけて盛んに行われる。一チーム十五人で、楕円形のボールを奪い合う競技であり、サッカーとは違いボールを手に持って走ることができる。タックルやスクラム等、まことに力強いスポーツ。❖ラグビー選手のことは本来ラガーマンと呼ぶが、俳句では「ラガー等のそのかち歌のみじかけれ　横山白虹」の句から、ラガーというのが一般的になった。

ラグビーのスクラム解かれ一人起たず　牧野寥々

眉の根に泥乾きゐるラガーかな　三村純也

【風邪《かぜ》】　感冒《かんぼう》　流行風邪《はやりかぜ》　流感　風邪《かざ》声《ごゑ》　鼻風邪　風邪心地　風邪籠《ごもり》　風邪薬　風邪の神

主にウイルスによってもたらされる炎症性の病気の総称。冬は空気が乾燥し気温が低いため風邪をひく人が多い。ウイルス性のインフルエンザ（流感）も風邪といわれることが多い。

風邪の子に八犬伝はむつかしき　今井つる女
風邪の眼に解きたる帯がわだかまる　橋本多佳子
風邪おして着る制服の釦《ぼたん》多し　榎本冬一郎
風邪の身を夜の往診に引きおこす　相馬遷子
風邪の身の大和に深く入りにけり　波多野爽波
何をきいても風邪の子のかぶりふり　小路智壽子
風邪に寝て壁の白さを見尽くせり　吉田七重
風邪心地部屋の四隅の遠さかな　遠山陽子
いつもより家路の遠く風邪心地　水田むつみ
風邪気味の採点甘くなりてをり　森田公司
大人しく叱られてをる風邪籠　富安風生
温もるは汚るるに似て風邪ごもり　岡本眸
白湯ふふむくちほのぼのと風邪薬　石原舟月
店の灯の明るさに買ふ風邪薬　日野草城
風邪薬つぎつぎ代へて風邪久し　下村ひろし

【湯ざめ《ゆざめ》】

入浴後、温かくしていなかったがために身体が冷え、寒さを感じること。風邪の引き金にもなりやすい。

亡き母に叱られさうな湯ざめかな　八木林之助
つぎつぎに星座のそろふ湯ざめかな　福田甲子雄
湯ざめして或夜の妻の美しく　鈴木花蓑
湯ざめして急に何かを思ひつく　加倉井秋を
湯ざめして顔の小さくなりにけり　雨宮きぬよ
湯ざめしておのれの影につまづけり　根岸善雄
湯ざめしてくるぶし遠くなりにけり　柴田佐知子
刻々と湯ざめしてゆく膝頭　山田佳乃

【咳《せき》】　咳《しはぶき》　咳《しはぶ》く　咳《せ》く

喉や気管の粘膜が刺激された時に起こる激しい呼気運動。冬は乾燥や風邪の炎症などによって、咳の出ることが多い。

行く人の咳こぼしつゝ遠ざかる　高浜虚子
咳をして祝ふ咳して祝はるる　嶋田一歩
咳をして死のかうばしさわが身より　山上樹実雄
咳の子のなぞなぞあそびきりもなや　中村汀女
咳の子の咳きつつ言ふや今日のこと　森下秋露
しはぶける男に鍵を返しけり　大木あまり
咳き込むやこれが持薬のみすず飴　水原秋櫻子
咳き込めば我火の玉のごとくなり　川端茅舎

【嚏《くさめ》】　くしやみ　はなひる

鼻の粘膜が寒気に刺激されて出る生理現象。❖くしゃみの際に発する音がそのまま名前となったともいわれる。また、くしゃみをした時に唱えるまじないの言葉とも。

三日月のひたとありたる嚏かな　中村草田男
美しき眼をとりもどす嚏の後　小川双々子
汁の椀はなさずおほき嚏なる　中原道夫
くさめして身体のどこか新しき　御子柴弘子
くしやみして生れたての子驚かす　西宮　舞
鼻ひりて翁さびたる吾等かな　高浜虚子

【水洟《みづばな》】　鼻水

水のようにしたたる薄い鼻汁。冬は、風邪をひいていなくても、冷たい空気に刺激されて水洟が出る。

水洟や仏具をみがくたなごころ　室生犀星
水洟や鼻の先だけ暮れ残る　芥川龍之介
念力もぬけて水洟たらしけり　阿波野青畝
山向けに水洟の子も連れてゆく　宇多喜代子
水洟やことりと停まる秩父線　大嶽青児
水洟やいづこも黒き浪ばかり　高　千夏子

【息白し《いきしろし》】　白息《しらいき》

冬季、大気が冷えることによって吐く息が白く見えること。❖季語としては人間の息についてのみいい、馬や犬など動物については使わない。

戦あるかと幼な言葉の息白し　佐藤鬼房
息白く問へば応へて息白し　稲畑汀子
泣き止まぬ子もその母も息白し　柏原眠雨
息白き人重なつて来りけり　山口青邨
息白くやさしきことを言ひにけり　後藤夜半
ある夜わが吐く息白く裏切らる　加藤楸邨
死者の他みな息白く門を出づ　仲　寒蟬
身籠りてより白息の濃くなれり　木内怜子
泣きしあとわが白息の豊かなる　橋本多佳子
山国に来て白息を言ひ合へり　大串　章

【木の葉髪《このはがみ》】

冬の抜け毛を落葉にたとえていうことで、「十月の木の葉髪」などともいわれる。❖人間の頭髪が、特別、初冬に多く抜け落ちることはないのだが、木の葉の落ちるころにはなぜかそう感じる。冬ざれの景色の中、散った木の葉と老いを重ね合わせているような、多分に感覚的な季語である。

ほの〴〵と酔つて来りぬ木の葉髪　久保田万太郎
指に纏《ま》きいづれも黒き木葉髪　橋本多佳子
音たてて落つ白銀の木の葉髪　山口誓子
よき櫛の我が身と古りぬ木の葉髪　松本たかし
そのむかし恋の髪いま木の葉髪　鈴木真砂女
落莫と拾ひておのが木の葉髪　馬場移公子
熱の夜の指輪にからみ木の葉髪　神尾久美子
われのものならぬ長さの木の葉髪　鷹羽狩行

【胼《ひび》】　胼薬《ひびぐすり》

寒気のために血行が阻害され、皮膚の表皮が乾燥して細かい亀裂が生じること。重症になると血がにじみ出てきて、見るも痛々しい。薬としてワセリンやビタミンAを含む軟膏などを使う。❖栄養状態が改善された現在では少なくなった。

胼の手を真綿に恥づる女かな　几董

空の蒼さしん〳〵と胼口をあけ　大谷碧雲居
胼の妻銀婚式のことをいふ　橋本鶏二
胼の手を比べどの子が又三郎　小室善弘
谷に夜が来て胼薬厚く塗る　村越化石
匂はざる胼薬なり疑へり　大牧広

【皸《あかぎれ》】　皹《あかぎれ》　あかがり

胼の症状がさらに進んだもので、皮膚に深い亀裂が生じた状態。ぱっくりと赤く口をあけているように見える裂傷は、みるからに痛々しい。「あかがり」は皸の古称。❖水仕事をする人がなりやすい。栄養状態の改善によって、現在では少なくなった。

皸をかくして母の夜伽かな　一茶
皸といふいたさうな言葉かな　富安風生
皸の母のおん手に触れにけり　宮部寸七翁
風つよき夜は皹の口ひらく　福田甲子雄
あかがりや哀れ絹地に引つかかり　三橋敏雄
あかがりやどんみり暮れてゐて灰か　八田木枯

【霜焼《しもやけ》】　凍傷《とうしやう》　霜腫《しもばれ》

寒気が厳しい時、頻繁に外気に晒される手足・耳たぶ・頬などの血液の循環障害から生じるもので、局所性凍傷の第一度をいう。小児に多く、霜焼けにかかった部分は赤紫色に変色して膨張し、激しい痒《かゆ》みをともなう。❖防寒具の発達や栄養状態の改善などによって、目にすることは減った。

霜やけをこすり歩きぬ古畳　長谷川かな女
父祖の血を承けけり頬の霜焼も　不破博
汽車へ乗る頬しもやけの佐久乙女　岡田日郎
霜焼の吾子の手挙がる参観日　名村早智子

【雪焼《ゆきやけ》】

雪に反射する紫外線にあたって皮膚が黒くなること。❖夏の日焼けの場合と同じ現象であるが、より落ちにくい。

雪焼の首《かうべ》を垂れて黙礼す　福田蓼汀
雪焼の笑みのこぼるる八重歯かな　有泉七種

酒酌むや雪焼しるき出羽の人　三嶋隆英

【雪眼《ゆきめ》】

晴天の雪上に長時間いて、強い紫外線に当たったため、結膜や角膜が炎症を起こすこと。目が充血し、涙が止まらなくなる。また眩《まぶ》しくて目が開けられず、痛みも加わってくる。ゴーグルや雪眼鏡をかけて防ぐ。

❖かつて雪国では、雪眼を繰り返すうちに目が不自由になることもあった。

こゝろもとなき雪眼して上京す　阿波野青畝
駅蕎麦の湯気やはらかき雪眼かな　細川加賀
雪眼診て山の天気を聞いてをり　岩垣子鹿

【悴む《かじかむ》】

寒気のために、手足、ことに手の指などが感覚を失い、自由に動かない状態をいう。

❖俳句では単に手足だけでなく、心身ともに寒さで縮み上がったような感じを「悴む」として詠む場合もある。

心中に火の玉を抱き悴めり　三橋鷹女
悴みて針見失ふ夜の畳　文挾夫佐恵
結び目の解けぬかなしさ悴める　馬場移公子
悴むや注連《しめ》を引きあふ陰の石　古舘曹人
悴みておのれのほかはかへりみず　井沢正江
悴むはひとりになるといふことか　田中裕明

【懐手《ふところで》】

寒いときに手を懐に入れていること。多くは不精者のすることとされ、あまり見てくれの良いものではないが、和服特有の季節感はある。❖腕組とは別のものである。

懐手あたまを刈つて来たばかり　久保田万太郎
懐手人に見られて歩き出す　香西照雄
ふところ手袖といふものありにけり　吉田鴻司
ふところ手縞の財布が混沌と　加藤郁乎
解けば子のものなり父の懐手　鷹羽狩行
懐手解くべし海は真青なり　大牧　広
対岸の浮子《うき》に眼がゆく懐手　加藤憲曠

ふりかかる火の粉に解きし懐手　柴田佐知子
老いてゆく国の行く末懐手　福永法弘

【日向《ひなた》ぼこ《ぼこ》】　**日向ぼつこ　日向ぼこり**

日向で温まること。❖風のない冬の昼間の、貴重な日差しを喜ぶ気持ちのこもる季語。

うとうとと生死の外や日向ぼこ　村上鬼城
日向ぼこ汽笛が鳴れば顔もあげ　中村汀女
胸もとを鏡のごとく日向ぼこ　大野林火
日向ぼこしてはをらぬかしてをりぬ　京極杞陽
日向ぼこして雲とあり水とあり　伊藤柏翠
弥陀のごと耳目をやすめ日向ぼこ　井沢正江
ひとの釣る浮子《うき》見て旅の日向ぼこ　山口いさを
日向ぼこあの世さみしきかも知れぬ　岡本眸
ここちよき死と隣りあひ日向ぼこ　鷹羽狩行
どちらかと言へば猫派の日向ぼこ　和田順子
大いなる雑念とあり日向ぼこ　須藤常央
大寺のいくつほろびし日向ぼこ　小澤實
日向ぼこ小さきばねの外れけり　森賀まり
日向ぼつこ日向がいやになりにけり　久保田万太郎

【勤労感謝の日《きんろうかんしゃのひ》】
十一月二十三日。国民の祝日のひとつ。勤労を尊び、生産を祝い、国民が互いに感謝しあう日。新嘗祭《にいなめさい》が起源である。

何もせぬことも勤労感謝の日　京極杜藻
旅に出て忘れ勤労感謝の日　鷹羽狩行
ペン胼胝を撫でて勤労感謝の日　三村純也

【開戦日《かいせんび》】　十二月八日
昭和十六年（一九四一）十二月八日、太平洋戦争の開戦日。この日、米国太平洋艦隊に対して日本海軍の航空隊、特殊潜航艇がハワイ真珠湾へ奇襲攻撃を行い、太平洋戦争が始まった。

明星の一粒燃ゆる開戦日　湯本牧人
十二月八日味噌汁熱うせよ　櫻井博道
十二月八日鏡の中も雨　久保純夫

【亥の子《ゐのこ》】　玄猪《げんちょ》　亥の子餅
旧暦十月亥の日の行事。かつては年中行事として宮中や武家で行われた。それが主に西日本の農村に広がり、稲の収穫祭と結びついた。猪が多産であることから、子孫繁栄や豊穣祈願の性格をもつともいわれる。この日は新穀で餅を搗《つ》く習わしがあり、これを亥の子餅という。地方によって、子供たちが唄をうたいながら縄で縛った石（亥の子石）で地をたたく、「亥の子突き」という招福の遊びが行われる。玄猪は亥の子の祝いのこと。❖この日から炉や炬燵を開き、火鉢を出すことを慣わしとした地方もある。

三か月のをぐらきほどに玄猪かな　其角
昼になつて亥の子と知りぬ重の内　太祇
臼音は麓の里の亥の子かな　内藤鳴雪
炉を開く二番亥の子の暖き　高浜虚子
ふるさとの亥の子といへば波の音　木村蕪城
藁灰に風筋見ゆる亥の子かな　岡本高明
山茶花の紅つきまぜよ亥の子餅　杉田久女
あかあかと月の障子や亥の子餅　服部嵐翠
薄墨のどこか朱を引く亥の子餅　有馬朗人
餅搗いてにはかに寒き亥の子かな　田中雨城
玄猪餅牛の口へも二つ三つ　西山泊雲
階段に児のひしめける亥の子唄　櫛部天思

【七五三《しちごさん》】　七五三祝《しめいはひ》　千歳飴《ちとせあめ》

十一月十五日。男子は三歳・五歳、女子は三歳・七歳を祝う行事。髪置・袴着・帯解などの祝いがひとつになって江戸時代中期以降、江戸などの大都市で行われたのが始まり。今日では十一月中旬に着飾った子供が親に連れられて神社などに参詣する。千歳飴は長寿にちなんだもの。❖かつては、七歳前後に氏神へ参り、はじめて神からも社会からも氏子として承認された。現在では子どもの成長を祝福する行事になっている。

ネクタイは鳩の空色七五三　後藤夜半
七五三日向日蔭に鳩をまじへ　永井龍男
攫《さら》はれるほどの子ならず七五三　亀田虎童子
樹の上を風船の飛ぶ七五三　吉田汀史
花嫁を見上げて七五三の子よ　大串章
七五三道を濡らさぬほどの雨　雨宮きぬよ
身の丈の日を浴びてをり七五三　野木桃花
筥狭子《はこせこ》のなかをいぶかる七五三　中原道夫
千歳飴一段ごとに音たてて　岩崎俊

【牡丹焚火《ぼたんたきび》】　牡丹焚く　牡丹供養《ぼたんくやう》

十一月第三土曜日の夜に、福島県須賀川《すかがわ》市の牡丹園で行われる行事。牡丹の枯木を焚き、供養する。老木の枯木はかすかな芳香とともに紫色の煙を上げて燃え上がる。❖原石鼎の句によって一般に知られるようになり、昭和五十年代に季語として定着した。

つぶやきて牡丹焚火の終りの火　山田みづえ
金色の焔の牡丹焚火かな　山崎ひさを
暗闇のかぶさり牡丹焚火果つ　鷹羽狩行
音もなくあふれて牡丹焚火かな　黒田杏子
牡丹焚く百花千花をまぼろしに　鈴木真砂女
牡丹焚く火のおとろへに執しをり　飯島晴子
みちのくの闇をうしろに牡丹焚く　原　裕
牡丹焚くいちにち母のものを着て　山元志津香
紫の闇となりゆく牡丹焚く　市野沢弘子
煙なき牡丹供養の焔かな　原　石鼎

【針供養《はりくやう》】　針祭　針祭る　針納　針納む　納め針

針仕事を休み、使い古した針を供養する日。関西や九州では十二月八日に行うところが多い。古針を豆腐や蒟蒻《こんにやく》に刺して供養し、技芸の上達を願う風習が各地に残る。関東、和歌山市加太では二月八日に行われる。↓針供養（春）

ふるさとに帰りて会へり針供養　村山古郷
空手部の人も来てゐる針供養　荻原都美子
仲麿も真備も遠し針祭る　後藤比奈夫
富士の嶺の光あまねし針祭る　有馬朗人

【事始《ことはじめ》】　正月事始

主に近畿地方で十二月十三日に正月の準備を始めること。正月事始ともいう。分家から本家へ、弟子から師匠へ年末の挨拶に回り、歳暮を贈答する習わしがある。❖京都祇園の事始は有名。この日を正月始め・正月起こし・節搗きなどという地方もある。

いささかの塵もめでたや事始　森川暁水
事始めなる祇園町通りけり　村山古郷

【羽子板市《はごいたいち》】

年末に羽子板を売る市のこと。羽子板の歴史は室町時代に遡るが、年の市で売られるようになったのは江戸時代から。のちにその年の当たり狂言や、当たり役の役者の似顔を押し絵にした押し絵羽子板が作られるようになった。十二月十七～十九日に東京浅草の浅草寺境内で開かれる市が有名。❖縁起物として扱うので、商売が成立すると手締めをして景気をつける。灯が入ってからの市はいっそう華やかである。↓羽子板（新年）

うつくしき羽子板市や買はで過ぐ　高浜虚子
中々に羽子板市を去《い》にがたく　阿部みどり女
あをあと羽子板市の矢来かな　後藤夜半
二天門から近道や羽子板市　宇田零雨
羽子板市切られの与三は横を向き　石原八束
やはらかく押され羽子板市にゐる　北澤瑞史
よその子に買ふ羽子板を見て歩く　富安風生
羽子板の薄きは重ね売られけり　鈴木鷹夫

【熊祭《くままつり》】　**熊送り　イオマンテ**

アイヌの人々が冬に熊を祭神にして行う祭。アイヌ民族は熊を神の化身であると信じ、捕獲した熊の子を家族の一員のように大切に育て、一、二年成長したところで、一族知己を招いて神の国に帰すことを告げる。冬の狩の始まる前に、荘重な儀式を行って殺し、血を飲み、肉を食して、三日三晩の大宴会をした。殺された熊の霊を天に送り返すことをイオマンテ（物送り）またはカムイオマンテ（神送り）という。現在は観光化した祭として行われる。

篝火の火の粉か星か熊祭　北光星
星を打つ矢を何本も熊祭　岩淵喜代子

【追儺《ついな》】　**鬼やらひ　なやらひ　豆撒　豆打　鬼打豆　年の豆　福豆　鬼は外　福は内　年男**

宮中の年中行事のひとつ。もとは大晦日《おおみそか》の夜に行われていた。大舎人《おおとねり》が楯と矛とをもって鬼を追い、群臣が桃弓で蘆矢を放つ。のちには各地の寺社でも盛んに行うようになり、日取りも節分に変わった。年男が「鬼は外、福は内」と唱えながら、豆を撒き、縁起物として人々が豆を取り合う。豆撒きは家庭の年中行事としても定着している。❖豆撒きは本来農村の予祝行事であったものが、追儺の行事と習合したものと考えられる。

山国の闇おそろしき追儺かな　原　石鼎
面とりて追儺の鬼も豆を撒く　大橋宵火
追儺の灯大きな森の木を照らす　廣瀬直人
芦の矢のふはりと飛びぬ追儺式　田中王城
八方へ射る芦の矢や追儺式　五十嵐播水
末社とて追儺神楽もなかりけり　下村ひろし
あをあをと星が炎えたり鬼やらひ　相馬遷子
鬼やらひ二三こゑして子に任す　石田波郷
鬼やらひ金堂黒く浮き出でぬ　林　徹
十粒ほど打ちて仕舞や鬼やらひ　角川照子
鬼やらひ夕べ音なく雨が降る　中田　剛
父を待ちゐしが小声に鬼やらふ　木内怜子
裸電球鬼やらふ影巨きくす　山根真矢
なやらひの夕べは赤い火を焚きぬ　飯田　晴
子が触れたがる豆撒きの父の枡　鷹羽狩行
使はざる部屋も灯して豆を撒く　馬場移公子
山神に供へし豆を山へ撒く　殿村菟絲子
豆打ちし闇へしばらく眼を凝らす　黛　執
鬼の豆たんと余つてしまひけり　片山由美子
あたゝかく炒られて嬉し年の豆　高浜虚子
年の豆わが半生のひと握り　長田蘇木
天平の礎石に弾む年の豆　近藤文子
わがこゑののこれる耳や福は内　飯田蛇笏

【柊挿す《ひひらぎさす》】
節分に、焼いた鰯の頭を刺した柊の枝を戸

口に挿す風習。鬼や邪気が家に紛れ込むのを防ぐ呪《まじな》いで、全国的に行われている。これを「焼嗅《やきかが》し」といって、鰯のほかに葱・辣韮《らっきょう》・大蒜《にんにく》などの臭気の強いものを挿したり、髪の毛を焼いたりする地方もある。

烈風の戸に柊のさしてあり　石橋秀野
柊挿す若狭の水の通ふ井戸　沢木欣一
柊を挿して寒天小屋閉ざす　野崎ゆり香
よく掃いてあり柊を挿してあり　山本洋子
柊を挿し町の名は白毫寺　山田弘子
柊を挿し海光の遍しょ　藤本美和子
誰も来ぬ戸に柊を挿しにけり　岸本尚毅

【厄払《やくはらひ》】　厄落《やくおとし》　厄詣《やくまうで》　ふぐりおとし

節分の日の晩に行われた門付。「厄払いましょう、厄払いましょう」という声が聞こえると、厄年の人がいる家では呼び止めて豆と銭を与えた。すると「ああらめでたいな、めでたいな。今晩今宵の御祝儀にめでた尽くしで払いましょう……」と縁起の良い文句を並べ、最後に「悪魔外道を掻いつかみ、西の海へさらり」といったことを唱えて去った。また厄年の人が厄落としのためにする呪《まじな》いや、神社で薪を火にくべたりする方法などもいう。ふぐりおとしは、日常身につけているもの（男は褌《ふんどし》、女は櫛）を落とし、厄を落とすことをいった。

声よきも頼もし気《げ》也《なり》厄払　太祇
厄払ひ女あるじに呼ばれけり　岡本松濱
厄払一人通りて夜は更けぬ　大島二宵
夜も白き雲浮いてをり厄落し　森　澄雄
厄落しきて木屋町に待ち合はす　吉年虹二
二まはり下の妻とか厄詣　茨木和生
この雨にふぐりおとしぞつかまつる　西野文代

【神の旅《かみのたび》】　神の旅立

旧暦十月には全国の神々が出雲《いずも》大社（島根県）に参集するといい、これを神の旅と見立てた。地域によって多少のずれはあるが、九月晦日《みそか》出立、十月晦日帰還が通例である。こうした伝承は鎌倉時代以前にも存在したとみられるが、出雲に定まったのは近世になってから。一堂に会した神々は翌年の男女の縁組を定めると信じられてきた。

夜々月のかけてゆくなり神の旅　高木晴子
乗捨ての雲の一片神の旅　あかぎ倦鳥
風紋は蹄のかたち神の旅　延広禎一
落葉松の金の針降る神の旅　岡崎桂子
峰の神旅立ちたまふ雲ならむ　水原秋櫻子

【神送《かみおくり》】

出雲に旅立つ神々を送る行事。神々の旅立ちは旧暦九月晦日ごろといわれ、その前に参詣する風習が各地に残る。出雲に行かない神もあり、それらの神は留守神とよぶ。

→神の旅

神送り出雲へ向ふ雲の脚　正岡子規
神送る鳥居の上の虚空かな　野村喜舟
竹寺の竹総揺れに神送る　松原地蔵尊
神を送る峰又峰の尽るなき　石井露月

【神の留守《かみのるす》】　留守の宮　留守詣

各神社の神が旧暦十月に出雲へ行ってしまい、社を留守にすること。その間、竈《かまど》神や恵比寿神が守るとされた。❖神が留守だといわれると、あたりの景色もどことなくがらんとしているように感じられる。

藪原に風こもるなり神の留守　橋本鶏二
風神の衝立《ついたて》立てて神の留守　下村梅子
二の節を指輪通らず神の留守　小檜山繁子
湧水の砂噴きやまぬ神の留守　木内怜子
箒目のおろそかならず神の留守　松田美子
国道を竹曳いてゆく神の留守　岸野曜二
水際の松うつくしき神の留守　しなだしん
神留守のいさかひもして湖の鳥　能村登四郎
神留守の素焼の肌のうすじめり　辻　美奈子

鳩に餌を撒いて帰りぬ留守詣　柏原眠雨

【神在祭《かみありまつり》】　神在　神集《かみつど》ひ

旧暦十月、出雲の神社数社で全国の神を迎えて行う神事。出雲大社と佐太神社が知られる。出雲大社では旧暦十月十日夜、稲佐《いなさ》の浜で神迎神事があり、翌十一日から七日間が神在祭。そこで神々は人生諸般の事柄や縁を神議《かむはか》りにかけて決めるといわれる。佐太神社では新暦十一月二十〜二十五日に行われる。❖神在祭のあいだ、出雲では一切の歌舞音曲を慎み静粛にしているので「御《お》忌祭《いみまつり》」とも呼ばれる。

神在《かみあり》のはうばうにうつくしき夜道　飯島晴子
神在の顔おのづから出雲びと　藤田湘子
新米を紅絹《もみ》の袋に神集　遠所るり実
勾玉の翠さらなる神集　坂本昭子

【神等去出の神事《からさでのしんじ》】　からさで祭《まつり》　神等去出

旧暦十月に出雲に参集した神々が、各地の神社に帰っていくのを送る神事。出雲大社や佐太神社の神事が知られる。佐太神社では新暦十一月二十五日の神在祭の最終日の夜が「神等去出の神事」で、神社の西にある神目山《かんのめ》に神々を送り、山中の池で船出式を行う。

袈裟がけに神等去出の雷海を裂く　石原八束
神等去出の湖《うみ》惜しみなく晴れにけり　織部正子
神等去出や畑一面靴の跡　湯浅洋子
神等去出のともしび洩らす築地松　卜部純栄

【神迎《かみむかへ》】　神還《かみかへり》　神帰《かみかへり》

旧暦十月晦日《みそか》、または十一月朔日《ついたち》、神々が出雲から帰ってくるのを迎えること。その日仕事を休んで、神社に籠ったり、祭を行ったりする土地もあった。

野々宮や四五人よりて神迎　野村泊月
はらはらとはしる雑仕や神迎　阿波野青畝

湖の月あきらかに神迎へ　前田圭史
海鳥の目覚めよきこゑ神迎へ　木内彰志
三宝に鯉の息づく神迎　角　淳子
青海波なす箒目や神迎　小路智壽子
神の木の揺れひとしきり神迎へ　遠藤若狭男

【恵比須講《えびすかう》】　夷講《えびすかう》　蛭子市《えびすいち》　恵比須切《ぎれ》

旧暦十月二十日・十一月二十日・正月十日・正月二十日などに恵比須神を祭る行事。日付は地方により異なる。商家では、商売繁盛の神である恵比須を祭り、親類知人を招いて祝う。売り出しなどをする店も多い。恵比須切は恵比須講の日に呉服屋が安売りする端切れ。また、農山村では山の神・田の神、漁村では漁の神として信仰するなど地方によってさまざまな行事が残っている。
❖「えびす」が正しいが、慣用的に「ゑびす」も使われている。

振売の雁《がん》あはれなりゑびす講　芭蕉
行きかかり客に成りけりえびす講　去来
夷講の中にかかるや日本橋　許六
方々で魚撥ねる音恵比須講　九鬼あきゑ
夷講に大福餅もまゐりけり　高浜虚子
夷講火鉢の灰の深さかな　野村喜舟
奥白根晴れてとどろく夷講　福田甲子雄
柱巻く幟に風のゑびす講　能村登四郎
何買はむ甲斐の城下のゑびす講　小島千架子
するめ焼くにほひも恵比須祭かな　瓜生和子
小銭もて一枚買ひぬ夷切れ　久保田育代

【松明《たいまつ》あかし】　松明《まつあか》し

十一月第二土曜日に、福島県須賀川《すかがわ》市五老山で行われる火祭。戦国時代、伊達政宗に攻め込まれた須賀川二階堂家の家臣と領民が、城を守るために松明を手に丘に集まったのが起源。約四百二十年の歴史をもつ。「あかし」は「証」の意。高さ十メートルに及ぶ大松明三十本に点火されると、山は火の海と化し、初冬の夜空を焦がす。

火の柱の火の壁の松明あかし　金子兜太

松明あかし果て真つ白な月残る　永瀬十悟

【御火焚《おひたき》】　**御火焚《おほたき》**

旧暦十一月または十二月に京都を中心にした近畿地方の神社で行われる火を焚く祭。鎮火祭ともいう。一般に神楽《かぐら》・祝詞《のりと》を奏して庭前に積み上げた薪の中の笹に火をつけ、神酒をふり注ぎ、爆竹が三度鳴ると終わる。神職が「ターケー、ターケー」と音頭を取り、子供たちが「オヒターケ、ノーノー」とうちはやした。

御火焚《おほたき》や霜うつくしき京の町　蕪村

お火焚きやあたり更けゆく杉檜　佐藤紅緑

お火焚の幣燃えながら揚りけり　鈴鹿野風呂

御火焚や饅頭に押す火焔紋　飯村中

【鞴祭《ふいごまつり》】　**蹈鞴祭《たたらまつり》**　**火床祭《ほどまつり》**　**鍛冶祭《かぢまつり》**

旧暦十一月八日、鍛冶屋や鋳物屋など鞴を用いたり火を使ったりする所で、仕事を休み、鞴を浄めて祀《まつ》る祭事。かつては火・鉄業の神、金屋子神《かなやごがみ》を祀る神社で盛んだったが、現在ではいずれもあまり行われない。

❖京都伏見稲荷が鍛冶の守り神と信じられてきたことから、鞴祭は稲荷のお火焚の日におこなわれる。

屏風絵の鞴祭の絵ときなど　松本たかし

鞴祭砂鉄の山に塩を撒く　藤井艸眉子

風神を祝詞が讃へ鞴祭　岡本欣也

鞴まつり切幣の白炉に散つて　石地まゆみ

神殿も御簾《みす》巻きあげる蹈鞴祭　村上冬燕

迦具土《かぐつち》の護符の厚さよ鍛冶まつり　和田孝子

【酉の市《とりのいち》】　**お酉さま**　**酉の町**　**一の酉**　**二の酉**　**三の酉**　**おかめ市**　**熊手市**　**熊手**

十一月の酉の日に各地の神社で行われる祭礼。最初の酉の日を一の酉、二番目を二の酉といい、年によっては三の酉まである。

三の酉がある年は火事が多いといわれる。客と金をかき集める熊手を模した「かっこみ」「はっこみ」などと呼ばれる縁起物を売る市が境内に立ち、多くの人で賑わう。

酉の市一筋裏を戻りけり　鈴木榮子
一の酉夜空は紺のはなやぎて　渡邊千枝子
賑はひに雨の加はり一の酉　木内彰志
一の酉もまれて厄を貰ふまじ　大木あまり
二の酉の裏側川の流れをり　原田青児
たか〴〵とあはれは三の酉の月　久保田万太郎
一と二はしぐれて風の三の酉　百合山羽公
三の酉母の縫糸買ひに出て　古賀まり子
てのひらをひらけば雨や三の酉　藤本美和子
人波に高く漂ふ熊手かな　嶋田青峰
かつぎ持つ裏は淋しき熊手かな　阿部みどり女
大熊手荒稲《あらしね》こぼさぬやうに持ち　和田順子

【神農祭《しんのうさい》】　神農の虎

毎年冬至の日に、医師や薬種問屋が、医薬を初めて民に伝えたとされる古代中国の伝説上の人物神農氏を祀《まつ》る神事。日本では少《すくな》彦名神《びこなのかみ》を薬の神としていたため、これを「神農さん」として祀っていた。製薬会社などが軒を並べている大阪市道修町《どしょう》の少彦名神社では十一月二十二・二十三日に行う。❖祭礼では、五枚笹をつけた張り子の虎のお守りが授与される。

廟を打つ銀杏を売り神農祭　秋山朔太郎
かんなぎの声の明るき神農祭　西村和子
神農の虎ほうほうと愛《め》でらるる　後藤夜半
神農の虎のうなづく笹の先　金久美智子
神農の豆虎御符の中にあり　百合山羽公
寄り道や神農さんの虎さげて　田畑美穂女

【秩父夜祭《ちちぶよまつり》】

秩父神社（埼玉県秩父市）の例大祭。十二月一～六日に行われる。祭のハイライトは三日夜の大祭。提灯や雪洞《ぼんぼり》をともした笠鉾・屋台・神輿・連台などの他に約百基の高張り提灯が、秩父囃子《ばやし》も賑やかに、神社から団子坂、御旅所《おたびしょ》へと曳き上げられる。

秩父夜祭石もて焚火消しにけり　小川原嘘帥
秩父夜祭乾繭《かんけん》の振れば鳴る　坂本昭子
夜祭の秩父別して真赤なり　落合水尾
秩父祭供物の繭の大袋　飯島晴子

【春日若宮御祭《かすがわかみやおんまつり》】　御祭　掛鳥

春日大社の摂社若宮（奈良市）の祭礼。十二月十五日から四日間行われる。奈良の年中行事の最後を飾るもので、十七日に絢爛《けんらん》たる時代行列が繰り広げられ、お旅所で神楽・東遊《あずまあそび》・田楽などが演じられる。掛鳥は贄《いけにえ》となる鳥獣のこと。❖八百八十年余も続く祭で、現在、国の重要無形民俗文化財に指定されている。

お出ましもお還りも夜やおん祭　右城暮石
浄闇を押し来る声や御祭　西村和子
沈香の闇を供奉せりおん祭　前田攝子
懸鳥の杉あをあをとおん祭　中御門あや

【神楽《かぐら》】　御神楽《みかぐら》　神楽歌　神遊《かみあそび》

古代より続く神事芸能。神遊ともいう。毎年十二月吉日に宮中で行われるものを御神楽と呼ぶ。千年以上続いており、天の岩戸の前で行われた舞が起源といわれる。笏拍《しゃくびょう》子《し》・和琴《わごん》・笛・篳篥《ひちりき》などの楽器を用いて神楽歌が披露される。その時に庭で焚く篝火を庭燎《にわび》という。❖神遊の「あそび」は鎮魂の意味である。

土器《かはらけ》にともしびもゆる神楽かな　飯田蛇笏
なだらかな父祖の山山神楽歌　福谷俊子
杉ごめに灯のうつくしき神遊　晏梛みや子
三日月に強く吹くなり神楽笛　阿波野青畝

【里神楽《さとかぐら》】　神楽面　夜神楽

御神楽《みかぐら》以外で、諸国の神社で行う奉納の神楽のこと。笛や太鼓ではやし、仮面をつけて演じる。主に無言劇である。宮崎県の高千穂などが特に有名。

夜かぐらやおし拭ひたる笛の霜　蝶　夢
里神楽懐の子も手をたたく　一　茶
里神楽森のうしろを汽車通る　高浜虚子
あをあをとをはりのとばり里神楽　加倉井秋を
足許に月のさし込む里神楽　稲荷島人
里神楽てらてら赤き天狗面　大橋敦子
大いなるたぶの幹あり里神楽　加藤三七子
あめつちの濡れて灯の泛《う》く里神楽　鍵和田秞子
甲斐駒に月のしたたる里神楽　橋本榮治
馥郁と闇のきりたつ里神楽　今井　豊
神楽面ことりと月に置かれけり　佐野鬼人
夜神楽の死にゆく鬼に手を叩く　野見山ひふみ
神楽大蛇尾のさきまでも怒りたる　居升白炎

【終大師《しまひだいし》】　**納《をさめ》の大師　終弘法《しまひこうぼふ》**

十二月二十一日に行われる縁日。弘法大師の命日は旧暦三月二十一日なので真言宗の各寺院では毎月二十一日（新暦）を縁日としている。十二月二十一日はその年の最後の縁日なので納の大師・終弘法として参詣者が多い。関東では川崎大師や西新井大師、関西では京都の東寺が多くの参詣者で賑わう。

日は霧の中なる終大師かな　太田　嗟
拳玉も終大師の袖土産　朝妻　力
みごもれる人来て納大師かな　湯口昌彦

【終天神《しまひてんじん》】

十二月二十五日に行われる縁日。毎月二十五日は天満宮の祭神、菅原道真の忌日で縁日。京都の北野天満宮では、境内を露店が埋め尽くし、元日の大福茶に使う梅干を授かる人など、多くの参詣者で賑わう。

筆買うて終ひ天神果たしけり　仁藤稜子
終天神裏門の早や賑はへる　飯村　中

【札納《ふだをさめ》】　**納札《をさめふだ》**

年越し行事のひとつ。新しいお札を年末に社寺から授かると、古いお札を元の社寺に納める。納められた札は、神職や僧が浄火にかける。

伸び上り高く抛《はふ》りぬ札納　高浜虚子
大香炉火を噴きにけり札納　山口青邨
大鷲の胸の夕日や札納　小島千架子

【年越の祓《としこしのはらへ》】　大祓

旧暦十二月晦日《みそか》に行う祓の称。これに対し旧暦六月の晦日に行う祓を夏越《なごし》という。新たな年を迎えるために心身を清める神事で、茅の輪をくぐったり、穢れを託した形代を忌火にかけて焚き上げしたりする。↓名越の祓（夏）

山伏は俄か仕度や大祓　園部庚申
湯のあとを父と歩きぬ大祓　鈴木太郎

【和布刈神事《めかりのしんじ》】　和布刈禰宜《めかりねぎ》

北九州市門司《もじ》区の和布刈神社に伝わる神事。毎年旧暦大晦日《おおみそか》の深更から元旦未明のもっとも潮が引いた時刻に、狩衣《かりぎぬ》を身につけた三人の神職が、それぞれ松明・桶・鎌を持って海に入り、若布《わかめ》を刈り取って神前に供え、その年の豊漁を祈願する。この日から若布漁が解禁となる。❖古来、和布刈神事は秘事であったが、現在は公開されており、参詣人で賑わう。

潮迅し和布刈神事のすゝみをり　高浜年尾
音たてて潮の差し来る若布刈禰宜　金久美智子
狩衣の裾を短かく和布刈禰宜　千々和恵美子
若布刈炬《めかりび》のずいと舐めたる夜の潮　西村和子

【年越詣《としこしまうで》】　除夜詣《ぢよやまうで》　年越参《としこしまゐり》

大晦日の夜に社寺に参詣すること。本来は翌年の歳徳神に詣でた。❖古くは立春の前夜である節分の夜に詣でたので、節分詣といった。

ぬばたまの出雲の闇を除夜詣　福田蓼汀

暗きより暗きにもどる除夜詣　能村登四郎
星空に張りつく火の粉除夜詣　若林蕗生
漆黒の闇は海なり除夜詣　荒井千佐代

【年籠《としごもり》】

大晦日《おおみそか》の夜、神社や仏寺に参籠して新しい年を迎えること。また一般に大晦日は起き明かすものとされ、寝ることを忌む風習があった。

月もなき杉の嵐や年籠　召波
年ごもり鏡の中にすわりけり　暁台
みづうみの風の荒《すさ》める年ごもり　木村蕪城
火に翳す指の節くれ年籠　宇野恭子

【春日万灯籠《かすがまんとうろう》】　春日の万灯

奈良市の春日大社で、参道の石灯籠と回廊の釣り灯籠、合わせて三千基と称する灯籠に一斉に火を灯す行事。節分の夜に行われる。まず、平安期の藤原頼通の寄進と伝える木製の瑠璃釣り灯籠に、鑽火《きりび》によって点火してから全体に火を移す。❖室町時代の夏の雨乞い祈願が点灯の起源といわれ、八月十四・十五日の夜も点灯される。

なんといふ暗さ万灯顧みる　橋本多佳子
幾度もつまづく木の根万燈会　細見綾子
万灯やわが一灯は神近く　田畑美穂女
万燈会人の暗さはかたまつて　津田清子
万燈の一燈点ず子をさし上げ　矢島渚男

【十夜《じふや》】　十夜法要　お十夜　十夜粥《がゆ》　十夜婆《ばば》　十夜鉦《がね》　十夜寺

主として浄土宗の寺院で行われる十日十夜の念仏法要のこと。旧暦十月五日から十日間、無量寿経の教えに基づいて、誦経《ずきょう》し念仏を修するもので、平貞国によって京都の真如《しんにょ》堂で始められたといわれる。現在の真如堂では十一月五〜十五日に行われている。ほかにも多くの寺で月遅れで行われているが、期間を短くしている寺もある。十五日の結願《けちがん》日に供される粥を十夜粥という。

灯の数のふえて淋《さび》しき十夜かな　松本たかし
狭山茶を賜はり戻る十夜かな　村山古郷
お十夜の柿みな尖る盆の上　波多野爽波
十夜粥箸のまはりの灯影かな　桂　信子
つかみたるものは離さず十夜婆　鷲谷七菜子
かんじんのところで眠り十夜婆　木田千女
十夜婆一度にどつと笑ひけり　東條素香
十夜僧つと長老に耳打す　八木林之助
ちん〳〵と黄泉《よみ》の底《そこ》より十夜鉦　河野静雲
十夜鉦ひとりが遅れ又遅れ　西村和子
灯ともして闇のはじまる十夜寺　北村仁子
庭先を月が通りて十夜寺　中山純子

【御命講《おめいかう》】　御会式《おゑしき》　日蓮《にちれん》忌　万灯《まんどう》

旧暦十月十三日に行われる日蓮上人（一二二二～八二）の忌日法会。日蓮宗の諸寺で法要を営む。日蓮は弘安五年、武蔵国池上で入滅。東京池上本門寺では新暦十月十一～十三日に御命講が営まれ、十二日の万灯行列は勇壮なことで知られる。

御命講や油のやうな酒五升　芭　蕉
御命講日本海のうねりかな　若井新一
御会式の母の手にぎり歩きけり　細川加賀
地鳴りしてお会式太鼓近づけり　伊藤伊那男
万燈の花ふるへつゝ山門へ　山口青邨
鉦太鼓聞こえ万燈まだ見えず　後藤図子

【鉢叩《はちたたき》】

京都の空也堂の半僧半俗の僧たちが、鉦《かね》を打ち鳴らし、念仏を唱えて洛中洛外を練り歩いた行事。十一月十三日の空也忌から大《おお》晦日《みそか》までの四十八日間行われていたが、現在は絶えてしまった。❖『空也上人絵詞伝』によれば、上人に仕えていた鹿を平定盛が殺してしまったので、上人が嘆き悲しみ、その皮を求め仏道を説いたところ、定盛が発心して念仏を唱えて歩いたことによる。

千鳥なく鴨川こえて鉢たたき　其　角

鉢叩き月下の門をよぎりけり　闌　更

なき父に似た声もあり鉢叩　正岡子規

清水の灯は暗うして鉢叩　藤野古白

東寺まで道濡れてゐる鉢叩　西田栄子

【報恩講《ほうおんかう》】　御正忌《ごしやうき》　御七夜《おしちや》　御講《おかう》　親《しん》鸞忌《らんき》

浄土真宗諸寺で行われる開祖親鸞（一一七三～一二六二）の忌日法要。親鸞は弘長二年十一月二十八日、九十歳で入滅。京都市の東本願寺は新暦十一月二十一～二十八日、西本願寺では新暦一月九～十六日に行う。いずれも各地から多くの門徒が参集する。

野に山に報恩講のあかりかな　前田普羅

山の闇報恩講の灯を洩らす　津田清子

烟が出て報恩講の大廂　大嶽青児

箱膳を拭き揃へたり報恩講　三村純也

寺の柿とり遅れたり親鸞忌　黒田桜の園

くらがりに女美し親鸞忌　大峯あきら

裸木の肌のぬくみや親鸞忌　山上樹実雄

【臘八会《らふはちゑ》】　臘八　成道会《じやうだうゑ》　臘八接心《らふはちせつしん》　臘八摂心《らふはちせつしん》　臘八粥《らふはちがゆ》

釈迦が苦難に耐え、成道を果たした臘月（十二月）八日に修する法会。成道会ともいう。現在では主として禅宗の諸寺で営まれる。釈迦の難行苦行を偲《しの》ぶ座禅が一週間から八日間にわたって行われる。これを臨済宗では臘八大接心、曹洞宗では臘八大摂心という。八日に釈迦の故事にならって食べる粥を臘八粥という。

高きより日のさしてゐる臘八会　長谷川双魚

おほらかに墨の撥ねたり蠟八会　中村苑子

一燭の消ゆる香はしる臘八会　角　光雄

湯ざましをふふめば甘し臘八会　藤本美和子

搔き立てる燠火に檜の香臘八会　三森鉄治

臘八の巨いなる雲動きをり　中川宋淵
臘八の粥の梅干種大き　羽田岳水
臘八や粥炊きにゆく星の下　市堀玉宗

【大根焚《だいこたき》】　鳴滝《なるたき》の大根焚

十二月九・十日、京都市鳴滝の了徳寺で行われる行事。親鸞上人が建長四年（一二五二）十一月、八十歳の時、この地に足を止めて法を説いたところ、土地の人は随喜して大根を煮て奉った。上人は非常に喜んで、芒の穂で十字の名号（帰命尽十方無礙光如来）を記して残した。これが今でも寺宝として残っている。この故事を記念し、二日間庭前に大釜を据えて大根を炊き、参詣者にふるまい、上人の徳を偲ぶ。

舌焼いて母ぞ恋しき大根焚　岸田稚魚
日だまりは婆が占めをり大根焚　草間時彦
大笊《おほざる》も大樽《おほたる》も空《から》大根焚　磯野充伯
食べ終へし碗からも湯気大根焚　中村与謝男

【冬安居《ふゆあんご》】　雪安居

夏安居《げあんご》に対して冬に行われる安居をいう。期間は旧暦十月十六日〜一月十五日が原則であるが、地方や寺院によって異なる。寒冷の時期に集まって座禅などの修行に努める。→安居（夏）

昼からは日のとどかざる冬安居　五十嵐哲也
消炭の火のいろうかぶ雪安居　三田きえ子
万灯を立ててはじまる雪安居　山田春生
夜もすがら山の明るき雪安吾　須原和男
風呂敷を繕ふことも雪安居　高原桐

【除夜の鐘《ぢよやのかね》】

大晦日《おおみそか》の夜に鐘をつくこと。またその鐘の音。十二時近くになると、あちこちの寺の鐘が鳴りはじめる。百八煩悩を除去するとして、その数にあたる百八回鐘を撞《つ》くもので、闇の中に殷々《いんいん》と鳴り響く。

旅にしていづかたよりぞ除夜の鐘　福田蓼汀

しんがりは東大寺かや除夜の鐘　高岡智照尼
除夜の鐘闇はむかしにかへりたる　五十嵐播水
浜の寺山の寺より除夜の鐘　きくちつねこ
水を掃く音一としきり除夜の鐘　宇佐美魚目
一斉に鎌倉五山除夜の鐘　星野　椿
山国の闇うごき出す除夜の鐘　鷹羽狩行
また一つ風の中より除夜の鐘　岸本尚毅

【寒参《かんまゐり》】　寒詣《かんまうで》　裸参《はだかまゐり》

寒の三十日間の夜、神社や仏寺に参詣すること。かつては裸や白装束に裸足でお参りする者が多く、裸参とも呼ばれた。お百度を踏む者、水垢離《みずごり》を行う者、護摩を焚いてもらう者など、それぞれ寒さや苦難に耐え、神仏に真心を捧げたのである。

寒まゐり闇の深さを手で測る　戸恒東人
提灯に我影さむし寒詣　田中王城
寒詣かたまりてゆくあはれなり　久保田万太郎
蠟燭の金ンの焔や寒詣　村上杏史

【寒垢離《かんごり》】　寒行

寒中に水垢離を行うこと。寺社に参詣して水を浴びたり、滝に打たれたりして祈願することは昔からあったが、現在は一部の行者などが行うだけである。

寒垢離に滝団々とひかり墜つ　山口草堂
寒垢離の肘を正しく張り直す　森田　峠
寒垢離の白衣すつくと立ちあがる　福田甲子雄
寒行が歩むちひさき埃立て　草間時彦
寒行に蹤《つ》きて小暗き小名木川　外川飼虎
寒行の草鞋《わらぢ》の五指の開ききり　鈴木鷹夫

【寒念仏《かんねんぶつ》】　寒念仏《かんねぶつ》

寒の三十日間、明け方に大声で念仏を唱える修行。修行僧の間で行われていたものだが、のちには僧俗を問わず行われるようになった。京都では各宗本山の修行僧が、草鞋《わらじ》履きで托鉢をする姿が見られる。

細道になり行く声や寒念仏　蕪　村

にぎやかに提灯つらね寒念仏　河野静雲
鎌倉はすぐ寝しづまり寒念仏　松本たかし
ふるさとを訪《と》ひ遇ひにけり寒念仏　行方寅次郎
子の頭さすりて過ぎぬ寒念仏　齋田鳳子
陸橋をひらひら越えて寒念仏　古賀まり子
うしろから闇のつきゆく寒念仏　成瀬櫻桃子
朝市のにぎはひをゆく寒念仏　市堀玉宗

【クリスマス】　降誕祭　聖樹　聖夜　聖夜劇　聖菓　サンタクロース

十二月二十五日。キリストの誕生日。ただし実際にいつ生まれたかは不明。ヨーロッパにおいて土俗の冬至の祭と習合したもの。教会や各家庭では聖樹（クリスマスツリー）を飾り、祝う。前夜を聖夜（クリスマスイブ）という。翌二十五日、教会では、聖歌を歌ったり、さまざまな行事を行ってキリストの生誕を祝う。❖クリスマスのころの町は華やかなイルミネーションに彩られ、活気に満ち、クリスマスソングが流れる。家庭でもサンタクロースに贈り物をもらったり、クリスマスプレゼントを交換したりと、すっかり生活に溶け込んでいる。

大阪に出て得心すクリスマス　右城暮石
へろへろとワンタンすするクリスマス　秋元不死男
すずかけの幹のまだらもクリスマス　今井杏太郎
屑籠に金の紙切れクリスマス　岡崎光魚
犬小屋に扉のなくてクリスマス　土生重次
花舗の燈や聖誕祭の人通る　大野林火
降誕祭讃へて神を二人称　津田清子
聖樹の灯心斎橋の灯の中に　石原八束
行きずりに聖樹の星を裏返す　三好潤子
聖樹より少し離れて人を待つ　鷹羽狩行
クリスマスツリー地階へ運び入れ　中村汀女
子へ贈る本が箪笥に聖夜待つ　大島民郎
灯の奥に楽鳴らしるる聖夜かな　赤尾恵以
蠟涙の一すぢならず聖夜ミサ　木内怜子

沖へ出てゆく船の灯も聖夜の灯　遠藤若狭男
おほかたは星の子の役聖夜劇　伊藤トキノ
ナイフなほ聖菓の中に動きをり　山口波津女
ひとひらの花瓣のごとく聖菓享く　立原修志
小窓より覗く聖菓の家の中　辻田克巳
あれを買ひこれを買ひクリスマスケーキ買ふ　三村純也
クリスマスカードで壁を埋めつくす　阿波野青畝

【達磨忌《だるまき》】　初祖忌《しよそき》　少林忌

旧暦十月五日。インドの、禅宗の初祖菩提達磨（?～五二八?）の正忌。中国の嵩山《すうざん》少林寺で九年間面壁《めんぺき》座禅をしたことは有名。伝記には不明な点が多いが、この日に入寂したといわれ、各地の禅宗寺院で法会が営まれる。

達磨忌や寒うなりたる膝がしら　白雄
鳥栖みて木をからしけり少林忌　松瀬青々
塔頭《たつちゆう》の皆代かはり少林忌　河野静雲

【芭蕉忌《ばせうき》】　時雨忌《しぐれき》　桃青忌《たうせいき》　翁忌《おきなき》　ばせを忌

旧暦十月十二日。俳人松尾芭蕉（一六四四～九四）の忌日。伊賀上野（三重県）の人。貞門や談林の言語遊戯的な俳諧を革新、風雅の誠《まこと》を追求して蕉風を樹立した。「おくのほそ道」の旅では、辺境の歌枕に漂泊の詩心を探り、自然との感応を句作に打ち出した。元禄七年、上方の旅の途次、病を得、大坂で没。亡骸は遺言により近江膳所《ぜぜ》（大津市）の義仲寺《ぎちゆう》に葬られた。❖十月の異称時雨月にちなむとともに、時雨の風情を好んだ芭蕉には時雨の名句が多いことから、時雨忌ともいう。

芭蕉忌や香もなつかしきくぬぎ炭　成美
ばせを忌と申すも只一人《たつた》かな　一茶
芭蕉忌に芭蕉の像もなかりけり　正岡子規
芭蕉忌を一日おくれてしぐれけり　加藤楸邨
芭蕉忌や今も難所の親不知　三村純也

時雨忌の人居る窓のあかりかな　前田普羅
時雨忌やつかのまの星海に見て　岡本　眸
時雨忌の片寄りて濃き近江の灯　鍵和田秞子
一壺酒を温めて我が桃青忌　遠藤梧逸
湖の寒さを知りぬ翁の忌　高浜虚子
山国のまことうす日や翁の忌　長谷川素逝
榛の木に雲の吹かるる翁の忌　三田きえ子
もの知りのどつと集まる翁の忌　宇多喜代子

【嵐雪忌《らんせつき》】
旧暦十月十三日。蕉門の俳人服部嵐雪（一六五四～一七〇七）の忌日。若くして芭蕉の門に入り、芭蕉は「両の手に桃と桜や草の餅」と其角と嵐雪を桃・桜にたとえるほどだった。都会風の軽妙かつ平明な人事句が特徴。芭蕉の死後、法体となり師の喪に服し、禅を修めて江戸俳壇の主流から退き、宝永四年に没した。

笹群に風のあつまる嵐雪忌　柴田白葉女
老残の鶏頭臥しぬ嵐雪忌　石田波郷
嵐雪忌湯島へのぼる坂いくつ　成瀬櫻桃子
嵐雪忌水にうつりて塔しづか　飯村　中

【空也忌《くうやき》】
旧暦十一月十三日。空也上人（九〇三～七二）の忌日。空也は平安中期の僧で、諸国を巡り、常に市井《しせい》にあって諸人に念仏をすすめ、市聖《いちのひじり》・阿弥陀聖などと呼ばれた。天禄三年、入寂。晩年、「寺を出る日を以て忌日とせよ」といい残して東国に向かったので、それに従いこの日を忌日とする。❖京都市の空也堂（光勝寺）では、十一月の第二日曜日に法要が営まれ、踊躍《ゆやく》念仏と重要無形民俗文化財の六斎念仏が奉修される。

空也忌やうやうやしげに古瓢　蝶　夢
空也忌の腹あたためぬ豆腐汁　清水基吉
空也忌の波立ち上がり立ち上がる　雨宮きぬよ
下京の夜のしづもり空也の忌　森　澄雄

桶底の木目のさだかに空也の忌　丸山哲郎

【貞徳忌《ていとくき》】

旧暦十一月十五日。俳人松永貞徳（一五七一～一六五三）の忌日。号は逍遊軒・長頭丸・延陀丸など。京の人。幼いころから細川幽斎・里村紹巴らに和歌・連歌を学び、貞門の祖と称された。俳諧をひとつの文芸様式として確立し普及に努めた。

茶柱がたちて閑かや貞徳忌　柴田白葉女

築庭の世に存《なが》ふる貞徳忌　西村和子

【一茶忌《いっさき》】

旧暦十一月十九日。俳人小林一茶（一七六三～一八二七）の忌日。信濃柏原（長野県信濃町）生まれ。本名弥太郎。十五歳で江戸に出て、さまざまな職業を転々とした。文化九年（一八一二）に帰郷し、五十二歳で初めて妻を迎えたあと二度の妻帯により三男一女をもうけたが、次々と子供に死なれ、晩年は中風を病んで六十四歳で没した。『父の終焉日記』『おらが春』などの著作のほか、総数二万句に及ぶ作品を遺した。俳諧に方言や俗語を交え、不幸な境遇を反映した作品は、現在も広く親しまれている。

一茶忌の雀四五羽のむつまじき　清水基吉

一茶忌の川底叩く木の実かな　石田勝彦

一茶忌の七つ下りの山雨かな　三田きえ子

一茶忌の薪割る音のしてゐたり　池田秀水

ガスの火の紫もゆる一茶の忌　富安風生

越後からも四五人は来て一茶の忌　齊藤美規

【近松忌《ちかまつき》】

旧暦十一月二十二日。浄瑠璃・歌舞伎脚本作者近松門左衛門（一六五三～一七二四）の忌日。芭蕉・西鶴とともに元禄文化を代表する一人。本名を杉森信盛といい、巣林子・平安堂などとも号した。福井藩士の杉森信義の次男に生まれ、青年期、京に出て公家に仕えたのち、歌舞伎や竹本座付き作者として多くの浄瑠璃を書いた。作品は主に義理と人情に挟まれた人間の悲劇を主題とし、のちの演劇に大きな影響を与えた。代表作に「国性爺合戦《こくせんやかっせん》」「曾根崎心中」「女殺油地獄《おんなころしあぶらのじごく》」「心中天の網島」など。

久々の下り役者や近松忌　中村吉右衛門
夕月に湯屋開くなり近松忌　石田波郷
人肌の匂ふ日暮れや近松忌　中村苑子
水のあるところ靄たち近松忌　鷲谷七菜子
大阪に来て夕月夜近松忌　大峯あきら
舟二つ見えて日暮るる近松忌　関戸靖子
赤子よく泣く日なりけり近松忌　榎本好宏
大阪を地下に乗り継ぎ近松忌　小川軽舟
咽に塗る薬の甘し近松忌　望月周

【蕪村忌《ぶそんき》】　春星忌《しゅんせいき》　夜半亭忌《やはんていき》

旧暦十二月二十五日。俳人・画人与謝蕪村（一七一六〜八三）の忌日。摂津国毛馬《せっつのくにけま》（大阪市）生まれ。早くから画・俳の両道にその天分を発揮し、主とした画業は池大雅と並び称せられる。春星は画号。代表作に「夜色楼台図」など。俳句は、江戸で早野巴人《はじん》に師事し精進を深め、次第に俳壇の衆望を集めて、明和七年（一七七〇）夜半亭二世を継いだ。浪漫的な作風で俳諧を刷新し、俳諧中興の祖といわれる。天明三年、京で没。俳諧にとどまらず和詩「春風馬堤曲」など幅広い作品を残した。❖正岡子規が俳論『俳人蕪村』によって再評価したことで、改めてその名を高めた。

蕪村忌や旅もをはりの濁り酒　原裕
蕪村忌の蒔絵の金のくもりけり　鍵和田秞子
蕪村忌の硯海に灯のうつりたる　大石悦子
蕪村忌の舟屋は雪をいただけり　井上弘美
長堤に雲を追ひたり蕪村の忌　奥坂まや
瓶に挿す梅まだかたし春星忌　大橋越央子

味噌漬のぐちが食べごろ春星忌　草間時彦

【亜浪忌《あろうき》】

十一月十一日。俳人臼田亜浪（一八七九～一九五一）の忌日。長野県小諸《こもろ》生まれ。本名卯一郎。長くジャーナリズムの世界に身を置いていたが、大正三年、石楠社を創立。翌年三月、大須賀乙字の援助を得て俳句雑誌「石楠」を創刊、一句一章論を唱えた。句集に『旅人』『定本亜浪句集』など。

死ぬものは死に亜浪忌も古りにけり　松崎鉄之介
亜浪忌や峡の日輪水に浮く　杉山羚羊
亜浪忌の青き空より木の葉降る　小野純子

【波郷忌《はきょうき》】

十一月二十一日。俳人石田波郷（一九一三～六九）の忌日。愛媛県温泉郡垣生《はぶ》村（松山市）生まれ。本名哲大《てつお》。昭和五年「馬酔木」に入会、昭和七年上京、同八年最年少の同人に推され、同九年から「馬酔木」編集に携わる。同十二年「鶴」を創刊、没年まで主宰した。中村草田男・加藤楸邨らと並んで人間探求派と称された。韻文精神の徹底を唱え、昭和俳句史に一時代を画し、多くの俳人を育てた。昭和四十四年、宿痾《しゅくあ》の結核のため逝去。句集に『鶴の眼』『風切』『惜命《しゃくみょう》』『酒中花』など多数。❖風鶴忌・惜命忌などとも称される。

波郷忌や白玉椿蕊見せて　水原秋櫻子
波郷忌の風の落ちこむ神田川　秋元不死男
波郷忌や波郷好みの燗つけて　鈴木真砂女
波郷忌の二合の酒をあましけり　清水基吉
波郷忌の無患子の空軽くなる　石田勝彦
波郷忌のひよどりすこし虔めよ　星野麥丘人
潮引いて波郷忌近き小名木川　伊藤白潮
よき顔をして波郷忌の雀たち　今井杏太郎
波郷忌の手にあたたむる柚子一つ　戸川稲村
波郷忌の落葉火となり風となり　田部谷紫

波郷忌や溝に濡れ羽の川千鳥　五十崎朗
波郷忌や大榾焚いて我ら酌む　小島健

【一葉忌《いちえふき》】
十一月二十三日。樋口一葉（一八七二〜九六）の忌日。東京生まれ。本名奈津。明治中期の女流作家。中島歌子・半井桃水《なからいとうすい》からそれぞれ和歌・小説を学び、明治二十八年に発表した「たけくらべ」が森鷗外らに認められた。肺を病んで亡くなるまでのわずかな時期に、「にごりえ」「十三夜」などの名作を一挙に書き上げたので、奇跡の一年半といわれる。

一葉忌冬ざれの坂下りけり　安住敦
暮れて聴く枯葉に雨の一葉忌　千代田葛彦
日本語の乙張《めりはり》しんと一葉忌　川崎展宏
廻されて電球ともる一葉忌　鷹羽狩行
指添へてとぎ汁こぼす一葉忌　八染藍子
風呂敷は布に還りて一葉忌　櫂未知子

【漱石忌《そうせきき》】
十二月九日。文豪夏目漱石（一八六七〜一九一六）の忌日。東京生まれ。本名金之助。東京帝国大学英文科を卒業、英国留学から帰国後、東京帝大で教鞭を執る一方、「ホトトギス」に「吾輩は猫である」を発表し、一躍文壇の寵児となった。のちに東京朝日新聞社に入り、同紙に多くの小説を発表した。大正五年、宿痾の胃病のため没。作品は「坊っちゃん」「三四郎」「それから」『漱石俳句集』など多数。❖大学予備門で正岡子規と出会い、俳句の手ほどきを受ける。漱石はその時の俳号。

書斎出ぬ主に客や漱石忌　長谷川かな女
漱石忌戻れば屋根の暗きかな　内田百閒
漱石忌余生ひそかにおくりけり　久保田万太郎
うす紅の和菓子の紙や漱石忌　有馬朗人
菊判の重きを愛し漱石忌　西嶋あさ子

塩羊羹厚切りにして漱石忌　中島真理
新聞に雨の匂ひや漱石忌　片山由美子

【青邨忌《せいそんき》】

十二月十五日。俳人山口青邨（一八九二～一九八八）の忌日。岩手県盛岡市生まれ。本名吉郎。仙台二高を経て東京帝大に進学し、のちに同大の教授となった。大正十一年、高浜虚子に教えを乞い、「ホトトギス」の黄金時代を築いた水原秋櫻子・高野素十・阿波野青畝・山口誓子の四人を四Sと名づけた。「夏草」を創刊主宰。句集に『雑草園』『露団々』『日は永し』など。

武蔵野の松風聞かな青邨忌　深見けん二
ドイツ製鉛筆を愛で青邨忌　有馬朗人
青邨忌暮の挨拶はじまりぬ　斎藤夏風
青邨忌なり暮れがたの雪も映え　大畑善昭
青邨忌近づく石蕗《つは》の花あかり　古舘みつ子
雪積みて汽車すべりこむ青邨忌　石地まゆみ

【青畝忌《せいほき》】

十二月二十二日。俳人阿波野青畝（一八九九～一九九二）の忌日。奈良県高取町生まれ。本名敏雄。「ホトトギス」同人として、水原秋櫻子や高野素十、山口誓子らとともに四Sの一人として活躍した。のちに「かつらぎ」を創刊主宰。独特の俳味豊かな世界を展開した。句集に『万両』『紅葉の賀』『甲子園』など。

青畝忌や今年の萩はまだ刈らず　小路紫峡
青畝忌の葛城山に雲ひとつ　渡辺政子
柚子山の柚子よく匂ふ青畝の忌　皆川盤水
樅の木の伐り口にほふ青畝の忌　加藤三七子

【一碧楼忌《いっぺきろうき》】

十二月三十一日。俳人中塚一碧楼（一八八七～一九四六）の忌日。岡山県倉敷市生まれ。本名直三。「日本俳句」で頭角を現し、河東碧梧桐に師事したが、のちに決別する。

「海紅」を主宰し、自由律俳句の普及に努めた。句集に『はかぐら』『海紅』など。

大粒の雪の一碧楼忌かな　須並一衛
一碧楼忌びわの木びわの葉ひゆる雨空　山崎多加士
冬怒濤一碧楼の忌なりけり　神戸周子

【寅彦忌《とらひこき》】

十二月三十一日。科学者・随筆家の寺田寅彦（一八七八〜一九三五）の忌日。東京生まれ。筆名吉村冬彦・藪柑子《やぶこうじ》・寅日子《とらひこ》など。東京帝大教授として物理学・地震学を教える傍ら漱石門に入り、「ホトトギス」に小作品を発表するなど、随筆家としても名を高めた。俳句は『寺田寅彦全集』に収録。

椋鳥の森尾長の森や寅彦忌　山田みづえ
珈琲の渦を見てゐる寅彦忌　有馬朗人
雪よりも雨滴つめたし寅彦忌　宇野恭子

【乙字忌《おつじき》】

一月二十日。俳人大須賀乙字（一八八一〜一九二〇）の忌日。福島県相馬市生まれ。本名績《いさお》。河東碧梧桐に認められ碧門黄金時代を築き、新傾向の旗手となったが、のちに伝統回帰、古典重視の立場を取るようになる。また俳論でも活躍し、二句一章・音調論・季題論などを発表した。没後、『乙字俳論集』『乙字句集』などが編まれた。

乙字忌の滅法寒くなりにけり　川崎展宏
室咲の菜の花活けて乙字の忌　鈴鹿野風呂
玻璃窓の夜空うつくし乙字の忌　金尾梅の門

【久女忌《ひさぢよき》】

一月二十一日。俳人杉田久女（一八九〇〜一九四六）の忌日。鹿児島市生まれ。本名ひさ。沖縄・台湾で幼時を過ごしたのち上京し、東京女子高等師範学校付属高女に学ぶ。上野美術学校出身の杉田宇内と結婚後、中学校教師の夫とともに福岡県小倉市（現北九州市）近郊に居住。大正五年から俳句を始め、昭和初年には「ホトトギス」の有力俳人となった。写生を基本におく端麗な俳句で、句柄の大きさ、格調の高さは群を抜く。七年に同誌同人となるが、四年後に突如同人より削除され、句集刊行を熱望しながら没した。没後に長女の手により『杉田久女句集』が刊行された。

久女忌の髪を重しと思ひけり　佐藤博美
久女忌の髪の根痛きほどに結ひ　荒井千佐代
枯菊のくれなゐふかき久女の忌　林　十九楼
雪晴にこゑ吸はれゆく久女の忌　坂本宮尾
あたらしき湯の胸をさす久女の忌　藤田直子
帰らねばならぬ家あり久女の忌　片山由美子
どの椅子も飛ぶ鳥待ちぬ久女の忌　川口真理

【草城忌《さうじやうき》】
一月二十九日。俳人日野草城（一九〇一～五六）の忌日。東京下谷《したや》に生まれ、韓国で育つ。本名克修《よしのぶ》。三高、京都帝大時代に俳句に親しみ、「ホトトギス」同人を経て、昭和十年「旗艦」を創刊主宰、新興俳句を推し進め、「ホトトギス」同人を除名された。戦後、「青玄」を創刊主宰、亡くなるまで十年に及ぶ病臥生活の中で、静謐な作品を生んだ。句集に『花氷』『人生の午後』など。

雨の音に覚めてしづかな草城忌　横山白虹
ばら色のままに富士凍て草城忌　西東三鬼
全集の濃き藍色や草城忌　桂　信子
あかつきの咳に覚めたり草城忌　百瀬美津
残月の薄紅に草城忌　岩田由美

【碧梧桐忌《へきごとうき》】　寒明忌
二月一日。俳人河東碧梧桐（一八七三～一九三七）の忌日。愛媛県松山市生まれ。本名秉五郎《へいごろう》。高浜虚子と並び正岡子規門の双璧《そうへき》といわれた。子規没後、虚子と袂を分かち、新傾向俳句へと進み、無季・自由律・

口語俳句などを試みた。進歩派の巨匠として異彩を放ちながら、昭和八年、還暦を期に俳壇を引退した。句集に『碧梧桐句集』、著作に『三千里』『続三千里』など。

二月先づ碧梧桐忌や畑平ら　泉　天郎

今昔をけふも読み居り寒明忌　瀧井孝作

【熊《くま》】　月の輪熊　羆《ひぐま》　熊の子　熊穴に入る

日本に棲息する熊は、月の輪熊と羆で、月の輪熊は本州・四国に、羆は北海道に棲息している。月の輪熊は体長約一・二メートルで胸部の月の輪形の大白斑が特徴。羆は体長約二メートル。夏季が活動期で、冬は洞穴に籠り、その間に一頭から三頭の子を産む。❖毛皮・肉・胆嚢《たんのう》などそれぞれ用途に応じて使われてきた。

月光の分厚きを着て熊眠る　高野ムツオ
てのひらをやはらかく熊眠れるか　井上弘美
月の輪のあらはに熊の担がるる　長谷川耿子
羆見て来し夜大きな湯にひとり　本宮銑太郎
熊の子が飼はれて鉄の鎖舐む　山口誓子
粉雪に灯して熊の腑分けかな　小原啄葉

【冬眠《とうみん》】

蛙・蜥蜴《とかげ》・蛇・亀などの変温動物や、栗《り》鼠《す》・蝙蝠《こうもり》などの小型の哺乳類が冬季に食事を摂ることを中止して、地中や巣のなかで眠ったような状態で過ごすこと。❖熊などは完全に冬眠するわけではなく、極度に活動を低下させた「冬ごもり」といわれる状態になる。

冬眠の蝮《まむし》のほかは寝息なし　金子兜太
子がひとりゆく冬眠の森の中　飯田龍太
冬眠のはじまる土の匂ひかな　小島　健
冬眠の蛇の眼を思ふべし　仙田洋子
草の根の蛇の眠りにとどきけり　桂　信子

【狐《きつね》】　北狐

イヌ科の哺乳類で、本州・四国・九州には本土狐が、北海道には北狐が棲息する。体色は赤褐色あるいは黄褐色で、いわゆる狐色をしている。尾は太くて長く、口はとがっている。普通、地面に穴を掘り生活する。夜行性で、野兎・野鼠・鳥・果実などを食べる。怜悧《れいり》で、注意深く巧みに獲物を襲い、天敵を避ける。十二月下旬から一月ごろに交尾し、四月ごろ三～五頭の子を産む。❖古来、狐は人をだます、ずるいものの象徴とされてきたが、稲荷神の使いでもある。「きつ」は狐の古名で「ね」は美称ともいわれる。

母と子のトランプ狐啼く夜なり　橋本多佳子
すつくと狐すつくと狐日に並ぶ　中村草田男
蒼然と山の月の出狐啼く　茂　惠一郎
狐啼く野に星の降る夜なりけり　美柑みつはる
青空へ狐のあげし雪けむり　押野　裕
北狐頭の雪は払はざる　後藤比奈夫

【狸《たぬき》】

イヌ科の哺乳類で、全国の山地草原などの穴や岩間に棲む。夜行性で小動物・魚・虫・果実などを食べ、木に登る。毛皮は防寒用に、毛は毛筆などに利用し、肉は狸汁などにして食されてきた。❖「文福茶釜」「かちかち山」などのお伽噺で親しまれている。古くは「むじな」と混同されていた。

山宿へことづかりたる狸かな　原　石鼎
晩成を待つ顔をして狸かな　有馬朗人
日の暮の青き狸と目の合ひぬ　櫂　未知子
足跡をたぬきと思ふこのあたり　石田郷子

【鼬《いたち》】

イタチ科の哺乳類の総称。雄は体長三〇センチほどで、雌はそれより小さい。胴が長く四肢は短い。夏は焦茶色に、冬は黄赤褐色となって美しい。全国の平原から山地にかけての田や水辺に棲み、蛙や鼠などの小動物を捕えて食べる。鶏舎を襲って大きな損害を与える一方、野鼠の駆除に役立つ。敵に追われて進退きわまると、肛門腺から悪臭のある分泌液を発射して逃げる。

罠かけてより鼬来ず昼の月　堀口星眠
鼬みちありぬ夕日の磧草　木村房子
鼬出て腓返りの夜となりぬ　橋本榮治

【鼯鼠《むささび》】ももんが　晩鳥《ばんどり》

リス科の哺乳類で、栗鼠に似ているがはるかに大きく、太く長い尾を背に担いでいるので、一名尾被《おかずき》ともいう。無害で温和な動物。前肢と後肢のあいだに大きな飛膜があり、木から木へと滑空する。昼は樹洞にひそみ、夜に出て果実などを食べる。北海道を除く各地の森林に分布する。鼯鼠より小さいのがももんがで、寒冷地の高山に棲む。夜行性なので鼯鼠とともに晩鳥と呼ばれる。

甲斐駒のほうとむささび月夜かな　飯田龍太
むささびや大きくなりし夜の山　三橋敏雄
むささびにくまなく星の粒立てる　矢島渚男
切り倒す杉をむささび飛び出せり　阿部月山子

【兎《うさぎ》】野兎

ウサギ目の動物の総称。体長四〇～六〇センチで、一般に耳が長く、前肢は短い。冬毛が白くなる種類もある。毛皮をとったり、肉を食べるために、狩猟の対象になってきた。草や木の皮などを食し、一年に数回、子を産む。「因幡の白兎」「兎と亀」などの民話でも親しまれている。❖飼育している兎は季節感に乏しいので季語としない。

突として山道よぎりゆく兎　渋沢渋亭
二羽と言ひ兎は耳を提げらるる　殿村菟絲子
女にも兎を屠る力かな　宇多喜代子
野兎のすこぶる聡き眼をしたり　佐藤郁良

【竈猫《かまどねこ》】炬燵猫《こたつねこ》　かじけ猫

猫は寒がりで、冬は暖かい場所を探してうずくまる。火を落としたあとの暖かさの残る竈の中へ入って、ぬくぬくと灰にまみれて寝ている光景が見られたりした。現在では竈が少なくなったのでほとんど見られない。❖ユーモラスな語感があることから季語として愛されている。富安風生の造語である。

何もかも知つてをるなり竈猫　富安風生
しろたへの鞠のごとくに竈猫　飯田蛇笏
かまど猫家郷いよいよ去りがたし　鈴木渥志
きつちりと脚をさめてかまど猫　櫂　未知子
竈猫その手をとつて話しかけ　岸本尚毅
薄目あけ人嫌ひなり炬燵猫　松本たかし

【鯨《くぢら》】　勇魚《いさな》

クジラ目に属する海棲で大型の哺乳類の総称。白長須鯨《しろながすくじら》は体長二五メートルにもなり、現存する動物中最も大きい。抹香鯨《まっこうくじら》は十数メートルで、腸内の結石から竜涎香《りゅうぜんこう》と称する貴重な香料を採取した。ほかに長須鯨・鰯鯨・座頭鯨《ざとうくじら》などがある。肉はかつては貴重な蛋白源であり、鯨油は燃料などに用いられた。勇魚は鯨の異称。❖「鯨の潮吹き」とは、鯨が浮き上がって呼吸する際に、鼻孔から呼気とともに海水を噴き上げること。↓捕鯨

白浜や紀の国人とみる鯨　久米三汀
鯨来る土佐の海なり凪《な》ぎわたり　今井千鶴子
大航海時代終りし鯨かな　橋本榮治
鯨の尾祈りのかたちして沈む　仲　寒蟬

【鷹《たか》】　大鷹　刺羽《さしば》　鵟《のすり》　蒼鷹《もろがへり》　隼《はやぶさ》

タカ科のうち中小型のものをさし、大型のものは鷲という。精悍な猛禽で俊敏。鋭い嘴《くちばし》をもち、鋭い脚の爪で小型の動物を捕える。↓鷹狩（冬）・鷹渡る（秋）

鷹一つ見付てうれしいらご崎　芭蕉

鷹のつらきびしく老いて哀れなり　村上鬼城
鳥のうちの鷹に生れし汝かな　橋本鶏二
絶海に崖隆起して鷹呼べり　野澤節子
日の鷹がとぶ骨片となるまで飛ぶ　寺田京子
鷹とめて月光の巌ほそりけり　白澤良子
鷹よぎる大雪山の夜明けかな　秦　夕美
かの鷹に風と名づけて飼ひ殺す　正木ゆう子
潮満つるやうに琉歌や鷹の頃　山崎祐子
神々の高さに鷹の光りをり　山田佳乃
大鷹のぴたりと宙に止まれり　中村苑子
霞ヶ浦一望の木に刺羽かな　亀田虎童子
隼を見失なひたる比叡の空　千原叡子

【鷲《わし》】　大鷲　尾白鷲

タカ科のうち大型のもの。大鷲・尾白鷲・犬鷲などがいる。強大な翼と獲物を裂くのに適した鉤型の嘴、鋭い爪をもち、鳥獣を捕食する。❖棲息数が少なく、国の天然記念物に指定されているものもある。

わが而立《じりつ》握り拳を鷲も持つ　鷹羽狩行
風荒ぶ鷲の視界に身を曝し　角谷昌子
北溟の風より速く鷲下り来　佐藤郁良
城塞の山へ大鷲到りけり　前田攝子
潮ごと何をか摑み尾白鷲　須原和男

【冬の鳥《ふゆのとり》】　寒禽《かんきん》　冬鳥

山野・水辺を問わず、冬に目にする鳥。食料の欠乏する時季なので、南天や青木など住宅地の庭木を啄む姿がよく見られる。冬鳥は冬に渡ってくる渡り鳥のこと。

空映す水のほとりに冬の鳥　岸本尚毅
寒禽の声のこぼるる摩崖仏　皆川盤水
寒禽や火が廻り出す登り窯　田中水桜
寒禽しづかなり震度7の朝　戸恒東人
寒禽の取り付く小枝あやまたず　西村和子
寒禽の嘴《はし》をひらきて声のなき　長谷川　櫂

【冬の雁《ふゆのかり》】　寒雁《かんがん》

秋に飛来した雁は、冬のあいだ、海辺・池

沼・湿地などに棲みつく。早朝に餌をあさりに出かけ、稲の落穂などを食べる。かつては移動する姿もよく見られたが、現在は飛来数が減少してしまった。→春の雁（春）・帰る雁（春）・雁（秋）

何もなき海坂を指す冬の雁　殿村菟絲子
誰かまづ灯をともす町冬の雁　飴山　實
冬の雁くろがねの空残しけり　伊藤通明
冬の雁二三羽とほき田へ移る　永方裕子
寒雁のいきなり近く真上なり　正木ゆう子

【冬の鵙《ふゆのもず》】

鵙は秋の鳥だが、初冬になっても晴れた日に猛々しい声で鳴く。→鵙（秋）

檣頭にこゑ切り落す冬の鵙　山口誓子
天辺に個をつらぬきて冬の鵙　福田甲子雄
向きかへて梢に光る冬の鵙　髙田正子
冬の鵙好める一樹直指庵　茨木和生
すずかけの神の定座に冬の鵙　土方公二
冬鵙のゆるやかに尾をふれるのみ　飯田蛇笏
おちつきのある冬鵙となりにけり　阿波野青畝
冬鵙や風が磨ける石畳　大岳水一路

【冬の鶯《ふゆのうぐひす》】　藪鶯《やぶうぐひす》　笹子《ささご》

鶯は、秋の終わりになると山から人里に降りてくる。冬のあいだは茂みや笹原などにいることから藪鶯あるいは笹子と呼ぶ。❖笹子は幼鳥の意ではない。

冬鶯ふり向く先の竹明り　青木綾子
伊勢みちの伊勢にちかづく笹子かな　鷲谷七菜子
叢雲は日を抱き藪は笹子抱く　檜　紀代

【笹鳴《ささなき》】

冬の鶯が藪をくぐったり、雑木の低い枝を飛び移ったりしながら、チャッ、チャッ、チャッと舌打ちするように鳴くこと。また、その鳴き方。雌雄ともにこの地鳴きをし、春になると雄だけがホーホケキョと鳴くようになる。❖笹鳴は幼鳥の鳴き声ではない。この時期の鶯はすべて成鳥である。

笹鳴きも手持ぶさたの垣根かな　一　茶
笹鳴や深山たびたび日をかくす　長谷川双魚
笹鳴きに枝のひかりのあつまりぬ　長谷川素逝
笹鳴や雪に灯ともす東大寺　中川宋淵
笹鳴を疎林のひかり弾き合ふ　相馬遷子
笹鳴や磨きて覚ます杉の肌　本多静江
笹鳴の顔まで見せてくれにけり　綾部仁喜
笹鳴は袂に溜まるごとくなり　友岡子郷
笹鳴のまことしづかな間のありて　早野和子
笹鳴きの鳴き移りつつ笹揺らす　村上鞆彦

【冬雲雀《ふゆひばり》】

冬の河原などで、暖かい日に雲雀が鳴きながら舞い上がる姿を見かける。↓雲雀（春）

冬雲雀そのさへづりのみじかさよ　橋本多佳子
三輪山のしろがねの日に冬ひばり　山本古瓢
出雲なる風土記の丘の冬雲雀　小野淳子
冬雲雀まぶしき声をこぼしけり　片山由美子
冬ひばり影を作らぬ歩みかな　真隅素子

【寒雀《かんすずめ》】　冬雀　ふくら雀

雀はもっとも人家近くに棲む鳥である。特に冬場は餌を求めて庭先までやってくる。寒い時に羽の中に空気を入れて膨らんでいる姿をふくら雀という。↓雀の子（春）・初雀（新年）

寒雀身を細うして闘へり　前田普羅
寒雀顔見知るまで親しみぬ　富安風生
とび下りて弾みやまずよ寒雀　川端茅舎
糸屑のくれなゐ咥へ寒雀　中尾寿美子
ネクタイの黒が集ひぬ寒雀　鈴木鷹夫
てのひらのごとき日向に寒雀　牧　辰夫
立山に晴れのおよびぬ寒雀　榎本好宏
寒雀一羽となりて光り出す　高野ムツオ
雪降れば雪を啄み寒雀　中坪達哉
ついばめる塵や光や冬雀　小川軽舟

両頬に墨つけふくら雀かな　川崎展宏
佳き名つけふくらすずめを飼ひたしや　大石悦子

【寒鴉《かんがらす》】　寒鴉《かんあ》　冬鴉

冬の鴉のこと。枯木の枝や電線などに動かずにじっとしているさまは、いかにも荒涼とした光景である。時おり嗄《か》れた声を発し、夕暮れなどは特に侘しい姿を見せる。

寒鳥かはいがられてとられけり　一茶
かわ〳〵と大きくゆるく寒鴉　高浜虚子
首かしげおのれついばみ寒鴉　西東三鬼
寒鴉己《し》が影の上におりたちぬ　芝不器男
太き声水に落して寒鴉　吉田成子
濁らざる色とも思ふ寒鴉　二川茂徳
動かんとするもの圧さへ寒鴉　依田善朗
冬鴉サイロに声を落とし去る　大串章

【梟《ふくろふ》】　ふくろ

フクロウ科の鳥の総称で、羽角《うかく》（飾羽）のない丸い顔をしている。全体に灰白色か褐色で、目の上部に眉斑状の黒斑がある。ゴロスケホーホーと聞こえる鈍い声で鳴く。低山帯の森林に棲息するが、近年は数が減少した。夜間、音もなく巣から飛び立ち、野鼠や昆虫などを捕食する。❖梟は留鳥だが、冬の夜に聞く声がいかにも侘しく寒々しいので冬の季語になっている。世界には梟を不吉な鳥とみなす文化圏、知恵と技芸の象徴とみなす文化圏がともに存在する。

梟のねむたき貌の吹かれける　軽部烏頭子
黒谷の夜を鳴き交はす梟かな　五十嵐播水
梟がふはりと闇を動かしぬ　米澤吾亦紅
梟や机の下も風棲める　木下夕爾
梟の次の声待ち書を膝に　千代田葛彦
梟や懊にちらりと炎立ち　鷲谷七菜子
梟やいまらふそくの燈のゆらぐ　柿本多映
風の木となる梟の去ってより　黛執
梟の目玉みにゆく星の中　矢島渚男

梟を泊めて樹影の重くなる　ふけとしこ
己を視むと梟の顔廻す　大島雄作
梟の闇嘗めてゐるやうなこゑ　石嶌岳
ふくろふの目玉のほかは山の闇　田村正義
ふくろふの闇のふくらむばかりなる　佐藤博美

【木菟《みみづく》】　づく

フクロウ科の鳥のうち、羽角《うかく》（飾羽）がある大木葉木菟《おおこのはずく》などの総称。丸い頭にある羽角が兎の耳に似ているので「木菟」と書く。夜行性で野鼠や小鳥を捕食する。低山帯の木の洞などに巣を作り、ホッ、ホッと低く鳴く。❖留鳥だが、梟と同様に声がいかにも侘しく寒々しいので冬の季語になっている。→青葉木菟《あをばづく》（夏）

木菟や上手に眠る竿の先　一茶
木菟のほうと追はれて逃げにけり　村上鬼城
身じろぎて木菟また元の如く居る　篠原温亭
青天に飼はれて淋し木菟の耳　原石鼎
うつうつと木菟の瞼の二重かな　軽部烏頭子
木菟の夜を沖かけてくる波がしら　斎藤梅子
月の出を忘じて木菟に鳴かれけり　橋本榮治
木菟の耳をのぞいてゆきし子ら　森賀まり

【鷦鷯《みそさざい》】　三十三才《みそさざい》

体長一〇センチほどの非常に小さい鳥。全体に褐色がかっていて、黒く細かい斑点がある。普段は山地に棲息する。❖日本産の鳥では最小形種のひとつ。活発で声がよく、冬は人家の近くに現れるので人目にふれやすい。

みそさざいちつというても日の暮るる　一茶
東京に出なくていゝ日鷦鷯　久保田万太郎
世に遠きことのごとしや鷦鷯　加藤楸邨
あをぞらも夕べに近しみそさざい　岩井英雅
何時も来て何時も一羽や三十三才　石昌子
降りて来よ伽を聞かせに三十三才　榎本好宏
水べりの樹間あかるし三十三才　福谷俊子

【水鳥《みづとり》】　**浮寝鳥《うきねどり》**

冬の水上にいる鳥の総称。鴨・鳰《かいつぶり》・百合鷗・鴛鴦《おしどり》など。水に浮いたまま眠っている鳥を浮寝鳥という。❖古来詩歌では「浮き寝」に「憂き寝」をかけて、恋の独り寝の侘しさを詠んだ。

水鳥やむかふの岸へつういつうい　惟然
水鳥や夜半の羽音をあまたたび　高浜虚子
水鳥や夕日きえゆく風の中　久保田万太郎
水鳥のしづかに己が身を流す　柴田白葉女
水鳥の二羽寝て一羽遊びをり　清水基吉
水鳥のあさきゆめみし声こぼす　青柳志解樹
水鳥の羽撃ちて朝日子を呼べり　大串　章
一日の終はり水鳥はなやかに　浦川聡子
浮寝鳥一羽さめゐてゆらぐ水　水原秋櫻子
全景に雨が斜めや浮寝鳥　岡本　眸
浮寝鳥月は対馬に移りつゝ　須原和男

【鴨《かも》】　**真鴨　鴨の声　鴨の陣**

カモ科の鳥の総称。真鴨・小鴨・葭鴨《よしがも》・尾長鴨・嘴広鴨《はしびろがも》・金黒羽白《きんくろはじろ》などは河川や湖沼で、鈴鴨・黒鴨・海秋沙《うみあいさ》などは海上・江湾・荒磯などで見られる。秋、雁と同じころに飛来し、春に北方に帰る。早朝や夜間に草の実などの餌を取りに行き、昼間は群をなして水に浮いていることが多い。これを鴨の陣という。鴨は肉が美味で、冬のあいだ狩猟が許されている。❖鴨は日本に二十九種類いるが、鴛鴦《おしどり》と軽鴨だけが留鳥。↓春の鴨（春）・引鴨（春）・通し鴨（夏）・初鴨（秋）

海くれて鴨のこゑほのかに白し　芭　蕉
水底を見て来た顔の小鴨かな　丈　草
鴨の中の一つの鴨を見てゐたり　高浜虚子
一湾や吹きをさまりて月の鴨　田村木国
海に鴨発砲直前かも知れず　山口誓子
鴨群るるさみしき鴨をまた加へ　大野林火

抜け目なささうな鴨の目目目目目目　川崎展宏
鴨眠るひとつの波をひきながら　今井杏太郎
吹き晴れて吹きはれて鴨寄辺なし　岡本　眸
鴨の居るあたりもつとも光る湖　稲畑汀子
日のあたるところがほぐれ鴨の陣　飴山　實
空と湖自在に占める鴨の陣　小川晴子
眦《まなじり》に乱るる日差し鴨の湖《うみ》　正木ゆう子

【鴛鴦《をしどり》】　をし　鴛鴦《をし》の沓《くつ》

カモ科の留鳥で、山間の渓流や山地の湖などに棲息しており、雄の美しい色彩によって知られている。水に浮かんでいる姿が、神主の木沓のように見えるので、「鴛鴦の沓」という。つがいで行動し、常に離れないところから「鴛鴦《おし》の契《ちぎり》」「おしどり夫婦」などのことばが生まれた。雌雄どちらかが捕えられると、残された方が焦がれ死にするという伝説がある。❖留鳥だが、求愛期である冬の間オスの飾り羽（繁殖羽）が美しく目立つので冬の鳥と思われている。

里過て古江に鴦《をし》を見付たり　蕪　村
鴛鴦に月のひかりのかぶさり来　阿波野青畝
円光を著《き》て鴛鴦の目をつむり　長谷川素逝
鴛鴦やこもごも上げる水しぶき　高木良多
おのが影乱さず浮いて鴛鴦の水　楠目橙黄子
白き胸ぶつけて鴛鴦の諍へる　山田閏子
鴛鴦の沓波にかくるることもあり　山口青邨

【千鳥《ちどり》】　鵆《ちどり》　磯《いそ》千鳥　浜千鳥　川千鳥
夕千鳥　小《さ》夜《よ》千《ち》鳥《どり》　群千鳥

チドリ科の鳥の総称。昼は海上、夜は渚や浜辺を歩き回る。嘴《くちばし》が短く、趾《あしゆび》が三本で、左右を踏み交えたいわゆる千鳥足で歩く。夜更けに聞こえる声が寂しげである。❖『万葉集』以来詩歌に詠まれてきたが、夜の寒さや風の冷たさなどと重なり、冬の鳥と意識されるようになった。

打ちよする浪や千鳥の横ありき　蕪　村

吹き別れ吹き別れても千鳥かな　千代女
吹かれ来て障子に月の千鳥かな　樗堂
上汐の千住を越ゆる千鳥かな　正岡子規
ありあけの月をこぼるゝ千鳥かな　飯田蛇笏
裏となり表となりて千鳥飛ぶ　五十嵐播水
雨の消すものに千鳥の足跡も　後藤比奈夫
彳亍《てきちょく》と渚の雪に千鳥かな　大石悦子
追ふ千鳥追はるる千鳥こゑもなく　行方克巳
潮満ちてくれば鳴きけり川千鳥　上村占魚
波の手をあはやと躱し夕千鳥　奈良文夫
群千鳥渚に下りてより見えず　阿部みどり女
群千鳥紙のごとくに返し来る　岡部六弥太

【鳰《かいつぶり》】　鳰《にほ》　にほどり　かいつぶり

鳩よりやや小さい、褐色の水鳥。水中に巧みに潜って魚を獲《と》る。キリッ、キリッ、キリリリとかフィリリリなどと鳴く声は美しい。❖留鳥だが、冬の池沼で目につくことから冬の季語とされる。→浮巣（夏）

声立てて月にしづむかかいつぶり　闌更
冥きより暗きへこゑのかいつぶり　今井杏太郎
かいつぶり浮かび横顔見せにけり　宮津昭彦
さざなみに消されてしまひかいつぶり　鷹羽狩行
上げ潮を率ゐて川へかいつぶり　大屋達治
湖や渺々として鳰《にほ》一つ　正岡子規
鳰《にほ》がゐて鳰の海とは昔より　高浜虚子
鳰くぐるくぐる手古奈のむかしより　村上喜代子
淡海いまも信心の国かいつぶり　森澄雄

【都鳥《みやこどり》】　百合鷗《ゆりかもめ》

一般に百合鷗をさす。百合鷗は冬鳥として日本に飛来し、本州以南で越冬する。嘴と脚が赤く、羽は純白で、群れをなしている姿はことに美しい。❖都鳥は、もともと関東の呼び方で、『伊勢物語』の主人公が隅田川で「名にし負はばいざ言問はむ都鳥わが思ふ人はありやなしやと」と詠んだことにちなむ。

都鳥より白きものなにもなし　山口青邨
都鳥空は昔の隅田川　福田蓼汀
都鳥下町まつる神多く　有馬籌子
寄るよりも散る華やぎの都鳥　石鍋みさ代
かよひ路のわが橋いくつ都鳥　黒田杏子
ゆりかもめ白刃となりて吾に降り来《く》　大石悦子
ゆりかもめ来るやまねきの上がるころ　名村早智子
ゆりかもめ胸より降りて来たりけり　井上弘美
百合鷗よりあはうみの雫せり　対中いずみ
百合鷗海神のこゑ挙げにけり　石田郷子

【冬鷗《ふゆかもめ》】

鷗はよく知られた海鳥で、海辺や潮入川で一年を通して見かけるが、多くは冬にシベリアから日本に渡って来る。季語としては「冬」を冠して「冬鷗」の形で用いる。

冬鷗黒き帽子の上に鳴く　西東三鬼
冬かもめ小さき漁港に小さき船　文挾夫佐恵
あげ潮の舞を大きく冬かもめ　岡本眸
冬鷗ちかぢかと目をあはせくる　矢島渚男
冬鷗一羽が生れ一羽死す　宇多喜代子
波に乗るほかなくて乗る冬かもめ　伊藤トキノ
打ちあぐるものなき浜を冬鷗　勝又民樹
ポケットに拳の熱し冬鷗　山下知津子
わが視野の外から外へ冬かもめ　恩田侑布子
冬鷗海の青さを奪ひあふ　日下野由季

【鶴《つる》】　凍鶴《いてづる》

ツル科の鳥の総称。鍋鶴・真鶴は秋にシベリアから飛来し、田や沼で冬を越す。丹頂は北海道東部で年間を通して棲息するが、ほかの鶴と同様、冬の季語として扱われる。凍ったようにじっと動かず片足で立っている鶴を凍鶴という。❖鶴は容姿の美しさもあり、古来、瑞鳥とされてきた。

鶴舞ふや日は金色の雲を得て　杉田久女
高熱の鶴青空に漂へり　日野草城
二三歩をあるき羽搏《はう》てば天の鶴　野見山朱鳥

夕空を鋭く鶴の流れけり　中岡毅雄
鶴啼くやわが身のこゑと思ふまで　鍵和田秞子
青天のどこか破れて鶴鳴けり　福永耕二
鶴唳《かくれい》の響けば山河緊《しま》りけり　福田蓼汀
鶴のこゑ天に集まりゆきにけり　勝又一透
海照るやくをん久遠と鶴のこゑ　角谷昌子
丹頂に薄墨色の雪降り来　西嶋あさ子
丹頂の紅一身を貫けり　正木浩一
凍鶴のやをら片足下しけり　高野素十
凍鶴に忽然と日の流れけり　石橋秀野
鶴凍てて花の如きを糞《ま》りにけり　波多野爽波
一歩踏み出だす容に鶴凍てぬ　野中亮介

【白鳥《はくてう》】 鵠《くぐひ》

大型の水鳥で、大白鳥や小白鳥などの種類がある。嘴と脚を除き全身純白で、水に浮くさまはいかにも優美である。冬、シベリアから日本に渡ってきて湖などで越冬する。北海道の風蓮湖、宮城県の伊豆沼、新潟県の瓢《ひよう》湖、島根県の宍道《しんじ》湖などが白鳥の飛来地として有名。鵠は古称。❖倭健命が死後白鳥となった神話はよく知られている。

白鳥といふ一巨花を水に置く　中村草田男
白鳥の声のなかなる入日かな　桂　信子
千里飛び来て白鳥の争へる　津田清子
白鳥といふやはらかき舟一つ　鍵和田秞子
白鳥や空には空の深轍　高野ムツオ
白鳥の首やはらかく混み合へり　小島　健
白鳥の汚れて強く鳴きにけり　日原　傳
ふぶくごとくに白鳥のもどりくる　中岡毅雄
白鳥のまぶしき羽をさめけり　甲斐由起子
白鳥のこゑ白鳥を貫けり　辻　美奈子
八雲わけ大白鳥の行方かな　沢木欣一

【鮫《さめ》】 鱶《ふか》

軟骨魚のうち、主に鱏《えい》を除いたものの総称。関西では鱶、山陰では鰐《わに》ともいう。頭部の下に口がある。表面はいわゆる鮫肌。鮫は人を襲う凶暴なものもあるが、多くは危害を与えない。肉は練製品の材料に、尾鰭《おびれ》はフカヒレと呼ばれ中華料理の高級素材になる。

日輪のかゞよふ潮の鮫をあぐ　水原秋櫻子
鮫を裂くうしろをすべり氷の荷　宇佐美魚目
鱶の鰭しばらく見ゆる右舷かな　岩月通子

【鰰《はたはた》】雷魚《はたはた》　鱩《はたはた》　かみなりうを

体長一五センチ前後の扁平の魚。体表に鱗《うろこ》はなく褐色の斑紋がある。秋田近海などが主な漁場だが、現在は捕獲制限をしている。初冬の雷の多いころに獲《と》れるため雷魚《かみなりうお》の異名がある。❖秋田名物の塩汁《しょっつる》を作るには鰰が欠かせない。卵はぶりこと呼ぶ。

鰰に映りてゐたる炎かな　石田勝彦
日が没りてより鰰の海光る　平井さち子
水揚げのはたはた腹に金刷けり　宮津昭彦
鰰のみひらきし目にまた雪来　山上樹実雄
鰰や雫石まで僧の伴　宮坂静生

【魴鮄《はうぼう》】

体長四〇センチ前後の赤くて美しい魚。胸《むな》鰭《びれ》が大きく発達し、そのうち下部の三本の鰭は指のように互いに遊離し、これを用いて海底を這《は》うことができる。鰾《うきぶくろ》を用いて大きな音を出す。食用魚として冬季が美味。

根の国のこの魴鮄のつらがまへ　有馬朗人
味噌焚きの魴鮄の眼のあはれかな　木内彰志
魴鮄のつばさに瑠璃の斑を隠す　大屋達治
魴鮄に小骨の数や沖荒れて　遠藤由樹子

【鮪《まぐろ》】

サバ科マグロ属の硬骨魚で、黒鮪や黄肌《きはだ》などの総称。黄肌は熱帯産で、主として南日本に回遊してくる。黒鮪は本鮪ともいい、日本近海に広く分布している。肉は赤く、冬から初春の産卵期にかけてが美味。成長にしたがってメジ→ヨコワ→マグロなどと呼び方が変わる。成魚は体長三メートルにも達する。漁法は現在ではほとんど延縄《はえなわ》。❖鮪が冬の季語になったのは近海物が主流だったころの名残で、現在はインド洋、大西洋で獲れたものが出回っている。

大鮪ひと蹴りで躍り落としたり　千田一路
捌かれて鮪は赤き尾根をなす　佐藤郁良
鮪船実習生を先づ降ろす　片田末子

【鱈《たら》】雪魚《たら》　真鱈《まだら》　介党鱈《すけとうだら》　助宗鱈《すけそうだら》　鱈《たら》場《ば》　子持鱈《こもちだら》

タラ科の魚の総称あるいは真鱈のこと。食卓に上がる真鱈は日本海や北日本の太平洋岸に分布し、介党鱈（助宗鱈）は北太平洋に分布している。どちらも寒流系の魚。冬に産卵のため群れをなして浅い沿岸に現れる。これを刺網や延縄《はえなわ》で獲る。ちり鍋にしたり、塩鱈・干鱈にするほか、塩漬けにした卵を鱈子、精巣を白子として食する。❖北国の冬の生活に欠かせない代表的な魚。

はらら子のこぼるるもあり鱈を揚ぐ　岩崎照子
鱈一本北方の空の縞持てり　新谷ひろし
鱈船に海盛りあがる日の出かな　岸　孝信
能越の山わかちなき鱈場かな　大橋越央子
船去って鱈場の雨の粗く降る　寺山修司

【鰤《ぶり》】寒鰤　鰤網　鰤釣る　鰤場《ぶりば》

鰤は体長約一メートルで、紡錘形の回遊魚。産卵のために冬季に南下してくる鰤は特に美味で、大敷網と呼ばれる大規模な定置網などで漁獲する。いわゆる出世魚で、成長とともに関東ではワカシ→イナダ→ワラサ→ブリ、関西ではツバス→ハマチ→メジロ→ブリなどと名称が変化する。❖刺身・照焼・塩焼などにして食すが、脂ののった寒鰤がもっとも美味である。→鰤起し

寒鰤は虹一条を身にかざる　山口青邨
日の柱立つ寒鰤の定置網　神蔵　器

手秤りの寒鰤の潮雫かな　友岡子郷
寒鰤を買へばたちまち星揃ふ　山本洋子
寒鰤に稲妻の色走りけり　白石喜久子
鰤網に大きな波の立ち上り　上村占魚
陽を中に引きしぼりゆく鰤の網　星野恒彦

【金目鯛《きんめだひ》】　錦鯛

体長三〇〜四〇センチで、鮮やかな紅色の魚。眼が大きく黄金色に耀いている。三陸海岸以南の太平洋側の深海に棲息。白身の魚で脂肪に富んでおり、たいへん美味。刺身・煮魚・干物・ちり鍋などにして賞味する。

水揚げの水赤からず金目鯛　池田幸利
金目鯛水を惜しまず糶られけり　川崎清明

【甘鯛《あまだひ》】　興津鯛《おきつだひ》　ぐじ

体長三〇〜五〇センチで、頭がやや円錐形の魚。赤甘鯛・黄甘鯛・白甘鯛の三種があり、もっとも美味なのは白甘鯛といわれる。味噌漬けのほか、塩焼や照焼にする。興津鯛は駿河湾で獲れるもので、主に生干しにし、若狭湾で獲れるものは一塩のぐじとして賞味する。

甘鯛の鰭きらきらと若狭富士　森ちづる
甘鯛にオーロラの色ありにけり　宮崎夕美
ぐじの尾にことほぎの金ありにけり　飯村中

【鮟鱇《あんかう》】

海底深く棲むアンコウ科の硬骨魚。体長三〇センチから一・五メートルくらいになる。頭が大きく扁平で口が広いのが特徴。「鮟鱇の餌待《えまち》」といって背鰭《せびれ》の変形した誘引突起で小魚をおびきよせて飲み込む。身が柔らかく俎板《まないた》で料理をするのが難しいため、鉤に口を掛けて、いわゆる「鮟鱇の吊し切り」にする。❖内臓が美味で、とも・ぬの・肝・水袋・えら・柳肉・皮を「鮟鱇の七つ道具」という。→鮟鱇鍋

鮟鱇のよだれのなかの小海老かな　阿波野青畝
鮟鱇の骨まで凍《い》ててぶちきらる　加藤楸邨
吊されて鮟鱇らしくなりにけり　亀田虎童子
鮟鱇の腹たぶたぶと曳かれゆく　角川照子
ずたずたの鮟鱇のなほ吊られをり　遠山陽子
一喝に似て鮟鱇を糶りおとす　今瀬剛一
群肝《むらぎも》を抱いて鮟鱇吊るさるゝ　須原和男
鮟鱇の肝の四角の揺れてをり　山尾玉藻
糶られたる鮟鱇どれも口あけて　三村純也

【杜父魚《かくぶつ》】　杜夫魚《かくぶつ》　霰魚《あられうを》　杜父魚《とふぎょ》　あられがこ

カジカ科の淡水魚で、鎌切などともいう。体長二〇センチぐらいで、色は暗灰色に褐色の紋が走る。❖福井県九頭竜《くずりゅう》川の棲息地は国の天然記念物に指定されていて、産卵のため川を下るころ霰がよく降ることから「あられがこ」ともいわれる。

杜父魚や流るる蘆に流れ寄り　高田蝶衣
杜父魚の背鰭凍りて量《はか》らるる　河北斜陽
杜父魚やいよいよざらめ雪の相　岡井省二
九頭竜の月に網しぬあられ魚　吉田冬葉

【氷下魚《こまい》】　氷下魚《こまい》釣《つり》　氷下魚汁

タラ科の硬骨魚で、体長三〇センチ前後。北海道に分布している。氷海に穴をあけて釣ったり、網を入れて捕ったりする。味は淡白で、生干しにしたものは美味。❖北海道では一般に「かんかい」と呼ぶ。

橇行や氷下魚の穴に海溢る　山口誓子
湖《うみ》の青氷下魚の穴にきはまりぬ　斎藤玄
氷下魚みなひとたび跳ねて凍りたる　小原啄葉
透明な火をなだめては氷下魚釣　北光星
うすうすと火の香のしたる氷下魚釣　大石悦子
夕空の紺まさりたる氷下魚釣り　三森鉄治
韃靼の風呼び込んで氷下魚干す　橋本和男

【柳葉魚《ししやも》】　ししやも

体長約一五センチの硬骨魚。アイヌ語で

「柳の葉の形をした魚」が語源といわれる。秋から冬にかけて産卵のために大群で川を遡る。戦前は北海道だけで食されていたが、戦後、全国に広まった。❖現在、市場に出回っているのは、よく似た輸入品である。

海と山別ちて柳葉魚すだれかな　岡本敬子

一湾の光束ねて柳葉魚干す　南たい子

【潤目鰯《うるめいわし》】

真鰯《まいわし》に似た形の硬骨魚。丸みを帯び、目が潤んだように見える。上部は暗青色、下部は銀白色で美しい。脂肪が少なく、味は淡白で干物にすることが多い。❖脂を蓄える産卵期の冬から春先が旬。↓鰯（秋）

火の色の透りそめたる潤目鰯《うるめ》かな　日野草城

一合を愉しむ潤目鰯かな　山崎ひさを

乾きたるかほをきりりと潤目かな　坂本ふく子

奥能登は日射し逃さず潤目干す　橋本彰夫

【鮃《ひらめ》】　寒鮃

体長約八〇センチで、日本各地の沿岸、または内湾の砂泥底に棲息している魚。体色を周囲に合わせて変化させる。体は楕円形で平たく、鰈《かれい》に似ているが、眼は両眼とも左側にある。刺身にするほか、煮魚・蒸物などにして幅広く賞味する。

真黒に濡れたるいろに寒鮃　今井杏太郎

夕暮れのはかりに重き寒鮃　有馬朗人

【河豚《ふぐ》】　ふぐと　ふく

フグ科とその近縁種の魚の総称。体が長くてやや側扁、口は小さく、危険を感じると腹を毬《まり》のようにふくらませて威嚇《いかく》する種類が多い。虎河豚が最も美味とされ、刺身・ちり・汁にして食べたり、鰭を酒に浸して飲むなどする。しかし多くの種は肝《きも》や卵巣に猛毒があるため、調理には特別な免許が必要である。↓河豚汁・鰭酒

壇の浦を見にもゆかずに河豚をくふ　高浜虚子

河豚の皿赤絵の透きて運ばるる　内藤吐天
とらふぐの鰭の先まで虎の柄　後藤比奈夫
箱河豚の鰭は東西南北に　森田峠
水揚げの河豚に鳴く声ありにけり　児玉輝代
河豚食つてをり大潮に逢ひてをり　廣瀬直人
河豚刺しのまだ一弁も損はず　矢島久栄
河豚を喰ふ顔をひと撫でしたりけり　岡本高明

【寒鯉《かんごひ》】

寒中の鯉のこと。冬になると鯉は水底でじっとしている。このころが滋養に富み、美味だといわれる。東日本では長野・群馬・茨城の各県で養殖が盛ん。↓緋鯉（夏）

寒鯉の居るといふなる水蒼し　前田普羅
寒鯉はしづかなるかな鰭を垂れ　水原秋櫻子
山動くかに寒鯉の動きけり　藤崎久を
生簀より抜く寒鯉の水しぶき　本宮哲郎
寒鯉に力満ちきて動かざる　中嶋秀子
寒鯉の臓腑ぬくしと捌きをり　北村保
寒鯉の深きところを進みけり　日原傳

【寒鮒《かんぶな》】

寒中の鮒のこと。川や池沼の枯れた水草の陰などにひそんでいる。冬季の鮒は脂が乗って美味である。↓乗込鮒（春）・濁り鮒（夏）・紅葉鮒（秋）

藁苞《づと》に寒鮒生かし送りけり　長谷川かな女
寒鮒を殺すも食ふも独りかな　西東三鬼
寒鮒の一夜の生に水にごる　桂信子
寒鮒の息づく濁りありにけり　大石悦子
日だまりの石に寒鮒釣の来る　山本一歩

【魦《いさざ》】　魦舟　魦網
琵琶湖特産のハゼ科の淡水魚。体長五～八センチほどの小魚。佃煮にして食べる。❖古来、詩歌では冬の琵琶湖の景物として魦漁をする舟や網が詠まれてきた。

道さむく量りこぼしの魦踏む　阿波野青畝
売れ残る魦の凍ててしまひけり　草間時彦

波音を掬ひてゐたり魦舟　関戸靖子
魦網雲のごとくに干されたり　加藤三七子

【ずわい蟹《ずわいがに》】　松葉蟹　越前蟹

クモガニ科の蟹。山陰や京都では松葉蟹、福井県では越前蟹ともいう。日本海やベーリング海などに分布。丈夫で長い脚をもち、雄の方が雌より大きい。冬が美味で、珍重される。雌はせいこ・香箱（こうばこ・こうばく）などとも呼ぶ。↓蟹（夏）

若狭より入洛したるずわい蟹　鵜澤利朗
荒海の能登より届く松葉蟹　星野椿
大輪の越前蟹を笹の上　鷹羽狩行
大皿に越前蟹の畏まる　檜紀代

【海鼠《なまこ》】　海鼠舟

棘皮《きょくひ》動物に属するナマコ類の総称。普通、真海鼠をいう。体長約四〇センチ。円筒状で口の周りに環状の触手が並んでいる。真海鼠は三杯酢で生食される。腸は海鼠腸《このわた》、卵巣は海鼠子《このこ》といって酒客に好まれる。煮干しにしたものを海参（いりこ・きんこ）といい、中華料理の材料に用いる。

生きながら一つに氷る海鼠かな　芭蕉
引き汐のわすれて行きしなまこかな　蝶夢
海鼠噛むそれより昏き眼《まなこ》して　中村苑子
夜の色となりゆく海鼠すすりけり　草間時彦
海鼠切りもとの形に寄せてある　小原啄葉
糶声に何か呟く海鼠かな　大橋敦子
押してみていちばん縮む海鼠買ふ　伊藤白潮
硝子戸に夜の貼りつく海鼠かな　大島雄作
火を焚くや入り江痩せたる海鼠舟　土方公二

【牡蠣《かき》】　真牡蠣　酢牡蠣　牡蠣飯

イタボガキ科の二枚貝類。天然の牡蠣は海岸の石垣や岩礁などに付着している。それを「牡蠣打」といって手鉤《てかぎ》で取る。肉は滋養に富み美味。寒中が旬。生食・酢の物・鍋物・フライ・かき飯などにして食べる。

❖昔から広島の牡蠣が有名だが、現在では北海道・宮城・岡山などでも養殖が盛ん。
↓牡蠣船・牡蠣剝く・牡蠣鍋

呉《くれ》線の小さき町も牡蠣の浦　富安風生
松島の松に雪ふり牡蠣育つ　山口青邨
生きてゐる牡蠣その殼のざらざらに　山口誓子
橙の灯いろしぼれり牡蠣の上　飴山實
牡蠣提げて夜の広島駅にあり　山崎ひさを
傾ぐ舟牡蠣一連をひきあぐる　中西夕紀
あたらしき声出すための酢牡蠣かな　能村登四郎
酢牡蠣喰べけむりのごとき雨に遭ふ　吉田鴻司

【寒蜆《かんしじみ》】

蜆は春の季語であるが、寒中にとれるものを寒蜆という。肝臓の機能をよくするなど滋養に富む。

寒蜆ひとつつみして檜葉青し　森ちづる
火柱のごとき没日や寒蜆　中岡毅雄
寒蜆売にふたりの子がをりぬ　今井杏太郎

【蟷螂枯る《たうらうかる》】　枯蟷螂

蟷螂を植物のように枯れると見立てた季語。
❖カマキリには最初から緑色と褐色のものがあって、色は変化しない。したがって、「蟷螂枯る」という季語は事実には反するが、季節感を感じさせる言葉として今も使われている。

蟷螂の眼の中までも枯れ尽す　山口誓子
蟷螂の枯れゆく脚をねぶりをり　角川源義
蟷螂の六腑に枯れのおよびたる　飯田龍太
蟷螂の首傾げつつ枯れゆける　名和未知男
蟷螂の風喰ふほどに枯れにけり　石嶌岳
枯蟷螂落ちても構ふ石の上　山口草堂
枯蟷螂大きく揺れてから一歩　田中春生

【冬の蝶《ふゆのてふ》】　冬蝶　凍蝶《いててふ》

冬に見られる蝶。ほとんどの蝶は春から秋までに発生し、卵や蛹《さなぎ》で越冬するが、タテハチョウなど成虫のまま越年するものもあ

る。寒さで凍えたようにじっとしているものを凍蝶という。↓蝶（春）

冬の蝶日溜り一つ増やしけり　小笠原和男
日向へと畦ひとつ越す冬の蝶　木内怜子
骨片の白くくだけて冬の蝶　長谷川久々子
冬蝶や夕日しばらく野をぬくめ　斎藤道子
冬蝶や硝子きよらに路地住ひ　岩永佐保
凍蝶に指ふるるまでちかづきぬ　橋本多佳子
凍蝶の上ると見えて落ちにけり　下村梅子
凍蝶や朝は縞なす伊豆の海　原田青児
凍蝶に満月ほうと出でにけり　有働亨
凍蝶を過《あやまち》のごと瓶に飼ふ　飯島晴子
右手つめたし凍蝶左手へ移す　澁谷道
凍蝶に火柱の立つ没日かな　西嶋あさ子
凍蝶に輝やき失せぬ石一つ　星野高士
ひと揺れの後凍蝶となりにけり　立村霜衣

【冬の蜂《ふゆのはち》】　冬蜂《ふゆばち》

冬に生き残っている蜂。足長蜂などの蜂は交尾後、雌だけが生き残って越冬し、翌春一匹で巣を作り卵を産む。冬のあいだにたよりなげに動いているものを見かけることがある。↓蜂（春）

冬の蜂花買ふは金惜しまずに　石田あき子
ふたゝび見ず柩《ひつぎ》の上の冬の蜂　山田みづえ
冬の蜂這ふ漉き紙の生乾き　栗田やすし
冬蜂の死にどころなく歩きけり　村上鬼城
冬蜂の死ぬ気全くなかりけり　原田喬
冬蜂の胸に手足を集め死す　野見山朱鳥
冬蜂の事切れてすぐ吹かれけり　堀本裕樹

【冬の蠅《ふゆのはへ》】　冬蠅《ふゆばへ》

冬に生き残っている蠅。冬の暖かい日、日だまりにじっと止まっている蠅を見ることがある。↓蠅（夏）

冬の蠅逃せば猫にとられけり　一茶
日のあたる硯の箱や冬の蠅　正岡子規
すがりゐて草と枯れゆく冬の蠅　臼田亜浪

冬の蠅紺美しくあはれかな　野村喜舟
飛びたがる誤植の一字冬の蠅　秋元不死男
冬の蠅動くことなき山の家　日下部宵三
しんしんと眼澄みをり冬の蠅　松下千代
翅はしろがね脚はくろがね冬の蠅　高野ムツオ
歩くのみの冬蠅ナイフあれば舐め　西東三鬼

【綿虫《わたむし》】　大綿《おほわた》　雪蛍　雪婆《ゆきばんば》

アリマキ科の虫で、体長約二ミリ。白い綿のような分泌物をつけて、初冬のどんよりと曇った日などに、空中を青白く光りながらゆるやかに浮遊する。北国ではこの虫が飛ぶと雪が近いということから雪虫の俗称がある。❖早春に雪の上で活動する川螻蛄《かわげら》・跳虫《とびむし》なども雪虫と呼ぶが、これとは別である。→雪虫（春）

綿虫や夕べのごとき昼の空　阿部みどり女
綿虫の死しても宙にかがやくや　内藤吐天
晩年に似て綿虫の漂へる　福田蓼汀
綿虫やそこは屍《かばね》の出でゆく門　石田波郷
綿虫の双手ひらけばすでになし　石田あき子
綿虫の夕空毀《こは》れやすきかな　佐藤鬼房
綿虫にあるかもしれぬ心かな　川崎展宏
綿虫を放ちつづける日暮の木　早川志津子
綿虫の失せたる杉の青さかな　今瀬剛一
綿虫を壊さぬやうに近づきぬ　佐藤郁良
大綿は手にとりやすしとれば死す　橋本多佳子
大綿やしづかにをはる今日の天　加藤楸邨
大綿やだんだんこはい子守唄　飯島晴子
おほわたの触れ合はずして群るるなり　永方裕子
ひだまりのなかをたゆたひ雪螢　西宮舞
紙漉いて村に雪ばんばを殖《ふ》やす　長谷川双魚
雪婆ふはりと村が透きとほる　黛執
山ひとつ越えれば近江雪婆　橋本榮治

【冬の虫《ふゆのむし》】

冬になっても弱々しく鳴いている虫のこと。単に虫といえば秋に鳴く虫のことであるが、

蟋蟀《こおろぎ》など冬になってもまだ鳴いているものもあり、哀れをさそう。↓虫（秋）

冬の虫ところさだめて鳴きにけり　松村蒼石
火と水のいろ濃くなりて冬の虫　長谷川双魚
冬の虫しきりに翅を使ひをる　石田勝彦
木洩日に厚さのありて冬の虫　山田美保
冬ちちろ磨る墨のまだ濃くならぬ　河合照子

【冬の梅《ふゆのうめ》】　**寒梅《かんばい》**　**寒紅梅**　**冬至梅《とうじばい》**

冬のうちから咲き出す梅。種類によっては十二月から咲くものもある。↓梅（春）・探梅

ゆつくりと寝たる在所や冬の梅　惟然
冬の梅あたり払つて咲きにけり　一茶
寒梅や雪ひるがへる花のうへ　蓼太
寒梅や昼はながるる埋れ水　紫暁
千駄木に隠れおほせぬ冬の梅　正岡子規
わが胸にすむ人ひとり冬の梅　久保田万太郎
表札の新しき家冬の梅　広渡敬雄
寒梅の固き蕾の賑しき　高浜年尾
寒梅や日曜の子ら薪を負ふ　馬場移公子
寒梅や十津川村は崖ばかり　矢島渚男
寒梅や社家それぞれに石の橋　那須淳男
寒梅の日向に人の入れ替はる　村上鞆彦
寒の梅挿してしばらくして匂ふ　ながさく清江
朝日より夕日こまやか冬至梅　野澤節子

【早梅《さうばい》】　**梅早し**

春の到来に先駆けて咲く梅。年により開花に遅速がある。

早梅や日はありながら風の中　原　石鼎
遣戸より見る早梅の遥かなり　能村登四郎
早梅に風の荒ぶる浅間かな　皆川盤水
早梅の発止発止と咲きにけり　福永耕二
早梅の雲に溶けさうなる白さ　池内けい吾
梅早し眠りて赤子昼湯浴ぶ　秋元不死男

【蠟梅《らふばい》】　**臘梅《らふばい》**　**唐梅《からうめ》**

ロウバイ科の落葉低木の花。中国原産なので唐梅ともいう。高さ二〜五メートル。一

～二月、葉が出る前に香りの良い黄色い花を下向きまたは横向きに開く。蠟細工のように半透明で光沢があるので蠟梅というが、臘月（旧暦十二月）に咲くことから臘梅とも書く。

風往き来して臘梅のつやを消す　長谷川双魚
臘梅に日ざしなければ良く匂ふ　小原菁々子
臘梅を無口の花と想ひけり　山田みづえ
臘梅へ帯のごとくに夕日影　川崎展宏
臘梅やいつか色ます昼の月　有馬朗人
臘梅に人現はれて消えにけり　倉田紘文
臘梅を月の匂ひと想ひけり　赤塚五行
臘梅や子どもの声の散るはやさ　柘植史子

【帰り花《かへりばな》】　**返り花　忘れ花　狂ひ花**
狂ひ咲き

小《こ》春日和《はるびより》に誘われて咲く季節外れの花のこと。俳句では桜を指す場合が多いが、山吹・躑躅《つつじ》など、ほかの花についてもいう。

何の木ととふまでもなし帰り花　来山
二三日ちらでゐにけりかへり花　太祇
日に消えて又現れぬ帰り花　高浜虚子
薄日とは美しきもの帰り花　後藤夜半
海流のぶつかる匂ひ帰り花　櫂未知子
返り花まばゆき方にありにけり　軽部烏頭子
返り花きらりと人を引きとゞめ　皆吉爽雨
仮りの世のかりそめならぬ返り花　青柳志解樹
返り花妻に呼ばるることもうなく　宮津昭彦
人の世に花を絶やさず返り花　鷹羽狩行
蜜をわずかに山国の返り花　池田澄子
約束のごとくに二つ返り花　倉田紘文
返り花海近ければ海の色　九鬼あきゑ
返り花ひとりになればまたひとつ　中岡毅雄
足跡のここに途切れし狂い花　出口善子

【寒桜《かんざくら》】　**緋寒桜《ひかんざくら》　寒緋桜《かんひざくら》　冬桜**

冬季に咲く種類の桜。寒桜は鹿児島・沖縄地方で栽培されてきた緋寒桜のことで、寒緋桜ともいわれる。冬桜は山桜と富士桜の交配種といわれ、十二月ごろ花を開く。群馬県藤岡市鬼石《おにし》の桜山公園の冬桜は天然記念物に指定され一斉に花を付ける。❖寒桜と冬桜は本来別種のものであるが、俳句では冬季に咲く桜として両者を寒桜・冬桜と呼ぶことが慣用になっている。↓桜（春）

山の日は鏡のごとし寒桜　高浜虚子
寒桜交り淡くして長し　古賀まり子
うすうすと島を鋤くなり寒桜　飴山　實
雨雫よりひそやかに寒桜　稲畑汀子
あはあはと日は暈を被て冬桜　岩崎健一
水音のそこだけ消えて冬桜　清水衣子
痛さうに空晴れてをり冬ざくら　黛　執
月の出に風をさまりぬ冬桜　茂　惠一郎
母癒えて言葉少なや冬桜　岡田日郎
ひとゆれに消ゆる色とも冬ざくら　平子公一
冬桜けふ恙なく目の覚めて　山田真砂年

【冬薔薇《ふゆさうび》】　冬薔薇《ふゆばら》　寒薔薇《かんさうび》

冬に咲いている薔薇のこと。薔薇の開花時期は初夏と秋だが、暖地では十二月中旬まで咲きつづける。寒気のなかで鮮やかに咲いている花や、開ききらない蕾も見かける。↓薔薇（夏）

冬薔薇石の天使に石の羽根　中村草田男
冬薔薇紅く咲かんと黒みもつ　細見綾子
冬さうび咲くに力の限りあり　上野章子
冬薔薇鏡の中の見慣れぬ部屋　津川絵理子
冬薔薇の咲くほかはなく咲きにけり　日野草城
冬ばらの蕾の日数重ねをり　星野立子
ぎりぎりの省略冬薔薇蕾残す　津田清子
冬薔薇や海に向け置く椅子二つ　舘岡沙緻
孤高とはくれなゐ深き冬の薔薇　金久美智子
冬薔薇に触れて妬心を楽しめり　川崎陽子

【寒牡丹《かんぼたん》】　冬牡丹

観賞用として、厳冬期に咲くよう栽培され

た牡丹の花をいう。また寒中に限らず冬に咲く牡丹のこと。牡丹は初夏と初冬の二季に咲く性質をもっているが、初夏は蕾を摘み取って力を蓄えておき、冬だけ咲かせるようにしたもの。一木ずつ藁を着せかけるように囲み、その中で咲く花を楽しむ。❖花の少ない季節なので、艶やかな花が珍重され、各地の牡丹園はこの時期も開園する。↓牡丹（夏）

ひうひうと颪は空ゆく冬ぼたん　鬼　貫
冬ぼたん手をあたたむる茶碗かな　才　麿
開かんとしてけふもあり冬牡丹　千　渓
寒牡丹白光たぐひなかりけり　水原秋櫻子
しんかんとあめつちはあり寒牡丹　安住　敦
藁の先いつも吹かれて寒牡丹　桂　信子
寒牡丹菰の浮足立ちにけり　石田勝彦
寒牡丹夕影まとふこと迅し　有馬朗人
みづからの深紅にふるへ寒牡丹　山上樹実雄
日と月のごとく二輪の寒牡丹　鷹羽狩行
狂はねば恋とは言はず寒牡丹　西嶋あさ子
寒牡丹ひらけば背き合ふ花よ　中根美保
死ぬるまでかくてひとりや冬牡丹　有馬籌子
開かむと気息ととのふ冬牡丹　松本澄江
冬牡丹蘭学の世のこころざし　遠藤由樹子

【寒椿《かんつばき》】 冬椿

冬のうちから咲き出す椿を寒椿・冬椿と呼んでいる。寒中に限定しない。❖園芸品種のひとつに、山茶花のように花弁が散る「寒椿」もあるが、これは季語の寒椿とは別である。↓椿（春）

寒椿落ちたるほかに塵もなし　篠田悌二郎
齢にも艶といふもの寒椿　後藤比奈夫
くれなゐといふ重さあり寒椿　鍵和田秞子
毬つけば唄がおくれて寒椿　長谷川久々子
初めてのまちゆつくりと寒椿　田中裕明
竹藪に散りて仕舞ひぬ冬椿　前田普羅

ふるさとの町に坂無し冬椿　鈴木真砂女
葉籠りの花の小さきは冬椿　清崎敏郎
冬椿岬細りて人を断つ　中村石秋
石としてきらめく墓や冬椿　岸本尚毅

【侘助《わびすけ》】　**侘助《わびすけ》**

唐椿の園芸種の花。一重咲きで全開しない。千利休と同時代の茶人侘助が愛したところからこの名がある。白侘助・紅侘助・有楽《うらく》椿《つばき》などの種類がある。❖茶花として特に好まれる。

侘助のひとつの花の日数かな　阿波野青畝
侘助に風収まりし夕べかな　森田かずを
侘助の花の俯《うつむ》き加減かな　星野高士
侘助のいまひとたびのさかりかな　中村若沙
侘助の落つる音こそ幽《かす》かなれ　相生垣瓜人
すぐくらくなる侘助の日暮かな　草間時彦

【山茶花《さざんくわ》】

ツバキ科の常緑小高木である山茶花の花。日本特産種で四国・九州・沖縄に自生種があり、十〜十二月、枝先に白い一重の花が咲く。園芸種には鮮紅色・桃色・絞りのものや八重咲きもある。椿のように花が落ちるのではなく、花弁が散る。

山茶花や雀顔出す花の中　青蘿
山茶花や金箔しづむ輪島塗　水原秋櫻子
さざん花の長き睫毛を蘂《しべ》といふ　野澤節子
仏滅や山茶花の紅寺に咲く　中山純子
山茶花に咲き後れたる白さあり　宮田正和
山茶花の散りしく月夜つづきけり　山口青邨
山茶花のこぼれつぐなり夜も見ゆ　加藤楸邨
山茶花は咲く花よりも散つてゐる　細見綾子
こぼれても山茶花薄き光帯び　眞鍋呉夫
山茶花の散るとき人の起ちあがる　林　徹
山茶花を掃くや朝日の芳しき　山西雅子

【八手の花《やつでのはな》】　**八つ手の花**　**花八手**

ウコギ科の常緑低木である八手の花。八手

は暖地の海岸近くの山林に自生するが、多くは観賞用に植えられ、七〜九裂した天狗の団扇《うちわ》といわれる葉が特徴。初冬のころ、直径約五ミリの多数の白い花が固まって咲き、毬状をなす。翌年の四〜五月に黒い球形の果実となる。❖地味だが、ひっそりと咲く姿に冬の花らしい味わいがある。

一ト本の八つ手の花の日和かな　池内たけし
昼の月泛くところ得て花八ツ手　長谷川双魚
いつ咲いていつまでとなく花八手　田畑美穂女
花八つ手日蔭は空の藍浸みて　馬場移公子
蔵町の昏きより声花八手　長峰竹芳
花八手夕日とどかぬまま暮れて　齋藤朝比古
喪の家に布巾干さるる花八手　片山由美子
花八ツ手励むことなき吾が月日　中岡毅雄
硝子戸のまぶしさに触れ花八手　白石渕路
みづからの光りをたのみ八ッ手咲く　飯田龍太
八つ手咲く父なきことを泰しとも　友岡子郷

【茶の花《ちやのはな》】

茶の木の花。茶は中国南西部原産のツバキ科の常緑低木で、初冬のころ、葉腋《ようえき》に小さめの白色五弁の花が一〜三個下向きに開く。濃い黄色の蕊《しべ》が特徴で良い香りがする。❖植物名は「茶」。「お茶の花」と詠んでいる句を見かけるが、「お茶」は飲むものにしかいわない。

茶の花や乾ききつたる昼の色　桃隣
茶の花に押しつけてあるオートバイ　飯島晴子
茶の花のするすると雨流しをり　波多野爽波
茶の花のなかの大きなひとつかな　西野文代
茶の花や父晩年の子たるわれ　向笠和子
茶の花や青空すでに夕空に　嶺治雄
茶の花やあかりがつけば日のしまひ　上田五千石
茶の花や母の形見を着ず捨てず　大石悦子
茶の花の包みきれざる黄を零す　山田佳乃
茶が咲けり働く声のちらばりて　大野林火

茶が咲いて肩のほとりの日暮かな　草間時彦

【寒木瓜《かんぼけ》】

木瓜は中国原産のバラ科の落葉低木。普通春咲きだが、早咲きや四季咲きもあり、冬に咲く花を寒木瓜として愛でる。❖木瓜の花には赤・白・絞りがあるが、寒木瓜は赤いものが多く、花の少ない時期だけに鉢植えなどにして珍重される。→木瓜の花（春）

寒木瓜や先きの蕾に花移る　及川貞
寒木瓜の咲きつぐ花もなかりけり　安住敦
寒木瓜や日のあるうちは雀来て　永作火童
寒木瓜に予報たがへずいつか雨　村田脩
寒木瓜や人よりも濃き土の息　福永耕二

【室咲《むろざき》】　室の花

春に咲く花を温室の中で促成栽培して咲かせたもの。シクラメンが代表的である。→温室・シクラメン（春）

室咲きの花のいとしく美しく　久保田万太郎
室咲きに水やることも旅支度　片山由美子
室咲の色を揃へて売られけり　小野あらた
やはらかに反れる花びら室の花　清崎敏郎
厨房に母のためなる室の花　上田日差子

【ポインセチア】

中米原産のトウダイグサ科の常緑低木。初冬のころ、茎先の苞葉《ほうよう》が鮮紅色に変わり、クリスマス用の装飾花として普及してきた。茎の先端に小さい黄緑色の花を付けるが目立たない。鮮やかな色から猩々木《しょうじょうぼく》の別名もある。

ポインセチアどの窓からも港の灯　古賀まり子
客を待つ床屋のポインセチアかな　亀田虎童子
ポインセチアその名を思ひ出せずゐる　辻田克巳
言はでものこと言ひポインセチア赤　七田谷まりうす
抱へくるポインセチアが顔隠す　本井英
星の座の定まりポインセチアかな　奥坂まや

診察券ポインセチアの横に出す　加藤かな文
ポインセチア日なたに出して開店す　津川絵理子

【枯芙蓉《かれふよう》】

芙蓉はアオイ科の落葉低木。秋が過ぎると大きな葉を落とし、枝先に残っている実が乾いて風に吹かれたりする。その侘しさも冬の庭の趣のひとつである。↓芙蓉（秋）

老女とはかゝる姿の枯芙蓉　松本長
夕影の散らばつてくる枯芙蓉　岸田稚魚
芙蓉枯れ枯るるもの枯れつくしたり　富安風生
芙蓉枯れ朝の書斎に運河の日　木村蕪城
芙蓉枯る晩節汚すこともなく　西嶋あさ子

【青木の実《あをきのみ》】

ミズキ科の常緑低木である青木の実。青木は若い枝が緑色をしているのでこの名がある。秋、厚い光沢のある葉の陰に、楕円形の真紅の実が房状に垂れて翌年春まで残り、冬の庭を彩る。↓青木の花（春）

青木の実紅をたがへず月日経る　柴田白葉女
青木の実こぼれて土に還るのみ　瀧春一
青木の実青きを経たる真紅　貞弘衛
弓弦の響きかすかや青木の実　星野恒彦
みささぎの木立かくれに青木の実　岡本虹村
浅草に習ひごとあり青木の実　辻内京子

【蜜柑《みかん》】　蜜柑山
ミカン科の常緑低木の実。代表的なものは鹿児島県原産の温州蜜柑《うんしゅうみかん》で、暖地に広く栽培される。❖以前は炬燵を囲む団欒風景に欠かせなかった。日本の代表的な果物のひとつ。

下積の蜜柑ちひさし年の暮　浪化
蜜柑摘む隣りの山と声交し　北さとり
共に剝きて母の蜜柑の方が甘し　鈴木榮子
子の嘘のみづみづしさよみかんむく　赤松蕙子
テーブルの蜜柑かがやきはじめたり　鳴戸奈菜
伊予の蜜柑花のかたちに剝きたまへ　森賀まり

蜜柑山の中に村あり海もあり　藤後左右
どの山の影ともならず蜜柑山　辻田克巳
近景に蜜柑遠景に蜜柑山　宇多喜代子
みかん山九九を唱へて子の通る　山崎祐子
海見えずして海光の蜜柑園　野澤節子

【朱欒《ざぼん》】 うちむらさき　文旦《ぶんたん》　文旦《ぼんたん》

南アジア原産のミカン科の常緑低木である朱欒の実。実も葉も柑橘類中最大。果皮肉が一～二センチと厚く、砂糖漬けにする。薄黄色の果肉は生食するが、「うちむらさき」と呼ばれる薄紫色のものもある。文旦は朱欒の一品種で、瑞々しくやや小ぶりである。❖近年は高級品種の水晶文旦が、贈答用を中心に暮れから出回っている。

ざぼん売り居留地跡を守るなり　後藤比奈夫
泊船の水夫提げゆく朱欒かな　皆川盤水
甲板へ朱欒投げやる別れかな　太田嗟
空港に朱欒輝き雨上る　高橋悦男
這ひ這ひのおもはぬ速さ朱欒まで　正木ゆう子
文旦や長崎の空あをかりき　森澄雄
文旦にうるはしき臍《ほぞ》ありにけり　片山由美子

【冬林檎《ふゆりんご》】

冬に出荷され市場にでまわる林檎。林檎の収穫は遅くとも十一月中旬までには終わるが、特に味のよい、はだの美しい林檎は冬に多く出荷される。冬から春までの長期間の需要に応えるため、農家などは露地や土蔵などに貯蔵、近年では大規模な低温貯蔵庫が作られている。国光、ふじなどが冬林檎の代表的な品種。❖ミカンとともに冬のくだものとして喜ばれる。

はればれと真二つに割る冬林檎　川崎陽子
冬林檎祈りのごとく一つ置く　福井隆子
冬林檎地軸ほどには傾がざる　大野鵠士

【枇杷の花《びはのはな》】 花枇杷

バラ科の常緑高木である枇杷の花。十一～

十二月、枝先に円錐花序をなして白色五弁の花が多数開き、芳香を放つ。全体は淡褐色の絨毛《じゅうもう》に包まれている。↓枇杷（夏）

蜂のみの知る香放てり枇杷の花　右城暮石
故郷に墓のみ待てり枇杷の花　福田蓼汀
水汲みに僧が出てきぬ枇杷の花　星野麥丘人
裏口へ廻る用向き枇杷の花　山崎ひさを
枇杷の花見えてゐる間の夕支度　岡本　眸
青空にひと日の贄や枇杷の花　安立公彦
硝子戸に月のぬくもり枇杷の花　矢島渚男
暮らしむき似たる二人や枇杷の花　阿部静雄
満開といふしづけさの枇杷の花　伊藤伊那男
日の暮のごとき真昼や枇杷咲いて　野路斉子
遠ざけし人恋ふ枇杷の咲きてより　鷲谷七菜子

【冬紅葉《ふゆもみぢ》】

冬になっても見られる紅葉。カエデ類に限らず、鮮やかな葉を残しているものがあるが、雨や霜で傷んだ姿は哀れを誘う。↓紅葉（秋）

夕映に何の水輪や冬紅葉　渡辺水巴
沈む日を子に拝ませぬ冬紅葉　長谷川かな女
冬紅葉冬のひかりをあつめけり　久保田万太郎
日おもてにあればはなやか冬紅葉　日野草城
赤寺は魚板も赤し冬紅葉　福田蓼汀
一と日づつ一と日づつ冬紅葉かな　後藤比奈夫
朱よりもはげしき黄あり冬紅葉　井沢正江
寺清浄朝日清浄冬紅葉　高田風人子
冬紅葉いろはにほへど水の上　渡辺恭子
梵妻と立話して冬紅葉　松田美子
嫁がせて日々に濃くなる冬紅葉　山田径子
だんだんに雨の光の冬紅葉　名取里美
歩みゆく明るき方に冬紅葉　岩田由美

【紅葉《もみぢ》散る《ちる》】　散紅葉《ちりもみぢ》

秋に野山を染めた紅葉も冬に入ると散り急ぐ。しかしその散り敷いた紅葉もまた美しい。❖「紅葉且つ散る（秋）」との違いは、

散るいっぽうであること。→紅葉且つ散る

（秋）

行きあたる谷のとまりや散る紅葉　許六
雲早し水より水に散るもみぢ　紫暁
毎日が去る日ばかりや散紅葉　百合山羽公
散紅葉しきりにて散り尽さざり　八木澤高原
山を出て山に入る川散紅葉　山口昭利
岩へ散り紅葉のなほも日を透かす　八木絵馬

【木の葉《このは》】　木の葉散る　木の葉雨　木の葉時雨

散り行く木の葉、散り敷いた木の葉、また落ちようとして木に残っている葉を含めていう。木の葉雨・木の葉時雨は、木の葉が雨のように降るさまをたとえた伝統的な表現。

人待つや木葉かた寄る風の道　素堂
水底の岩に落ちつく木の葉かな　丈草
うら表木の葉浮べるさび江かな　白雄
木の葉をり〳〵病の窓をうつて去る　正岡子規
木の葉一枚水引つぱつて流れをり　和田順子
木の葉ふりやまずいそぐないそぐなよ　加藤楸邨
まのあたり闇を落ちゆく木の葉かな　池内友次郎
木の葉散る別々に死が来るごとく　津田清子
木の葉散り昨日と今日がまぎらはし　右城暮石
木の葉散り高層ビルは灯の柱　大島民郎
耳さとき籠の鶉に木の葉舞ふ　上村占魚
木の葉舞ふ天上は風迅きかな　太田鴻村

【枯葉《かれは》】

草木の枯れた葉。地に落ちた葉は時間がたつとかさかさに乾き、文字通り枯葉になってしまう。枯れたまま枝に残っているものもある。

しがみ付く岸の根笹の枯葉かな　惟然
枯葉のため小鳥のために石の椅子　西東三鬼
日だまりの枯葉いつとき芳しき　石橋秀野
枯葉舞ふ死にも悦楽あるごとく　林翔

小窓より見る世の中は枯葉のみ　後藤恒子
枯葉走れる正門のほか門いくつ　高柳重信
地の枯葉枝の枯葉に飛びかかる　白岩三郎
地の色となるまで枯葉掃いてゐる　野木桃花
走り根にとどこほりたる枯葉かな　山西雅子

【落葉《おちば》】　落葉時《どき》　落葉掻《かき》　落葉籠《かご》

落葉樹は冬のあいだに葉を落としつくす。その散り敷いた葉のこと。❖天気のよい日の芳ばしいような匂い、散り重なったものを踏む音など、俳句にとどまらず詩情を誘う。

岨《そば》行けば音空を行く落葉かな　太祇
待人の足音遠き落葉かな　蕪村
昼間から錠さす門の落葉かな　永井荷風
むさしのの空真青なる落葉かな　水原秋櫻子
起き上り又倒れたる落葉かな　上野泰
日溜りへ落葉も吹かれきし溜る　村越化石
礼拝に落葉踏む音遅れて着く　津田清子
手が見えて父が落葉の山歩く　飯田龍太
野外劇木椅子の下を落葉駈け　橋本美代子
湖底まで続く落葉の径のあり　斎藤梅子
とめどなき落葉の中にローマあり　大峯あきら
うしろにも人なき夜の落葉かな　矢島渚男
この岸のまだあたたかき落葉かな　永末恵子
鎌倉の町を埋める落葉かな　長谷川櫂
てのひらにすくへば落葉あたたかし　中岡毅雄
この夜を落葉の走る音ならむ　森賀まり
拾得は焚き寒山は掃く落葉　芥川龍之介
掃かれゆく落葉の中に石の音　上野章子
落葉明りに岩波文庫もう読めぬ　安住敦
落葉踏む山は見えねど山の中　見學玄
漱石の墓訪《と》ふ欅《けやき》落葉かな　肥田埜勝美
落葉籠百年そこにあるごとく　大串章

【柿落葉《かきおちば》】

柿はカキノキ科の落葉高木で、美しく色づいた柿の葉は地に落ちてもなお鮮やかである。❖豊かな色の柿落葉は掃くのがためらわれるほどである。

畑中は柿一色の落葉かな　士朗
柿落葉一葉もらさず掃きにけり　相島虚吼
庭木戸を出て柿落葉踏みてゆく　星野立子
いちまいの柿の落葉にあまねき日　長谷川素逝

【朴落葉《ほほおちば》】

朴はモクレン科の落葉高木で、葉の長さは三〇センチ以上あって芳香がある。初冬の山道に大きな葉が落ちているのは目を引く。❖お面のように目や口のところに穴をあけて、子供が遊んだりする。木の葉を用いた飛騨の朴葉味噌なども郷土料理として有名。

朴落葉手にしてゆけば風あたる　篠原梵
径あれば待たるるごとし朴落葉　岡本眸
山国は味噌焼くころか朴落葉　杉良介
下草に日は満ちゆきて朴落葉　須原和男
朴落葉裏しろがねに水弾く　正木ゆう子
しき重ね朴の落葉の夥《おびただ》し　高野素十
山に入るいきなり朴の落葉かな　山田みづえ

【銀杏落葉《いちやうおちば》】

銀杏はイチョウ科の落葉高木で、黄葉や落葉はほかの落葉樹に比べ遅い。並木道や公園を金色に染めている銀杏落葉は初冬の美しい光景である。↓銀杏散る（秋）

一色に大樹の銀杏落葉かな　小沢碧童
蹴ちらしてまばゆき銀杏落葉かな　鈴木花蓑
花の如く銀杏落葉を集め持ち　波多野爽波
銀杏落葉一枚咬みて酒場の扉　土生重次
夕月の奢りに銀杏落葉かな　今野福子

【冬木《ふゆき》】　**冬木《ふゆこ》立《だち》**　**冬木《ふゆき》影《かげ》**　**冬木道**

常緑樹・落葉樹ともに冬の景色として、冬木・冬木立と詠む。❖すっきりとした情景は寂しげだが、詩情を誘うものがある。

斧入れて香におどろくや冬木立　蕪村
灯せば影は川こす冬木立　暁

大空に伸び傾ける冬木かな　高浜虚子
冬木中一本道を通りけり　臼田亜浪
冬樹伐る倒れむとしてなほ立つを　山口誓子
つなぎやれば馬も冬木のしづけさに　大野林火
凭《もた》れたる冬木我よりあたたかし　加藤楸邨
あせるまじ冬木を切れば芯の紅　香西照雄
くらやみの冬木の桜ただ黒し　三橋敏雄
冬木描くいきなり赤を絞り出し　橋本美代子
冬木の枝しだいに細し終に無し　正木浩一
冬木みなつまらなさうにしてをりぬ　仁平　勝
夢殿を冬木の影の離れけり　田中春生
一羽去り二羽去り冬木残さるゝ　森田純一郎
夜は星を梢に散りばめ冬木かな　市堀玉宗
冬木立ランプ点して雑貨店　川端茅舎
口笛のまつすぐに来る冬木立　坂本宮尾
一本はうしろ姿の冬木立　和田耕三郎
母子像の父はいづこや冬木立　山根真矢

【寒林《かんりん》】　寒木

冬枯の林。落葉樹が葉を落としつくした様子をいう。❖言葉の響きからも「冬木立」より厳しさが感じられる。

寒林を来てかなしみのいつかなし　三橋鷹女
寒林の一樹といへど重ならず　大野林火
寒林や手をうてば手のさみしき音　柴田白葉女
寒林や星を育み人を育み　和田悟朗
寒林を見遣るのみにて入りゆかず　星野麥丘人
寒林に散るもののなほ残りをり　岡安仁義
寒林へ馬を曳き出す女の子　廣瀬直人
寒林に寒林の空映す水　野中亮介
寒木にひとをつれきて凭らしむ　石田波郷
寒木の一枝一枝やいのち張る　西嶋あさ子

【名の木枯る《なのきかる》】　**銀杏《いちやう》枯る**　**欅《けやき》枯る**　**桑《くは》枯る**　**葡萄《ぶだう》枯る**　**蔦《つた》枯る**

銀杏や欅など、親しみのある木が葉を落とした姿をいう。「枯る」にそれぞれの木の名を冠して用いる。

蔦かれて壁に音する嵐かな　軒　秋
銀杏枯れ星座は鎖曳きにけり　大峯あきら
桑枯れて日毎に尖る妙義かな　石橋辰之助
蔦枯れて一身がんじがらみなる　三橋鷹女
聖堂の北側蔦の枯るる声　佐野まもる

【枯木《かれき》】　裸木《はだかぎ》　枯枝　枯木立《かれこだち》　枯木道　**枯木山**　**枯木星**

冬になって葉を落としつくした木。あたかも枯れたかのように見えるが、枯死した木ではない。枝々があらわになった姿を裸木ともいう。枯木星は枯木ごしに見える星のこと。

あまねき日枯木の幹もその枝も　深見けん二
教会と枯木ペン画のごときかな　森田　峠
省くもの影さへ省き枯木立つ　福永耕二
裸木となりて樹齢を偽らず　早野広太郎
裸木や落日は朱をひとしぼり　平子公一
裸木に神話の星のまたたけり　山田貴世
裸木となる太陽と話すため　高野ムツオ
裸木の誰もが触れたがるところ　藤本美和子
淋しさや松のまじりて枯木立　松瀬青々
枯木立月光棒のごときかな　川端茅舎
父母の亡き裏口開いて枯木山　飯田龍太
橋かけてさびしさ通ふ枯木山　岡本　眸
枯木山人声が径ひらきけり　津川絵理子
吊されてゐるかに揺れて枯木星　西宮　舞

【枯柳《かれやなぎ》】　**柳枯る**

葉が落ちつくした冬の柳。糸のようになった枝が水に映っているさまは、ことのほか侘しい。↓柳（春）

鶏を盗みしは誰かれやなぎ　白　雄
板前の出てきて憩ふ枯柳　廣瀬ひろし
雑沓や街の柳は枯れたれど　高浜虚子
柳枯れ剛き雨降る眼鏡橋　下村ひろし

【枯蔓《かれづる》】

藤・野葡萄・通草《あけび》・忍冬《すいかずら》・蔓梅擬《つるうめもどき》など蔓性

植物の枯れたもの。木に絡みついたまま枯れている姿は侘しい。

枯蔓を引けば離る丶昼の月　中村汀女
枯蔓の螺旋描けるところあり　上村占魚
確かめてみる枯蔓を引つぱつて　足立幸信
枯蔓を切る枯れざるも少し切る　富吉　浩
枯蔓の下をゆくとき後手に　田中裕明
太蔓の金剛力も枯れにけり　上野　泰

【宿木《やどりぎ》】　寄生木《やどりぎ》

榎、山毛欅などの高木落葉樹に寄生する常緑小低木。野鳥がこの実を食べ、種の残った糞を枝に付着させることによってふえる。こまかく枝分かれして全体が球形になり、寄生している木が葉を落とした冬は特に目につく。❖ヨーロッパでは白い実の西洋宿木をクリスマスの飾りにする。

宿木も夢見る頃か北信濃　前澤宏光
宿木を宿し大樹は村の神　蓮見淳夫
寄生木やしづかに移る火事の雲　水原秋櫻子
寄生木の寂しからずや実をつけて　村越化石
昼月や寄生木に血の通ふころ　中原道夫

【冬枯《ふゆがれ》】　枯《かれ》　枯る

冬が深まり木や草が枯れはて、野山が枯一色となった蕭条たる光景。一本の木や草についてもいう。近代以後は「枯る」という動詞も季語として使われるようになった。

冬枯や雀のありく樋《とひ》の中　太　祇
冬枯や星座を知れば空ゆたか　小川軽舟
冬枯やときをり遠き木の光る　井出野浩貴
草山の奇麗に枯れてしまひけり　正岡子規
枯すすむ木と草となく香ばしき　片山由美子
きしきしと帯を纏《ま》きをり枯るる中　橋本多佳子
鳥うせて烟のごとく木の枯るる　富澤赤黄男
国東《くにさき》や枯れていづくも仏みち　能村登四郎
枯といふこのあたたかき色に坐す　木内彰志
火をつけてやりたきほどに枯れしもの　後藤比奈夫

鳥寄せの口笛かすか枯峠　佐藤鬼房
よく枯れてたのしき音をたてにけり　髙田正子
枯れきつて育む命ありにけり　西宮舞

【霜枯《しもがれ》】　霜枯《しもが》る

霜によって草木が萎れてしまうさま。寒々しく哀れである。❖見ていると心が萎縮してしまいそうな思いに駆られる。

霜がれて鳶の居る野の朝曇り　暁台
霜枯を全うしたる力草　岸田稚魚
霜枯れの野に遊びゐる日の光　青柳志解樹
霜枯の臙脂ぢごくのかまのふた　辻田克巳

【雪折《ゆきをれ》】

降り積もった雪の重さによって木や竹が折れること。雪の降り積もる夜など、木や竹の裂ける音に続いて、どさりと雪の落ちる大きな音を聞くことがある。

雪折れも聞えてくらき夜なるかな　蕪村
雪折の竹かぶさりぬ滑川《なめりがは》　高浜虚子
雪折れの竹生きてゐる香をはなつ　加藤知世子
雪折れの音に一夜の眠られず　山中弘通
雪折れの音にもまたぎ銃構ふ　松村富雄
月光を浴ぶ雪折の白樺　山田弘子

【冬芽《ふゆめ》】　冬木の芽

冬のあいだ休眠している落葉樹の芽。しかし、小さな芽を育んでいる。それがふくらんでくると春は近い。❖木の芽のことで、草にはいわない。

雲割れて朴の冬芽に日をこぼす　川端茅舎
真直ぐに行けと冬芽の挙《こぞ》りけり　金箱戈止夫
冬木の芽光をまとひ扉をひらく　角川源義
冬木の芽水にひかりの戻りけり　角川照子
冬木の芽しづくを月に返しけり　鹿又英一
冬木の芽ことば育ててゐるごとし　片山由美子

【冬苺《ふゆいちご》】　寒苺《かんいちご》

西日本の山地を中心に自生するバラ科の常緑小低木の実。❖季語としては温室栽培さ

れている大粒のオランダ苺のことも冬苺と呼ぶ。↓苺（夏）

あるときは雨蕭々と冬いちご　飯田蛇笏
蔓ひけばこぼるゝ珠や冬苺　杉田久女
余生なほなすことあらむ冬苺　水原秋櫻子
冬いちご森のはるかに時計うつ　金尾梅の門
冬苺海一枚となり光る　深見けん二
石垣の上に軍鶏《しやも》飼ふ冬苺　宮岡計次

【柊の花《ひひらぎのはな》】　花柊

山地に自生するモクセイ科の常緑小高木である柊の花。十一月ごろ、葉腋《ようえき》に芳香のある白い花をつける。木は雌雄異株。ひっそり咲いているさまは清楚で美しい。散りはじめて地にこまかな花をこぼすところもまた趣がある。「柊」は「ひらぎ」とも。❖「柊の花」「柊咲く」のように、花であることをはっきりいう必要がある。

柊の花一本の香かな　高野素十
ひひらぎの花こまごまと孝不孝　鷹羽狩行
ひひらぎの花まつすぐにこぼれけり　髙田正子
花柊朝に残れる雨少し　松崎鉄之介
仏像に仏師のこころ花柊　鈴木貞雄
柊の葉の間より花こぼれ　高浜虚子
粥すくふ匙《さじ》の眩しく柊咲く　長谷川かな女

【寒菊《かんぎく》】　冬菊《ふゆぎく》　霜菊《しもぎく》

キク科の多年草である油菊を園芸化したもの。十二〜一月ごろ黄色い花をつける。冬菊・霜菊は寒菊の別名。❖俳句では遅咲きの菊が咲き残っているのを寒菊・冬菊として詠むことが多い。また霜菊は霜をいただいた菊の姿をいうこともある。

寒菊の気随に咲くや藪の中　来山
寒菊を憐みよりて剪りにけり　高浜虚子
寒菊の霜を払つて剪りにけり　富安風生
寒菊のくれなゐふかく昃《かげ》りけり　金尾梅の門
寒菊のあとも寒菊挿しにけり　橋本末子

寒菊のほか何もなき畑かな　山本一歩
冬菊や時計の針の午後急ぐ　阿部みどり女
冬菊のまとふはおのがひかりのみ　水原秋櫻子
冬菊となりて闇負ふ白さかな　五十崎朗
冬菊の括られてまたひと盛り　横澤放川
霜菊や岸に及べる舟の波　岡本眸

【水仙《すいせん》】　水仙花　野水仙

ヒガンバナ科の多年草である水仙の花。海岸近くに群生するが、多くは切花用に栽培される。白緑色を帯びた細い葉のあいだから花茎が伸び、その先に芳香のある白花を数個つける。福井県の越前岬や静岡県伊豆の爪木崎《つめきざき》は群生地として有名。❖黄水仙や喇叭水仙など大型の園芸種の花は春の季語。
→黄水仙（春）・喇叭水仙（春）

家ありてそして水仙畠かな　一茶
水仙の束解くや花ふるへつつ　渡辺水巴
一茎の水仙の花相背く　大橋越央子
水仙に光微塵の渚あり　水原秋櫻子
水仙や古鏡の如く花をかかぐ　松本たかし
水仙や来る日来る日も海荒れて　鈴木真砂女
水仙の葉先までわが意志通す　朝倉和江
水仙が水仙をうつあらしかな　矢島渚男
水仙の葉の懇ろによじれたる　宇多喜代子
水仙のひとかたまりの香とおもふ　黒田杏子
水仙に蒼き未明の来てゐたり　島谷征良
水仙やあしたは海の向うから　大島雄作
水仙の小さなかほの犇めきぬ　石田郷子
明るさは海よりのもの野水仙　稲畑汀子
遠きまま船の去りゆく野水仙　櫨木優子
なかなかに墨濃くならず水仙花　右城暮石
玄関は家族にひとつ水仙花　辻内京子

【葉牡丹《はぼたん》】

葉牡丹はアブラナ科の多年草で、その名は冬に上部の葉が渦巻くように色づくことから、牡丹の花にたとえたもの。園芸上は一年草となる。江戸時代に渡来した不結球のキャベツを、花の乏しい冬の花壇の観賞用に改良した。赤紫や白などが多く、近年は矮性のものもある。

葉牡丹にうすき日さして来ては消え　久保田万太郎
葉牡丹の渦一鉢にあふれたる　西島麦南
葉牡丹の小ぶりに簡易裁判所　池田琴線女
葉牡丹を植ゑて玄関らしくなる　村上喜代子
葉牡丹の渦に禍福の動き初む　弓場汰有

【千両《せんりやう》】　仙蓼《せんれう》　実千両《みせんりやう》

暖地の林に生えるセンリョウ科の常緑低木で、高さ五〇～一二〇センチ。夏、枝先に黄緑色の小花が群がり咲いたものが、冬に入ると小球果として赤熟する。緑の葉との対照が鮮やかなので、鉢植えや生け花の材料として好まれる。

千両の実をこぼしたる青畳　今井つる女
千両の赤に満ちたる愁ひかな　山田みづえ
半日にして千両の啄《つい》ばまれ　木内彰志
山より日ほとばしりきぬ実千両　永田耕一郎
猫たちも夢をみるらし実千両　森田緑郎
いにしへを知る石ひとつ実千両　伊藤敬子

【万両《まんりやう》】　実万両《みまんりやう》

ヤブコウジ科の常緑低木である万両で、高さ三〇～一〇〇センチ。七月ごろ白花が散房状に下向きに垂れて咲き、球形の果実が冬、深紅色に熟する。千両とともに冬枯れの庭に彩りを添える。❖千両は葉の上に実がつくのに対し、万両は葉の下に垂れるように実をつける。

万両にかゝる落葉の払はるゝ　高浜年尾
万両の揺るるけはひのなかりけり　清崎敏郎
万両に日向移りて午後の景　岡本眸
万両の万の瞳の息づきて　永方裕子
万両の実にくれなゐのはいりけり　千葉皓史
万両の濡るゝと見ゆるひかりかな　金原知典

実万両やとび石そこに尽きてゐる　五十嵜古郷
苔の地の起伏のかぎり実万両　金久美智子

【藪柑子《やぶかうじ》】

ヤブコウジ科の常緑低木で、高さ一〇〜二〇センチ。山地の木陰に地下茎を伸ばして群生し、冬、光沢のある葉のあいだに丸い小さな赤い実をつける。盆栽にも仕立て、千両・万両などとともに冬の庭を彩る。

佳き友は大方逝けり藪柑子　草間時彦
流寓の先にて娶り藪柑子　仁尾正文
藪柑子夢のなかにも陽が差して　櫻井博道
城山に海の日とどく藪柑子　棚山波朗
奥山の昼は短し藪柑子　岩津厚子
町深く潮入川や藪柑子　小澤　實

【枯菊《かれぎく》】　菊枯る

寒さや霜で傷つき、やがて枯れてゆく菊。葉が枯れていくなかで花はまだ色を残しているさまなど、かえって哀れをさそう。↓菊（秋）・残菊（秋）

菊かれてすらく〳〵と日の暮る〻なり　布　舟
枯菊を刈らんと思ひつ〻今日も　西島麦南
枯菊やこまかき雨の夕まぐれ　日野草城
枯菊に鏡の如く土間掃かれ　星野立子
枯菊に午前の曇り午後の照り　桂　信子
枯菊を焚きて焔に花の色　深見けん二
枯菊焚くうしろの山の暗さ負ひ　長沼紫紅
枯菊の折れ口ことに香を放つ　鷹羽狩行
日輪のがらんどうなり菊枯るる　橋本鶏二
むらさきは紫のまま菊枯るる　片山由美子

【枯芭蕉《かればせう》】　芭蕉枯る

破れて枯れてしまった芭蕉。大きな葉が無惨に垂れ下がり、立ちつくしているさまは哀れである。↓玉巻く芭蕉（夏）・芭蕉（秋）・破芭蕉（秋）

枯芭蕉いのちのありてそよぎけり　草間時彦
烈風の地の明るしや枯芭蕉　有　働　亨

枯芭蕉その枯れざまのつつがなし　渡辺恭子
枯芭蕉折れたる茎の支へあふ　棚山波朗
芭蕉枯れんとして其音かしましき　正岡子規
大芭蕉従容《しょうよう》として枯れにけり　日野草城
芭蕉枯れて水面はネオン散らしけり　五島高資
枯れざまを争うてをる芭蕉かな　早野和子

【枯蓮《かれはす》】　**枯蓮《かれはちす》**　**蓮《はす》枯る**　**蓮《はす》の骨《ほね》**

枯れてしまった蓮。冬になると、折れて水中に没したり、泥中に折れ曲がった葉柄をつき立てたりと、哀れな姿をさらすようになる。❖水の涸れた蓮田で蓮根掘りがはじまるのはこのころである。↓蓮の浮葉（夏）・敗荷（秋）

枯蓮や本郷台に日が当る　佐藤紅緑
枯蓮のうごく時きてみなうごく　西東三鬼
枯蓮の水漬きゐて水動かざる　加藤水万
枯蓮の折れたる先を水に刺す　池田秀水
枯蓮の水に気弱な日が映る　杉良介
水月に雨がきらりと枯れ蓮　飯田蛇笏
枯はちす月光更けて矢のごとし　岡本眸
おもしろうなりゆくところ枯蓮　山尾玉藻
ひとつ枯れかくて多くの蓮枯るる　秋元不死男
たつぷりと日を使ひては蓮枯るる　石田勝彦
夜に入りてさらに静かに蓮枯るる　辻田克巳
蓮枯るる直線太く交へつつ　吉田汀史
凭れ合ふ事も叶はず蓮枯るる　星野椿
揺るるものぶら下げて蓮枯れにけり　三村純也
蓮の骨浚《さら》うて水の重さかな　西山睦

【冬菜《ふゆな》】　**冬菜畑**

九月ごろ種を蒔き、冬に収穫する菜類の総称。小松菜・野沢菜などがある。❖あたりが枯れすすむなかで、冬菜の緑はひときわ目を引く。

月光に冬菜のみどり盛りあがる　篠原梵
残りゐる冬菜に風の集まれる　嶋田一歩
人のかげ冬菜のかげとやはらかき　桂信子

冬菜畑よりもどりたる神父かな　岬　雪夫
冬菜畑より突き出でて藁の稭　宮田正和
ところどころ抜かれて冬菜畑となり　今瀬一博

【白菜《はくさい》】

中国原産のアブラナ科の一・二年草の蔬菜《そさい》。変種が多く、結球性・半結球性・不結球性に大別される。漬物のほか、鍋や煮物にしても美味。

白菜の山に身を入れ目で数ふ　中村汀女
洗ひ上げ白菜も妻もかがやけり　能村登四郎
洗はれて白菜の尻陽に揃ふ　楠本憲吉
何のむなしさ白菜白く洗ひあげ　渡邊千枝子
真二つに白菜を割る夕日の中　福田甲子雄
白菜の荷を降ろしゐる法隆寺　角　光雄
白菜を洗ふ双手は櫂の冷え　大木あまり

【ブロッコリー】

アブラナ科の野菜で、緑色の花蕾が固まった状態のところが食用になる。炒め物などにして食べるが、栄養価が高く、健康ブームの昨今、注目されている食品のひとつ。❖小房が星型に見えるロマネスコという近緑種も出回っている。

ブロッコリーの堅き団結解き放つ　諸角直子
ブロッコリ小房に分けて核家族　清水裕子

【カリフラワー】　**花椰菜《はなやさい》**

アブラナ科の野菜のひとつで、花蕾の固まっているところを食す。ブロッコリーから突然変異で生じたもので花蕾が白い。明治時代初期に日本へ入ってきた。独特の匂いがある。❖灰汁《あく》が強いので、米の磨ぎ汁で茹でるなど調理の下処理が必要である。

花椰菜サラダテームズ河畔かな　井上閑子
大空にひろごる湯気や花椰菜　田中政子
花咲きしところもすこし花野菜　長谷川　櫂

【葱《ねぎ》】　**一文字《ひともじ》**　**根深《ねぶか》**　**葉葱**　**葱畑**

ユリ科の多年草で、冬季の主要な野菜のひ

とつ。独特の香りと辛みがあり、日本料理に欠かせない。中空で細長い緑の葉と、多数の葉鞘《ようしょう》が重なった白い部分とを食べる。関東では根深と称して葉鞘の部分を地中に深く作る。これを白葱という。関西では葉葱が好まれ、葉を長く作り青い部分を食べる。年間を通して市場に出回っているが、旬は冬。古名を葱《き》といい、一文字の名もそこから。保存のため土を浅く掘って埋けたり、周りを囲ったりする。

葱買うて枯木の中を帰りけり　蕪村
あさ風やかもの川原の洗ひ葱　大江丸
葱屑の水におくれず流れ去る　中村汀女
幸不幸葱をみぢんにして忘る　殿村菟絲子
折鶴のごとくに葱の凍てたるよ　加倉井秋を
赤城嶺へ幾すぢ葱の畝走り　斎藤一骨
葱剝けば光陰ひそと光りすぎ　眞鍋呉夫
母の灯のとどくところに葱囲ふ　神蔵器
葱焼いて世にも人にも飽きずをり　岡本眸
葱伏せてその夜大きな月の暈　廣瀬直人
葱抜くや人をはるかとおもひつつ　山上樹実雄
白葱のひかりの棒をいま刻む　黒田杏子
かわくことたましひにあり葱の泥　角谷昌子
一もじの丈組にあまりけり　高田蝶衣

【海老芋《えびいも》】　京芋

京都特産の里芋の一品種。先端が細くてやや曲り、海老の尾を思わせるところからこの名がある。収穫期は十一月ごろ。灰汁が強く、下処理に手間を要するが、いわゆる里芋のような粘りが少なく、あっさりとした味に特徴がある。京芋は味が似ているが別種で、地上に出ている茎の部分のかたちから筍芋とも。❖棒鱈とともに煮つける京都の名物料理「芋棒」には欠かせない。

ほの酔うてきぬ海老芋の煮ころがし　大石悦子
えびいもに適ふ丹の箸丹塗椀　松井淑子

【人参《にんじん》】　胡蘿蔔《にんじん》

セリ科の一年草または二年草の根菜。アフガニスタン原産で、中国を経て渡来した。根は黄橙色の円錐形で、比較的短いものと長いものがある。肉質は緻密で芳香と甘味があり、カロチンも豊富である。

浮雲が来ては人参太るなり　橋　閒石
ロシア映画みてきて冬のにんじん太し　古沢太穂
人参を人参色に洗ひあげ　小島花枝
人蔘を抜き大山《だいせん》を仰ぎけり　庄司圭吾

【大根《だいこん》】　大根《だいこ》　大根《おほね》　青首大根　大根《だいこん》畑《ばたけ》　大根畑《だいこばた》

中央アジア原産とみられるアブラナ科の二年草。主に地下の多汁・多肉質の長大な根を食べるが、葉も食べられる。根の形と大きさは種類によって多様で、桜島大根などは直径三〇センチ、重さ一五キロ余りのものも珍しくない。沢庵漬をはじめとして漬物の材料としても欠かせない。「おほね」「すずしろ」は古名。❖春の七草としては「すずしろ」という。→大根引・大根洗ふ・大根干す

大根に実の入る旅の寒さかな　園　女
流れ行く大根の葉の早さかな　高浜虚子
すつぽりと大根ぬけし湖国かな　橋　閒石
大根の青首がぬと宇陀郡　大石悦子
ずつしりと大根ほんたうの重さ　廣瀬悦哉
鳴滝の大根甘しと思ひけり　後藤比奈夫
燈台につゞく一枚大根畑　有働木母寺

【蕪《かぶ》ら】　蕪《かぶ》　赤蕪《あかかぶ》　緋蕪《ひかぶら》　蕪畑《かぶらばた》　蕪畑《かぶばたけ》

南欧やアフガニスタンが原産地のアブラナ科の二年草。主として根を食べ、冬季が美味。古名は「あおな」「すずな」で、古代から食用にされてきた。葉も食べられる。根は球形・円錐形など、表皮の色は白・紅・赤紫などがある。漬物や煮物、蕪蒸し

など、食卓に冬の味わいを添える。「かぶな」とも。❖春の七草としては「すずな」という。

あけぼのや霜にかぶなの哀れなる　杉　風
瀬田川の夕日に洗ふ蕪かな　大嶽青児
蕪洗ふ鞍馬の水の早さかな　赤塚五行
うす青き雪の色して京蕪　佐藤郁良
赤蕪を一つ逸しぬ水迅く　山口青邨
まだ濡れてゐる夕市の紅蕪　新田祐久
赤蕪を切なきまでに洗ひをり　友岡子郷
風の日の水さびさびと赤蕪　長谷川久々子
ひとかどの蕪畠となりにけり　飯島晴子
母の忌はかならず晴れる蕪畑　澁谷　道
上賀茂や土塀の中の蕪畑　南　うみを

【蓮《はす》根《ね》】 蓮根《れんこん》

蓮の地下茎。塊茎となった部分を食用にする。中に穴が開いているのが特徴。煮物や酢の物、天ぷらなど、さまざまに調理できるので、食卓に上ることが多い。❖磨り下ろして水気をしぼったものを海老のすり身などに混ぜて汁の浮き実にするなど、本格的な料理にも用いる。→蓮根掘る

洗ひ上ぐ蓮根の肌《はだへ》はや透けて　片山由美子
れんこんのくびれくびれのひげ根かな　岡井省二

【麦《むぎ》の芽《め》】

初冬に蒔いた麦の種子から出た芽。寒さや霜に耐えながらすこしずつ葉を広げて伸びてゆく姿は、冬枯れの中に希望を見出すようで印象深い。→青麦（春）・麦（夏）

麦の芽や風垣したる砂畠　吉田冬葉
麦の芽に汽車の煙のさはり消ゆ　中村汀女
麦の芽が光る厚雲割れて過ぐ　西東三鬼
麦の芽や妙義の裏へ日が廻り　宮津昭彦
麦の芽が風筋を知り始めけり　廣瀬直人
麦の芽やいまランナーのひとり行き　佐久間慧子
葛飾の土は黒しも麦芽ぐむ　五十嵐播水

【冬草《ふゆくさ》】　冬の草

冬に見られる草の総称。枯れない草、枯れかかった草、わずかに青さをとどめている草などさまざまである。

冬草やはしごかけ置く岡の家　乙二
冬草に日のよく当たる売り地かな　渋沢渋亭
冬草に黒きステッキ挿し憩ふ　西東三鬼
大阿蘇の冬草青き起伏かな　稲荷島人
ふゆくさや大学街は石坂がち　西垣脩
冬草を踏んで蕪村の長堤　星野麥丘人
青といふ色の靭《つよ》さの冬の草　後藤比奈夫
荷車を曳く冬の草見つづけて　斎藤夏風
追ひついて並んで歩く冬の草　矢島渚男
木々の間に輝く日あり冬の草　山西雅子
葬の旗冬青草に挿しにけり　山崎祐子

【名の草枯る《なのくさかる》】　名草《なぐさ》枯る　鶏頭《けいとう》枯る　薊《あざみ》枯る

庭などで身近に見る草が枯れること。通常は、それぞれの草の名をつけて用いる。

まぎれぬや枯れて立つても女郎花　一茶
鶏頭のいよいよ赤し枯るる時　長閑
蕭条と名の草枯るゝばかりなり　大場白水郎
枯れつくすまで鶏頭を立たせおく　安住敦
寸ほどの枯鶏頭や墓の裏　清水基吉
枯鶏頭種火のごとき朱をのこす　馬場移公子
起きぬけの身に水通す枯鶏頭　岡本眸
長き影曳きて鶏頭枯れにけり　伊藤伊那男
残りたる絮飛ばさんと枯薊　中村汀女
枯荻や日和定まる伊良古崎　正岡子規
枯萱に峠の鷹の沈みけり　水原秋櫻子
まつくろに蓬枯れたる伊吹かな　阿波野青畝
いたゞきの結ばれてあり枯菖蒲　星野立子
数珠玉の枯れて固まるこころざし　大石悦子

【枯葎《かれむぐら》】

蔓性の金葎などが絡まったまま枯れている様子。夏のあいだ繁茂するが、冬は見る影

もなく枯れ果てる。↓葎（夏）

あたゝかな雨がふるなり枯葎　正岡子規
枯葎蝶のむくろのかかりたる　富安風生
箱根路の旧道知らず枯葎　秋元不死男
ゆめにてゆめならぬよのかれむぐら　津根元　潮
枯葎こむらがへりの予感せり　亀田虎童子
つれ立ちて神来る音や枯葎　宇佐美魚目
枯葎猫の出入りを許しけり　山本一歩
すぐそこにゐる子の見えぬ枯葎　岩田由美

【枯蘆《かれあし》】　枯芦《かれあし》　枯葦《かれあし》　蘆枯る　枯蘆原《かれあしはら》

枯れた蘆のこと。葉が枯れても茎を水中や湿地に残し、冬の水辺の風景をいっそう侘しく見せる。↓蘆の角（春）・青蘆（夏）・蘆の花（秋）

枯芦や難波入江のささら波　鬼　貫
枯芦や低う鳥たつ水の上　麦　水
枯蘆や夕を浪の尖りつゝ　野村喜舟
四五本の枯蘆なれど隅田川　加藤楸邨
枯蘆のゆたかに今日の日を止む　皆川盤水
枯蘆の沖へ沖へと耳立つる　山田みづえ
枯蘆は吹き寄せられし月光か　高野ムツオ
枯蘆のなびき鷲はうごかざる　島谷征良
枯芦の中に火を焚く小船かな　正岡子規
枯芦を金色の日がつつむなり　柴田白葉女
枯芦の川わかれゆく波紋あり　斎藤夏風
枯芦の西は太陽のほか行かず　鷹羽狩行
枯葦にひと日平らな空と水　桂　信子
枯葦にくれなゐ残るはつかかな　高橋睦郎
日当つて枯蘆原のかげもなし　高浜年尾
枯蘆原杜国《とこく》のゆきし跡をゆく　九鬼あきゑ

【枯萩《かれはぎ》】　萩枯る

枯れた萩のこと。萩はマメ科ハギ属の落葉低木の総称で、冬は葉が落ちて侘しい姿になる。栽培している場合は、葉が落ちると根元から刈り取り、翌春の芽出しに備えるのが普通。↓萩（秋）

枯萩にわが影法師うきしづみ　高浜虚子
新薬師寺枯萩にまだ手をつけず　安住　敦
枯萩の白き骨もて火を創る　中村苑子
枯萩といへどもあれば心寄る　島谷征良
葉をふるふ力も尽きて萩枯るゝ　大橋櫻坡子
園の風高きをわたり萩枯るる　梶井枯骨

【枯芒《かれすすき》】　枯薄《かれすすき》　冬芒　枯尾花《かれをばな》

枯れつくした芒のこと。枯れた穂が風に吹かれているさまもまた趣がある。❖侘しさの象徴として歌謡曲などの題材にもなっている。→芒（秋）

枯きつて風のはげしき薄かな　杉風
水際の日にく〳〵遠しかれを花　暁台
狐火の燃えつくばかり枯尾花　蕪村
枯芒朝日夕日をよろこべり　秋山牧車
枯芒ただ輝きぬ風の中　中村汀女
枯すすき海はこれより雲の色　平畑静塔
遠富士に乙女峠は枯芒　後藤比奈夫
川幅を追ひつめてゆく枯芒　鷲谷七菜子
冬芒洗ひざらしの軽さして　右城暮石
冬芒日は断崖にとどまれり　岡田日郎
枯尾花淋しきことも夢の如　京極杞陽
枯尾花すつくと孤立せるがあり　佐藤鬼房
人通りふと賑やかに枯尾花　波多野爽波
枯尾花夕日とらへて華やげる　稲畑汀子
残照をほしいままなり枯尾花　平井岳人

【枯草《かれくさ》】　草枯る

草が枯れている様子。冬が深まると、野山はいうにおよばず、庭の草もみな枯れてゆく。その姿も色も侘しい。

いささかな草も枯れけり石の間　召波
枯草と一つ色なる小家かな　一茶
枯草も華やぐ雨の通りけり　阿部ひろし
枯草を踏めばふはりと応へくる　加藤耕子
枯草のうすくれなゐや西の京　山本洋子
枯草のそれらしき香を手に包む　中田　剛

子等のものからりと乾き草枯るゝ　中村汀女
草枯のそこらまぶしく鞄置く　木村蕪城
よみがへる寝墓の嵩《かさ》や草枯れて　朝倉和江
枯れてゆく草の終りはてらてらと　廣瀬直人

【枯芝《かれしば》】
枯れた芝のこと。家の庭や庭園の枯れた芝生は見るからに寒々しい光景だが、晴れた日にはどこかぬくもりを感じさせる。→若芝(春)

枯芝にうはさのかげのさしにけり　久保田万太郎
よき傾斜せる枯芝に腰おろす　山口波津女
枯芝に円陣若く爆笑す　木下夕爾
枯芝に柩の夫を連れ還る　横山房子
枯芝へ犬放ちたり吾も駈け　蓬田紀枝子
枯芝に子供のものをあづかりぬ　山西雅子
枯芝をゆくひろびろと踏み残し　望月周

【石蕗の花《つはのはな》】　槖吾の花《つはのはな》　石蕗の花《つはぶきのはな》
海岸や海辺の山に自生するキク科の常緑多年草である石蕗《つわぶき》の花。葉は蕗に似て厚く、深緑色で光沢がある。花期は十〜十二月。高さ約六〇センチになり、菊に似た頭状花を散房状に開く。❖石蕗は植物名であり、それだけでは花のことにならない。また、「石蕗日和」ではなく「石蕗の花日和」という必要がある。

静かなる月日の庭や石蕗の花　高浜虚子
沖荒れてひかり失ふ石蕗の花　柴田白葉女
母の目の裡にわが居り石蕗の花　石田波郷
静かなるものに午後の黄石蕗の花　後藤比奈夫
明るさのしばらく胸に石蕗の花　深見けん二
人住むを大地といへり石蕗の花　神尾久美子
暮れてゆくものに手を藉す石蕗の花　八田木枯
華やぎといふ寂しさや石蕗の花　岡安仁義
海へ出て曲る鉄道石蕗の花　落合水尾
寿福寺に下駄の音して石蕗の花　小圷健水
朝より沙《いさご》の音す石蕗の花　山西雅子

石蕗咲いていよいよ海の紺たしか　鈴木真砂女
つはぶきはだんまりの花嫌ひな花　三橋鷹女

【冬菫《ふゆすみれ》】

冬に咲いている菫のこと。菫は春の花だが、日当たりの良い野山では冬の半ばから咲きはじめるものもある。けなげに咲く花は心を和ませる。

わが影のさして色濃き冬菫　右城暮石
海の日が眠たさ誘ふ冬すみれ　五所平之助
ふるきよきこころのいろして冬すみれ　飯田龍太
生涯のをはりの山の冬すみれ　宇佐美魚目
山住は日和を頼む冬すみれ　村田脩
仮の世のほかに世のなし冬菫　倉橋羊村
冬すみれこころのうちの日なたにも　友岡子郷
日だまりはここよここよと冬すみれ　檜紀代
花街に抜け道ありぬ冬菫　蟇目良雨
喉元の釦の固し冬菫　山本菫
冬菫こゑを出さずに泣くことも　日下野由季

【冬蒲公英《ふゆたんぽぽ》】

冬の日溜りなどに咲いているタンポポのこと。ロゼットといわれる、地面に張りつくように放射状に広げた葉が目につく。花は茎が短く、寒風を避けるようになっている。❖あたりの草が枯れているなかで、黄色の花が輝いて見える。→蒲公英（春）

冬蒲公英に駿馬の息の触れにけり　加藤千枝子
冬たんぽぽ母子の会話海を見て　椿文恵
冬たんぽぽ独りのときの日溜りに　中川雅雪

【冬蕨《ふゆわらび》】　**冬の花蕨　寒蕨**

シダ植物であるフユノハナワラビのこと。形が春の野草の蕨に似ているが、別種である。花のように見えるのは胞子葉で、その先端の胞子嚢が晩秋から初冬にかけて黄褐色に熟す。❖観賞用としても人気があり、鉢植えにして楽しむ。

冬蕨もつとも素なる土の宮　鈴木理子

冬の花蕨渦なす煙上ぐ　小林千史

【カトレア】

ラン科の多年草で、中米や南米の熱帯原産。多くの種類があるが交配種も含め、カトレアと総称する。独特の形をした大輪の花で、色は赤紫や白などが中心。いずれも華やかで、コサージュにするなど装飾性の高さに人気がある。温室栽培され、切り花や鉢植えは一年中市場に出回っているが、十二〜三月がピーク。

古稀を祝ぐとてカトレアの胸飾　辻田克巳
カトレアを置きし出窓や湖光る　島田愃平

【クリスマスローズ】

キンポウゲ科の常緑多年草。葉柄をもつ鳥の脚のような形の葉がたくさん伸び、その間から出た一五センチほどの花茎の先に俯《うつむ》くように花がつく。内側は白いが、外側は淡紫紅色。十二〜二月に開花する。❖一般的にクリスマスローズの名で呼ばれているのは同属別種のレンテンローズで、開花時期は二月から四月。色は白、ピンク、赤、緑などがある。

クリスマスローズの雪を払ひけり　長谷川　櫂
クリスマスローズ疾く日の没りにけり　富山広志

【アロエの花《はな》】　花アロエ

南アフリカ原産のユリ科の多肉植物であるアロエの花。鮮紅色の花が房状に固まって咲く。アロエの種類は多いが、日本で栽培されているのはほとんどが木立アロエである。暖地では地植えのまま越冬し、株が大きくなると花をつけるようになる。

アロエ咲く風の酷しき流人島　鈴木理子
宗祇みち早も紅濃く花アロエ　小枝秀穂女

【竜の玉《りゅうのたま》】　竜の髯《ひげ》の実　蛇《じゃ》の髯《ひげ》の実

ユリ科の常緑多年草である蛇の髯（竜の髯）の実。冬になると瑠璃色に色づく。線形の叢生《そうせい》する葉の深い緑が美しいことから、植え込みのあしらいに植えたりするが、冬枯れの庭の彩りとなる実が珍重される。硬くてよく弾むので、子供たちが弾み玉といってそれで遊んだりした。❖色も形も、古代エジプト以来、装飾品や顔料として珍重されたラピスラズリを思わせる。

竜の玉深く蔵すといふことを　高浜虚子
塔の影およぶところに竜の玉　村沢夏風
ひとり出てひとり帰るや竜の玉　石田勝彦
老いゆくは新しき日々竜の玉　深見けん二
丈草の墓より貰ふ竜の玉　飴山實
竜の玉旅鞄よりこぼれ出づ　山崎ひさを
生きものに眠るあはれや龍の玉　岡本眸
竜の玉いと楽しげに掃かれたる　蓬田紀枝子
残り生は忘らるるため龍の玉　山上樹実雄
虚空より色を貰ひて龍の玉　石嶌岳
蛇のひげの玉や摘まれて逸散す　百合山羽公

【冬萌《ふゆもえ》】

冬のうちから草が芽ぐむこと。かすかな緑が目を引き、春が近いことを思わせる。↓下萌（春）

冬萌や歌ふにも似て子の独語　馬場移公子
冬萌や五尺の溝はもう跳べぬ　秋元不死男

冬の行事

十一月の初めから二月の初めまで（前後を多くとっています）。吟行にお出かけの場合には、かならず日時をお確かめください。

《11月》

1日　**秋の藤原まつり**（中尊寺／毛越寺・〜3）　岩手県平泉町
2日　**唐津くんち**（唐津神社・〜4）　佐賀県唐津市
3日　**けまり祭**（談山神社）　奈良県桜井市
5日　**十日十夜別時念仏会**（真如堂・〜15）　京都市
10日　**尻摘祭**（音無神社）　静岡県伊東市
第2土曜　**松明あかし**（五老山）　福島県須賀川市
第2日曜　**松尾芭蕉祭**（瑞巌寺）　宮城県松島町
岩井将門まつり（國王神社）　茨城県坂東市
12日　**誕生寺お会式**　千葉県鴨川市
15日　**七五三宮詣り**　各地
17日　**じゃぼんこう**（西光寺）　福井県鯖江市
第3土曜　**牡丹焚火**（須賀川牡丹園）　福島県須賀川市
原の天狗まつり　埼玉県秩父市
19日　**西宮神社えびす講市**（〜20）　静岡県焼津市
第三土〜日曜　**豊川稲荷秋季大祭**　愛知県豊川市
20日　**三嶋大社恵比須講祭**　静岡県三島市
佐太神社神在祭（〜25）　島根県松江市
21日　**東本願寺報恩講**（〜28）　京都市
22日　**戸隠神社新嘗祭**〈太々神楽献奏〉（〜25）　長野市
石上神宮鎮魂祭　奈良県天理市
神農祭（少彦名神社・〜23）　大阪市
八代妙見祭（八代神社・〜23）　熊本県八代市
23日　**出雲大社新嘗祭**　島根県出雲市
25日　**佐太神社神等去出神事**　島根県松江市
下旬　**高千穂の夜神楽**（〜翌年2月）　宮崎県高

千穂町
11月〜12月　柴又帝釈天納の庚申　東京都葛飾区

《12月》

1日　永平寺臘八大摂心会（〜8）　福井県永平寺町
3日　秩父夜祭（秩父神社）　埼玉県秩父市
諸手船神事（美保神社）　島根県松江市
第1土曜　児原稲荷神社例大祭〈夜神楽〉　宮崎県西米良村
第1日曜　木幡の幡祭り　福島県二本松市
4日　保呂羽堂の年越し祭（千眼寺）　山形県米沢市
香取神宮内陣神楽　千葉県香取市
5日　あえのこと　石川県輪島市・珠洲市・穴水町・能登町
6日　秋葉山火防祭（秋葉山量覚院）　神奈川県小田原市
7日　団碁《だんき》祭（香取神宮）　千葉県香取市
千本釈迦堂大根焚き（〜8）　京都市
第1申　厳島鎮座祭（厳島神社）　広島県廿日市市
8日　石上神宮お火焚祭　奈良県天理市
祐徳稲荷神社お火たき神事　佐賀県鹿島市
9日　鳴滝大根焚（了徳寺・〜10）　京都市
第2土曜　池ノ上みそぎ祭（葛懸神社）　岐阜市
10日　大湯祭（氷川神社）　さいたま市
大頭祭（武水別神社・〜14）　長野県千曲市
金刀比羅宮納の金毘羅　香川県琴平町
11日　冬報恩講〈智積院論議〉（〜12）　京都市
13日　常磐神社煤払祭　茨城県水戸市
空也踊躍念仏厳修（六波羅蜜寺・〜除夜）　京都市
14日　赤穂義士祭（泉岳寺他）　東京都港区・兵庫県赤穂市
やっさいほっさい（石津太神社）　大阪府堺市
15日　冬渡祭《おたりや》（二荒山神社）　栃木県宇都宮市
おかめ市（川口神社）　埼玉県川口市

世田谷のボロ市（〜16・1／15〜16）　東京都世田谷区
舘山寺火祭り　静岡県浜松市
春日若宮おん祭（春日大社若宮神社・〜18）　奈良市
15日頃　古式祭（宗像大社・15日に近い日曜）　福岡県宗像市
16日　鵜祭（氣多大社）　石川県羽咋市
秋葉の防火祭（秋葉神社）　静岡県浜松市
宝山寺大鳥居大注連縄奉納　奈良県生駒市
中旬　浅草ガサ市（〜下旬）　東京都台東区
17日　早池峰神楽舞い納め（早池峰神社）　岩手県花巻市
七日町観音堂だるま市　山形県鶴岡市
浅草羽子板市（〜19）　東京都台東区
第3土曜　白糸寒みそぎ（白糸熊野神社）　福岡県糸島市
第3日曜　長松寺どんき　愛知県豊川市
18日　若宮神社後日の能　奈良市
20日　西本願寺御煤払　京都市
21日　西新井大師納めの大師　東京都足立区
川崎大師納めの大師　神奈川県川崎市
東寺終い弘法　京都市
22日　御火焚串炎上祭（笠間稲荷神社）　茨城県笠間市
冬至　加波《かば》山三《さんさ》枝祇《えなづみ》神社火渉祭　茨城県桜川市
23日　来迎院火防大祭　茨城県龍ケ崎市
矢田寺かぼちゃ供養　京都市
25日　亀戸天神社納め天神祭　東京都江東区
北野天満宮終い天神　京都市
知恩院御身拭式　京都市
枚岡神社注連縄掛神事　大阪府東大阪市
28日　成田山新勝寺納め不動・お焚き上げ　千葉県成田市
善光寺すす払い　長野市
29日　薬師寺お身拭い　奈良市
31日　松例祭（出羽三山神社・〜1／1）　山形県鶴岡市
王子の狐火〈狐の行列〉（王子稲荷神社他）　東京都北区

《1月》

1日　**弥彦神社正月夜宴神事**（〜3）　新潟県弥彦村
浅草寺修正会（浅草寺・12／31〜1／6）　東京都台東区
隅田川七福神詣（白鬚神社など6社寺・〜7）　東京都墨田区
鶴岡八幡宮御判行事（〜6）　神奈川県鎌倉市
蛙狩神事・御頭御占神事（諏訪大社上社）　長野県諏訪市
初伊勢〈歳旦祭〉（伊勢神宮）　三重県伊勢市
白朮祭《おけらさい》（八坂神社）　京都市
東本願寺修正会（〜7）　京都市
繞道祭《にょうどうさい》（大神神社《おおみわ》）　奈良県桜井市
橿原神宮歳旦祭　奈良県橿原市
四天王寺修正会（〜14）　大阪市
大御饌祭《おおみけさい》（出雲大社）　島根県出雲市

2日　**大日堂舞楽**（大日霊貴《おおひるめむち》神社）　秋田県鹿角市
北野の筆始祭（北野天満宮）　京都市
寺野のひよんどり　静岡県浜松市
3日　**吉備津神社の矢立神事**　岡山市
玉取祭〈玉せせり〉（筥崎宮）　福岡市
4日　**中宮祠**《ちゅうぐうし》**武射祭**（二荒山《ふたらさん》神社）　栃木県日光市
下鴨神社蹴鞠はじめ　京都市
住吉大社踏歌神事　大阪市
5日　**浅草寺牛**《ご》**玉**《おう》**加持会**　東京都台東区
大山祭（伏見稲荷大社）　京都市
五日戎〈南市の初戎〉（南市恵比須神社）　奈良市
上旬　**加賀鳶出初め式**　石川県金沢市
6日　**少林山七草大祭だるま市**（少林山達磨寺・〜7）　群馬県高崎市
びんずる廻し（善光寺）　長野市
7日　**白馬祭**（鹿島神宮）　茨城県鹿嶋市
善光寺御印文頂戴（〜15）　長野市

三島御田打ち神事（三嶋大社）　静岡県三島市
清水寺の牛玉《ごおう》　京都市
住吉の白馬神事《あおうましんじ》（住吉大社）　大阪市
太宰府天満宮鷽《うそ》替え・鬼すべ　福岡県太宰府市
鬼夜（大善寺玉垂宮）　福岡県久留米市
9日　西本願寺報恩講（〜16）　京都市
第4土曜　若草山焼き　奈良市
第2月曜　鬼走（常楽寺）　滋賀県湖南市
10日　今宮戎神社十日戎・宝恵駕《ほえかご》（9〜11）　大阪市
金刀比羅宮初こんぴら　香川県琴平町
11日　御札切り（遊行寺）　神奈川県藤沢市
熱田神宮踏歌神事〈あられぼしり〉　愛知県名古屋市
枚岡神社粥占神事　大阪府東大阪市
大宝の綱引き　長崎県五島市
12日　坂東報恩寺まないた開き　東京都台東区
伏見稲荷大社奉射祭　京都市

13日　住吉のお弓始め〈御結鎮《みけち》神事〉（住吉大社）　大阪市
14日　新野の雪祭り（新野伊豆神社）　長野県阿南町
15日　チャッキラコ（本宮、海南神社）　神奈川県三浦市
15日頃　三十三間堂の楊枝浄水加持・通し矢（15日に近い日曜）　京都市
16日　上賀茂神社武射神事　京都市
藤森神社御木始・御弓始　京都市
白毫寺閻魔もうで　奈良市
17日　三吉梵天祭（三吉神社）　秋田市
18日　浅草寺亡者送り　東京都台東区
20日　常行堂二十日夜祭〈延年の舞〉（毛越寺）　岩手県平泉町
百手祭《ももてさい》〈厳島の御弓始〉（大元神社）　広島県廿日市市
21日　川崎大師初大師　神奈川県川崎市
東寺初弘法　京都市
第4日曜　箟岳白山祭《ののたけはくさん》〈箟宮祭〉（箟岳山箟峯寺）

宮城県涌谷町
24日　**亀戸天神社うそ替え神事**（〜25）東京都江東区
愛宕神社初愛宕　京都市
とげぬき地蔵大祭（高岩寺）東京都豊島区
25日　**篠原踊**（篠原天神社）奈良県五條市
北野天満宮初天神　京都市
太宰府天満宮初天神祭　福岡県太宰府市
27日　**道了尊大祭**（最乗寺・〜28）神奈川県南足柄市

《2月》

1日　**王祇祭**〈黒川能〉（春日神社・〜2）山形県鶴岡市
ヤーヤ祭り（尾鷲神社・〜5）三重県尾鷲市
2日　**御縄掛け神事**（花窟《はなのいわや》神社）三重県熊野市
3日　**あまめはぎ**　石川県能登町
茗荷祭（阿須々伎神社）京都府綾部市
節分　**金峯山寺節分会**　奈良県吉野町
節分鬼おどり（本成寺）新潟県三条市
成田山節分会（新勝寺）千葉県成田市
鬼鎮神社節分祭　埼玉県嵐山町
五條天神節分祭（五條天神社）京都市
吉田神社節分祭（前後3日）京都市
春日万灯籠（春日大社）奈良市

冬の忌日

十一月の初めから二月の初めまで（前後を多くとっています）。

忌日・姓名（雅号）・職業・没年の順に掲載。俳人・俳諧作者であるという記述は省略した。

俳句の事績がある場合には代表句を掲げた。

忌日の名称は名に忌が付いたもの（芭蕉忌・虚子忌など）は省略した。

《11月》

2日 **北原白秋** 詩人・歌人 昭和17年
5日 **島村抱月** 小説家・演出家 大正7年
沢木欣一 平成13年
塩田に百日筋目つけ通し
6日 **鈴木花蓑** 昭和17年
大いなる春日の翼垂れてあり
石川桂郎 昭和50年
昼蛙どの畦のどこ曲らうか
8日 **京極杞陽** 昭和56年
浮いてこい浮いてこいとて沈ませて
長谷川双魚 昭和62年
曼珠沙華不思議は茎のみどりかな
9日 **林翔** 平成21年
今日も干す昨日の色の唐辛子
11日 **臼田亜浪** 昭和26年
郭公や何処までゆかば人に逢はむ
14日 **原月舟** 大正9年
提灯に海を照らして踊かな
15日 **伊藤整** 批評家・小説家 昭和44年
17日 **小沢碧童** 昭和16年
行秋や机離るゝ膝がしら
成田千空 平成19年
佞武多みな何を怒りて北の闇
18日 **徳田秋声** 小説家 昭和18年
森に来れば森に人あり小六月
横山白虹 昭和58年
夕桜折らんと白きのど見する
19日 **吉井勇** かにかく忌・紅燈忌 歌人 昭和

35年

21日　**会津八一**　秋艸忌・渾斎忌　歌人・書家　昭和31年

石田波郷　忍冬忌・風鶴忌・惜命忌　昭和44年

プラタナス夜もみどりなる夏は来ぬ

瀧井孝作　折柴忌　小説家　昭和59年

蛍かごラジオのそばに灯りけり

23日　**樋口一葉**　小説家　明治29年

岡部六弥太　平成21年

二階より妻の声して月今宵

24日　**岸田稚魚**　昭和63年

鬼灯市夕風のたつところかな

25日　**三島由紀夫**　憂国忌　小説家　昭和45年

26日　**橋間石**　平成4年

銀河系のとある酒場のヒヤシンス

市村究一郎　平成23年

み仏のほかゐたまはず春障子

29日　**村沢夏風**　平成12年

赤松にこもる夕日や籐寝椅子

川崎展宏　平成21年

大和よりヨモツヒラサカスミレサク

旧6日　**滝沢馬琴**　戯作者　嘉永元年〔1848〕

旧13日　**空也**　僧　天禄3年〔972〕

旧15日　**松永貞徳**　歌人・貞門俳諧の祖　承応2年〔1653〕

しほるるは何かあんずの花の色

旧16日　**良弁**　東大寺開山　宝亀4年〔773〕

旧19日　**小林一茶**　文政10年〔1828〕

これがまあつひの栖か雪五尺

旧21日　**一休**　禅僧　文明13年〔1481〕

旧22日　**近松門左衛門**　巣林子忌　浄瑠璃作者　享保9年〔1725〕

旧28日　**親鸞**　報恩講　浄土真宗開祖　弘長2年〔1263〕

《12月》

1日　**三橋敏雄**　平成13年

いつせいに柱の燃ゆる都かな

3日 **増田龍雨** 昭和9年
洗ひ鯉日は浅草へ廻りけり
4日 **福永耕二** 昭和55年
新宿ははるかなる墓碑鳥渡る
8日 **猪俣千代子** 平成26年
婚の荷をひろげるやうに雛飾る
9日 **夏目漱石** 小説家 大正5年
菫程な小さき人に生れたし
きくちつねこ 平成21年
白粉花過去に妻の日ありしかな
12日 **小津安二郎** 映画監督 昭和38年
鈴木六林男 平成16年
天上もさびしからんに燕子花
14日 **成瀬櫻桃子** 平成16年
空港のかかる別れのソーダ水
阪本謙二 平成27年
一教師たりし生涯薄氷
15日 **山口青邨** 昭和63年
銀杏散るまつたゞ中に法科あり
16日 **桂信子** 平成16年
ふところに乳房ある憂さ梅雨ながき
17日 **楠本憲吉** 昭和63年
三田二丁目の秋ゆうぐれの赤電話
18日 **礒田進** 平成11年
かげろふの中へ押しゆく乳母車
本宮哲郎 平成25年
雛の灯を消せば近づく雪嶺かな
20日 **岸田劉生** 画家 昭和4年
原石鼎 昭和26年
頂上や殊に野菊の吹かれ居り
22日 **阿波野青畝** 万両忌 平成4年
水澄みて金閣の金さしにけり
25日 **下村槐太** 昭和41年
死にたれば人来て大根煮きはじむ
26日 **和辻哲郎** 哲学者 昭和35年
齊藤美規 平成24年
可惜夜《あたらよ》の桜かくしとなりにけり
30日 **横光利一** 小説家 昭和22年
衣更はるかにやしの傾けり
田中裕明 平成16年

31日　**寺田寅彦**　冬彦忌・寅日子忌　科学者・随筆家　昭和10年
大学も葵祭のきのふけふ
墓守の娘に会ひぬ冬木立
中塚一碧楼　昭和21年
病めば蒲団のそと冬海の青きを覚え
旧11日　**沢庵**　禅僧　正保2年〔1646〕
旧15日　**吉良義央**　高家の忌　幕臣高家　元禄15年〔1703〕
旧25日　**与謝蕪村**　春星忌・夜半亭忌　俳人・画家　天明3年〔1784〕
菜の花や月は東に日は西に

《1月》

1日　**高屋窓秋**　平成11年
頭の中で白い夏野になつてゐる
2日　**檀一雄**　小説家　昭和51年
もがり笛いく夜もがらせ花に逢はん
5日　**中村苑子**　平成13年
春の日やあの世この世と馬車を駆り
8日　**松村蒼石**　昭和57年
星空のうつくしかりし湯ざめかな
9日　**松瀬青々**　昭和12年
日盛りに蝶のふれ合ふ音すなり
10日　**宮津昭彦**　平成23年
今年竹年年《とし》《どし》に空はるかなり
綾部仁喜　平成27年
寒木となりきるひかり枝にあり
11日　**山本有三**　小説家　昭和49年
12日　**野村喜舟**　昭和58年
天平に如く世はあらぬ菫かな
15日　**上野章子**　平成11年
福笹を置けば恵比寿も鯛も寝る
17日　**小川双々子**　平成18年
亡郷やてのひらを突く麦の禾
18日　**福田蓼汀**　昭和63年
神の山仏の山も眠りけり
19日　**佐藤鬼房**　平成14年
風光る海峡のわが若き鳶
20日　**大須賀乙字**　寒雷忌・二十日忌　大正9年

21日　杉田久女　昭和21年
妙高の雲動かねど秋の風
22日　河竹黙阿弥　歌舞伎狂言作者　明治26年
谺して山ほととぎすほしいまゝ
24日　火野葦平　小説家　昭和35年
26日　藤沢周平　小説家　平成9年
残照の寒林そめて消えんとす
27日　野口雨情　詩人　昭和20年
29日　日野草城　凍鶴忌・銀忌・鶴唳忌　昭和31年
物の種にぎればいのちひしめける
井上靖　翌檜忌　小説家・詩人　平成3年
石昌子　平成19年
茶の花の気韻地味なる葉隠れに
30日　渡辺白泉　昭和44年
戦争が廊下の奥に立つてゐた
大峯あきら　平成30年
日輪の燃ゆる音ある蕨かな
旧2日　椎本才麿　元文3年〔１７３８〕
笹折りて白魚のたえだえ青し

旧3日　志太野坡　元文5年〔１７４０〕
長松が親の名で来る御慶かな
旧6日　夕霧太夫　遊女　延宝6年〔１６７８〕
良寛　禅僧・歌人　天保2年〔１８３１〕
旧13日　源頼朝　鎌倉幕府初代将軍　建久10年〔１１９９〕
英一蝶　画家　享保9年〔１７２４〕
清く凄く雪の遊女の朝ゐ顔
旧18日　服部土芳　享保15年〔１７３０〕
桐の葉に光り広げる蛍かな
旧19日　遍昭　歌人・僧　寛平2年〔８９０〕
荻生徂徠　儒学者　享保13年〔１７２８〕
旧20日　源義仲　武将　寿永3年〔１１８４〕
加藤暁台　寛政4年〔１７９２〕
九月尽はるかに能登の岬かな
旧25日　法然　御忌　浄土宗開祖　建暦2年〔１２１２〕
契沖　国学者　元禄10年〔１７０１〕
旧27日　源実朝　金槐忌　鎌倉幕府第三代将軍　建保7年〔１２１９〕

《2月》

1日　**河東碧梧桐**　寒明忌　昭和12年
赤い椿白い椿と落ちにけり
3日　**福沢諭吉**　思想家　明治34年
小林康治　平成4年
たかんなの光りて竹となりにけり
4日　**菅原鬨也**　平成28年
笹舟の巌をかはすとき涼し
5日　**武原はん女**　平成10年
小つづみの血に染まりゆく寒稽古
6日　**大谷句仏**　東本願寺法主　昭和18年
人の世へ儚なき花の夢を見に

◆使ってみたい季語の傍題

歳時記の見出し季語（主季語）についてはよく知られていますが、一緒に記載されている傍題（関連季語）については、見逃してしまっていることが多いのではないでしょうか。ここでは、「これはこの季語と同じだったの？」という驚きをもって迎えられそうな傍題の一例を紹介します。

ゆるゆると鋏を研ぎぬ小六月《ころくがつ》

❖「小六月」とは何とも穏やかな、そして不思議な響きですね。「小春」（冬）の傍題です。

糸美し色なき風をうべなへば

❖風にさらわれそうな、かそけき糸が見えてきそうです。「色なき風」は「秋風」（秋）の傍題です。

はかりたきあれこれ海市《かいし》とは遠き

❖見えているのに実体のない「海市」。つまりは「蜃気楼」（春）です。重さも長さもないいものをはかりたくなることも、幻を見たゆえでしょうか。

連山はひかりを蔵し新走り《あらばし》

❖一度知ってしまうとなるほどと納得する響きのよい傍題です。「新酒」（秋）のことです。

ずいぶんと前の新聞万愚節《ばんぐせつ》

❖すでに旧聞になってしまった新聞は、役に立ちませんので「万愚節」。いわゆる「四月馬鹿」（春）のことです。こんな言い方もできるのですね。

水匂ふ四万六千日《しまんろくせんにち》の風

❖「四万六千日」とは大仰かもしれませんが、功徳のある日ということはわかります。「鬼灯市《ほおずきいち》」（夏）の傍題です。

青空のゆくへを知らず道をしへ

❖道を教えてくれるとは頼もしい。人の進む先へ先へと飛ぶ「斑猫《はんみょう》」（夏）の傍題です。初学の頃は、虫の名前とはなかなか気づきません。

祈るべきもののいささかいぼむしり

❖この虫で疣《いぼ》を撫でればなくなるとか、疣を嚙み取らせることができるなどといいます。想像力を掻き立ててくれる季語ですね。「蟷螂《かまきり》」（秋）の傍題です。

土くれの瑞々しさやあとずさり

❖地上を這《は》わせると後ずさりすることから、この名が付きました。一見恐ろし気な名をもつ「蟻地獄」（夏）の傍題です。動きを感じさせてくれるのがおもしろいですね。

手紙まだいのちを保ち藍微塵《あいみじん》

❖動植物はいろいろな傍題を持っており、わかりにくいものが多いのも確かです。「勿忘草《わすれなぐさ》」（春）を歳時記で引くと傍題にあります。

制服のうなじうつくし六花《むつのはな》

❖四《よ》葩《ひら》の花は紫陽花《あじさい》のことですが、では、「六花」は？　六角形に結晶するものといえば雪（冬）です。さまざまな異称のおもしろさを教えてくれる季語です。

◆読めますか　冬の季語1

小晦日	年木樵	裘	榾	胼
凩	寒復習	薬喰	樏	皸
神渡	寒灸	乾鮭	柴漬	悴む
虎落笛	衾	海鼠腸	嚔	追儺
鎌鼬	縕袍	行火	咳	鞴祭

◆読めましたか　冬の季語1

小晦日 こつごもり	年木樵 としぎこり	裘 かわごろも	榾 ほた・ほだ	胼 ひび
凩 こがらし	寒復習 かんざらい	薬喰 くすりぐい	樏 かんじき	皹 あかぎれ
神渡 かみわたし	寒灸 かんやいと	乾鮭 からざけ	柴漬 ふしづけ	悴む かじかむ
虎落笛 もがりぶえ	衾 ふすま	海鼠腸 このわた	嚔 くさめ・くしゃみ	追儺 ついな
鎌鼬 かまいたち	褞袍 どてら	行火 あんか	咳 しわぶき・せき	鞴祭 ふいごまつり

◆読めますか　冬の季語2

臘八会	鵙	海鼠	鮟鱇鍋	竹瓮
寒垢離	鰰	臘梅	煮凝	歯朶刈
鼬	鰤	朱欒	藪柑子	神等去出祭
鼯鼠	杜父魚	冱つ	湯婆	胡蘿蔔
竈猫	氷下魚	氷面鏡	寒柝	鶺鴒

◆読めましたか　冬の季語2

臘八会 ろうはちえ	鳰 かいつぶり・にお	海鼠 なまこ	鮟鱇鍋 あんこうなべ	竹瓮 たっぺ
寒垢離 かんごり	鰰 はたはた	臘梅 ろうばい	煮凝 にこごり	歯朶刈 しだかり
鼬 いたち	鰤 ぶり	朱欒 ざぼん	藪柑子 やぶこうじ	神等去出祭 からさでまつり
鼯鼠 むささび	杜父魚 かくぶつ	沍つ いつ	湯婆 たんぽ	胡蘿蔔 にんじん
竈猫 かまどねこ	氷下魚 こまい	氷面鏡 ひもかがみ	寒柝 かんたく	鷦鷯 みそさざい

索　引

一、本書に収録の季語・傍題のすべてを現代仮名遣いの五十音順に配列したものである。
一、漢数字はページ数を示す。
一、＊のついた語は本見出しである。

あ

＊あおきのみ青木の実　一九八
あおくびだいこん青首大根　二一五
＊あおじゃしん青写真　一一六
あかかぶ赤蕪　二一五
あかがりあかがり　一三三
＊あかぎれ皸　一三三
あかぎれ皹　一三三
あかりしょうじ明り障子　一〇一
あさしぐれ朝時雨　四二
あさしも朝霜　四五
あさたきび朝焚火　一一一
あざみかる薊枯る　二一七
あしかる蘆枯る　二一八
＊あじろ網代　一一九
あじろぎ網代木　一一九
あじろどこ網代床　一一九
あじろもり網代守　一一九
あずまこーと東コート　七六
＊あつかん熱燗　八一
あつぎ厚着　七三
あつごおり厚氷　五八
あなせぎょう穴施行　六八
あなづり穴釣　一二五
＊あまだい甘鯛　一八二
あらまき新巻　九三
あらまき荒巻　九三
＊あられ霰　四三
あられうお霰魚　一八三
あられがこあられがこ　一八三
＊あろうき亜浪忌　一六〇
＊あろえのはなアロエの花　一一三
＊あんか行火　一〇七
＊あんこう鮟鱇　一八三
＊あんこうなべ鮟鱇鍋　九〇

い

＊いうう藺植う　一一六
いおまんてイオマンテ　一三九
＊いきしろし息白し　一三一
いぐさうう藺草植う　一一六
＊いけぶしん池普請　一三三
＊いさざ魦　一八五
いさざあみ魦網　一八五
いさざぶね魦舟　一八五
いさな勇魚　一六九
いさなとり勇魚取　一三一
いしやきいも石焼藷　八五
いそちどり磯千鳥　一七六
＊いたち鼬　一六七
いたちわな鼬罠　一一九
＊いちがつ一月　二六
いちのとり一の酉　一四五
＊いちょうおちば銀杏落葉　二〇三
いちょうかる銀杏枯る　二〇四
＊いちようき一葉忌　一六一

いちょうらいふく一陽来復　三
いつ凍つ　三
いつ冱つ　三
*いっさき一茶忌　一五八
*いっぺきろうき一碧楼忌　一六三
いてぐも凍雲　二七
いてぞら凍空　二七
いてだき凍滝　六〇
いてちょう凍蝶　一八七
*いてつち凍土　五八
いてづる凍鶴　一七八
いてぼし凍星　三八
いなえうう藺苗植う　一一六
*いのこ亥の子　一三六
いのこもち亥の子餅　一三六
いぶりずみ燻炭　一〇四
いまがわやき今川焼　八五
いろたび色足袋　八〇
いろり囲炉裡　一〇六
いろり囲炉裏　一〇六
いんばねすインバネス　七七

う

うきねどり浮寝鳥　一七五
*うさぎ兎　一六八
うさぎあみ兎網　一一九
うさぎがり兎狩　一一八
うさぎわな兎罠　一一九
うしべに丑紅　六九
うずみび埋火　一〇四
うちむらさきうちむらさき　一九九
うみこおる海凍る　五八
うめさぐる梅探る　一三五
うめはやし梅早し　一九一
*うるめいわし潤目鰯　一八四

え

えだずみ枝炭　一〇四
えちぜんがに越前蟹　一八六
*えびいも海老芋　一二四
えびすいち蛭子市　一四四
えびすぎれ恵比須切　一四四
*えびすこう恵比須講　一四四
えびすこう夷講　一四四
えぶすま絵襖　一〇三
*えりまき襟巻　七八

お

おいまわた負真綿　七三
おえしき御会式　一五一
おおしも大霜　四五
おおたか大鷹　一六九
おおつごもり大つごもり　二五
おおとし大年　二五
おおどし大年　二五
おおね大根　一二五
おーばーオーバー　七六
おーばーこーとオーバーコート　七六
おおはらえ大祓　一四九
おおばんやき大判焼　八五
*おおみそか大晦日　二五
おおみそか大三十日　二五
おおゆき大雪　四六
おおわし大鷲　一七〇
おおわた大綿　一八九
おかめいちおかめ市　一四五
おきごたつ置炬燵　一〇五
おきつだい興津鯛　一八二

おきなき　翁忌　一五六
おこう　御講　一五三
＊おこうなぎ　御講凪　三九
おさめのだいし　納の大師　一四八
おさめばり　納め針　一三八
おさめふだ　納札　一四八
おしをし　一七六
おしちや　御七夜　一五三
＊おしどり　鴛鴦　一七六
おしのくつ　鴛鴦の沓　一七六
おじや　おじや　八四
おじゅうや　お十夜　一五〇
おじろわし　尾白鷲　一七〇
＊おちば　落葉　二〇三
おちばかき　落葉掻　二〇三
おちばかご　落葉籠　二〇三
おちばたき　落葉焚　一一一
おちばどき　落葉時　二〇三
＊おつじき　乙字忌　一六三
＊おでん　おでん　九〇
おとりさま　お酉さま　一四五
おにうちまめ　鬼打豆　一三九
おにはそと　鬼は外　一三九
おにやらい　鬼やらひ　一三九
＊おひたき　御火焚　一四五
おほたき　御火焚　一四五
＊おみわたり　御神渡り　六一
＊おめいこう　御命講　一五一
＊おんしつ　温室　一一七
おんじゃく　温石　一〇八
おんしょう　温床　一一七
おんどる　温突　二〇三
おんまつり　御祭　一四七

か

かーでぃがん　カーディガン　一七六
かーぺっと　カーペット　二〇三
＊かいせんび　開戦日　一三六
＊かいつぶり　鳰　一七七
かいつむり　かいつむり　一七七
＊がいとう　外套　一七六
かいまき　掻巻　七一
＊かいろ　懐炉　一〇八
＊かえりばな　帰り花　一九二
かえりばな　返り花　一九二
＊かおみせ　顔見世　一二六
＊かき　牡蠣　一八六
かきうち　牡蠣打　一三一
＊かきおちば　柿落葉　二〇三
＊かきなべ　牡蠣鍋　九〇
＊かきぶね　牡蠣船　一二五
＊かきむく　牡蠣剝く　一三一
かきめし　牡蠣飯　一八六
かきわる　牡蠣割る　一三一
＊かくぶつ　杜父魚　一八三
かくぶつ　杜夫魚　一八三
＊かくまき　角巻　七五
＊かぐら　神楽　一四七
かぐらうた　神楽歌　一四七
かぐらめん　神楽面　一四七
かけだいこん　懸大根　一一六
かけだいこん　掛大根　一一六
かけどり　掛鳥　一四七
かけな　懸菜　一一七
がさいち　がさ市　一六三
かざがき　風垣　九七
かざがこい　風囲　九七
かざごえ　風邪声　一三〇
＊かさねぎ　重ね着　七三

＊かざはな風花　四八
＊かざよけ風除　九七
＊かざりうり飾売　六三
＊かじ火事　一一一
＊かじかむ悴む　一三四
かじけねこかじけ猫　一六八
かしつき加湿器　一〇九
かじまつり鍛冶祭　一四五
かじみまい火事見舞　一一一
＊がじょうかく賀状書く　一一〇
かすがのまんとう春日の万灯　一五〇
＊かすがまんとうろう春日万灯籠　一五〇
＊かすがわかみやおんまつり春日若宮御祭　一四七
＊かすじる粕汁　八八
＊かぜ風邪　一三〇
かぜぐすり風邪薬　一三〇
かぜごこち風邪心地　一三〇
かぜごもり風邪籠　一三〇
かぜのかみ風邪の神　一三〇
＊かぞえび数へ日　二四
かたかけ肩掛　七九
かたしぐれ片時雨　四二
かたずみ堅炭　一〇四
かたぶとん肩蒲団　七二
＊かどまつたつ門松立つ　六四
＊かとれあカトレア　一一二
かねさゆ鐘冴ゆ　二一
かぶ蕪　一一五
かぶきしょうがつ歌舞伎正月　一二六
かぶばたけ蕪畑　一一五
＊かぶら蕪　一一五
＊かぶらじる蕪汁　八七
かぶらばた蕪畑　一一五
＊かまいたち鎌鼬　四二
＊かまどねこ竈猫　一六八
かみあそび神遊　一四七
かみあり神在　一四三
かみありづき神在月　一八
＊かみありまつり神在祭　一四三
＊かみおくり神送　一四二
かみかえり神還　一四三
かみかえり神帰　一四三
＊かみこ紙子　七四
かみこ紙衣　七四
かみさりづき神去月　一八
＊かみすきば紙漉　一二四
かみすきば紙漉場　一二四
かみつどい神集ひ　一四三
かみなづきかみなづき　一八
かみなりうおかみなりうを　一八〇
＊かみのたび神の旅　一四一
かみのたびだち神の旅立　一四一
＊かみのるす神の留守　一四三
かみぶすま紙衾　七一
かみほす紙干す　一二四
＊かみむかえ神迎　一四三
＊かみわたし神渡　四一
＊かも鴨　一七五
＊かもなべ鴨鍋　八九
かものこえ鴨の声　一七五
かものじん鴨の陣　一七五
からうめ唐梅　一九一
＊からかぜ空風　四〇
からかみ唐紙　一〇三
＊からざけ乾鮭　九二
からさで神等去出　一四三
＊からさでのしんじ神等去出の神事

一四三
からさでまつりからさで祭　一四三
からっかぜ空っ風　四〇
＊かり狩　一一八
かりうど狩人　一一八
かりくら狩座　一一八
かりのやど狩の宿　一一八
＊かりふらわーカリフラワー　二二三
かる枯る　二〇六
かれ枯　二〇六
＊かれあし枯蘆　二一八
かれあし枯芦　二一八
かれあし枯葦　二一八
かれあしはら枯蘆原　二一八
かれえだ枯枝　二〇五
かれおばな枯尾花　二一九
＊かれき枯木　二〇五
＊かれぎく枯菊　二一一
かれきぼし枯木星　二〇五
かれきみち枯木道　二〇五
かれきやま枯木山　二〇五
＊かれくさ枯草　二一九
かれこだち枯木立　二〇五
＊かれしば枯芝　二三〇
＊かれすすき枯芒　二一九
かれすすき枯薄　二一九
＊かれその枯園　五四
＊かれづる枯蔓　二〇五
かれとうろう枯蟷螂　一八七
＊かれの枯野　五三
かれのみち枯野道　五三
＊かれは枯葉　二〇一
＊かれはぎ枯萩　二一八
＊かればしょう枯芭蕉　二一一
＊かれはす枯蓮　二一三
かれはちす枯蓮　二一三
＊かれふよう枯芙蓉　一九八
＊かれむぐら枯葎　二一七
＊かれやなぎ枯柳　二〇五
かれやま枯山　五三
かわかる川涸る　五四
かわこおる川凍る　五八
かわごろも裘　七四
かわごろも皮衣　七四
かわじゃんぱー皮ジャンパー　七六
かわちどり川千鳥　一七六
かわてぶくろ皮手袋　七九
かわぶしん川普請　一二
＊かん寒　二七
かんあ寒鴉　一七三
かんあい寒靄　五〇
かんあかね寒茜　五〇
かんあけき寒明忌　一六四
かんいちご寒苺　二〇七
かんうん寒雲　二七
かんえい寒泳　六九
かんおりおん寒オリオン　三八
かんがすみ寒霞　五〇
＊かんがらす寒鴉　一七三
かんがん寒雁　一七〇
かんき寒気　三〇
＊がんぎ雁木　九八
＊かんぎく寒菊　二〇八
＊かんきゅう寒灸　七〇
かんぎょう寒暁　二八
かんぎょう寒行　一五四
かんきん寒禽　一七〇
かんく寒九　二七
かんくのみず寒九の水　五五

*かんげいこ寒稽古 六八
かんげつ寒月 三七
*かんごい寒鯉 一八五
かんこうばい寒紅梅 一九一
*かんごえ寒声 六九
*かんごえ寒肥 一二七
*かんごり寒垢離 一五四
*かんざくら寒桜 一九三
かんざけ燗酒 八一
*かんざらい寒復習 六八
かんざらえ寒ざらへ 六八
*かんざらし寒晒 九四
かんざらし寒曝 九四
*かんじき樏 一一一
*かんしじみ寒蜆 一八七
*かんしょかり甘蔗刈 一一四
かんしょかる甘蔗刈る 一一四
かんしろう寒四郎 二七
かんすき寒漉 一一四
*かんすずめ寒雀 一七三
かんすばる寒昴 三八
かんせい寒星 三八
*かんせぎょう寒施行 六八
かんせん寒泉 五五
かんそうび寒薔薇 一九三
かんたく寒柝 一一一
*かんたまご寒卵 八三
かんたまご寒玉子 八三
かんちゅう寒中 二七
*かんちゅうすいえい寒中水泳 六九
かんちゅうみまい寒中見舞 七〇
*かんちょう寒潮 五七
*かんづくり寒造 九三
*かんつばき寒椿 一九四
*かんづり寒釣 一二五
かんてん寒天 三七
かんてんさらす寒天晒す 一一二
*かんてんつくる寒天造る 一一二
かんてんほす寒天干す 一一二
かんとう寒濤 五六
かんとう寒灯 一〇〇
かんどうふ寒豆腐 九五
かんとだき関東煮 九〇
かんともし寒灯 一〇〇
かんどよう寒土用 二七
かんなぎ寒凪 三八
*かんなづき神無月 一八
かんにいる寒に入る 二六
*かんねんぶつ寒念仏 一五四
かんねんぶつ寒念仏 一五四
かんのあめ寒の雨 四三
*かんのいり寒の入 二六
かんのうち寒の内 二七
*かんのみず寒の水 五五
かんのもち寒の餅 八一
かんのり寒海苔 九三
*かんぱ寒波 三三
かんばい寒梅 一九一
かんぱく寒波来 三三
かんばれ寒晴 三六
*かんびき寒弾 六九
かんひざくら寒緋桜 一九三
かんひでり寒旱 三七
かんびより寒日和 三六
かんびらめ寒鮃 一八四
*かんぷう寒風 四〇
*かんぶな寒鮒 一八五
かんぶり寒鰤 一八一
*かんべに寒紅 六九

かんぼ寒暮　二九
かんぼう感冒　一三〇
かんぼく寒木　二〇四
かんほくと寒北斗　三八
＊かんぼけ寒木瓜　一九七
＊かんぼたん寒牡丹　一九三
＊かんまいり寒参　一五四
＊かんみまい寒見舞　七〇
かんもうで寒詣　一五四
＊かんもち寒餅　八一
かんや寒夜　二九
かんやいと寒灸　七〇
かんゆやけ寒夕焼　五〇
かんらい寒雷　四九
＊かんりん寒林　二〇四
かんれい寒冷　三〇
かんわらび寒蕨　二二一

き

きくかる菊枯る　二一一
きた北風　四〇
＊きたおろし北颪　四〇
きたおろし北下し　四〇
＊きたかぜ北風　四〇
きたきつね北狐　一六六
きたふく北吹く　四〇
きたふさぐ北塞ぐ　九七
＊きたまどふさぐ北窓塞ぐ　九七
＊きつね狐　一六六
きつねのちょうちん狐の提灯　六一
＊きつねび狐火　六一
きつねわな狐罠　一一九
きびかり甘蔗刈　一一四
＊きぶくれ着ぶくれ　七三
きゅうとう九冬　一七
ぎゅうなべ牛鍋　八八
きょういも京芋　二一四
きりごたつ切炬燵　一〇五
＊きりぼし切干　九五
きりぼしだいこん切干大根　九五
きんか近火　一一三
きんびょう金屛　一〇三
ぎんびょう銀屛　一〇三
きんびょうぶ金屛風　一〇三
ぎんびょうぶ銀屛風　一〇三
＊きんめだい金目鯛　一八二
＊きんろうかんしゃのひ勤労感謝の日　一三六

く

＊くうやき空也忌　一五七
＊くきづけ茎漬　九三
くきのいし茎の石　九三
くきのおけ茎の桶　九三
くきのみず茎の水　九三
くぐい鵠　一七九
くさかる草枯る　二一九
＊くさめ嚔　一一三
ぐじぐじ　一八二
くしゃみくしゃみ　一一三
＊くじら鯨　一六九
＊くずさらし葛晒　九四
＊くずゆ葛湯　八二
＊くすりぐい薬喰　八三
＊くちきり口切　一〇九
＊くま熊　一六六
くまあなにいる熊穴に入る　一六六
くまうち熊打　一一八
くまおくり熊送り　一三九

くまつき熊突　一八
くまで熊手　一四五
くまでいち熊手市　一四五
くまのこ熊の子　一六六
＊くままつり熊祭　一三九
＊くりすますクリスマス　一五五
＊くりすますろーずクリスマスローズ　二三
くるいざき狂ひ咲き　一九二
くるいばな狂ひ花　一九二
くれいち暮市　六三
くれはやし暮早し　一八
くわかる桑枯る　二〇四

け

けいと毛糸　八〇
＊けいとあむ毛糸編む　八〇
けいとうかる鶏頭枯る　二一七
けいとだま毛糸玉　八〇
＊けがわ毛皮　七五
けがわうり毛皮売　七五
けがわてん毛皮店　七五
＊けごろも毛衣　七四
けさのふゆ今朝の冬　一九
けしずみ消炭　一〇四
けっとケット　七五
けっぴょう結氷　五八
けやきかる欅枯る　二〇四
げれんでゲレンデ　一一八
＊げんかん厳寒　一二
げんちょ玄猪　一二六
げんとう玄冬　一七
げんとう厳冬　一二

こ

こうぞさらす楮晒す　一二四
こうぞふむ楮踏む　一二四
こうぞほす楮干す　一二四
こうぞむす楮蒸す　一二四
こうたんさい降誕祭　一五五
こうやどうふ高野豆腐　九五
こーくすコークス　一〇五
こーとコート　七六
＊こおり氷　五八
こおりどうふ凍豆腐　九五
こおりどうふ氷豆腐　九五
こおりばし氷橋　五八
＊こおる凍る　一二
こおる氷る　一二
＊こがらし凩　一一九
こがらし木枯　一一九
こくかん酷寒　一二
ごくかん極寒　一二
ごくげつ極月　一二
こごめゆき小米雪　四六
こごりぶな凝鮒　九一
こしょうじ腰障子　一〇一
こしぶとん腰蒲団　七二
ごしょうき御正忌　一五二
＊こたつ炬燵　一〇五
こたつねこ炬燵猫　一六八
＊こつごもり小晦日　二五
＊ことはじめ事始　一二八
こなゆき粉雪　四六
＊このは木の葉　二〇一
このはあめ木の葉雨　二〇一
＊このはがみ木の葉髪　一三
このはしぐれ木の葉時雨　二〇一
このはちる木の葉散る　二〇一

＊このわた海鼠腸　九三
＊こはる小春　二〇
こはるび小春日　二〇
こはるびより小春日和　二〇
＊こまい氷下魚　一八三
こまいじる氷下魚汁　一八三
こまいつり氷下魚釣　一八三
こもちだら子持鱈　一八一
こもまき菰巻　九九
こゆき小雪　四六
こゆき粉雪　四六
＊ごようおさめ御用納　六六
こよぎ小夜着　七一
こよみうり暦売　一二〇
こよみのはて暦の果　一二〇
こよみはつ暦果つ　一二〇
ころくがつ小六月　二〇
こんにゃくだま蒟蒻玉　一二五
こんにゃくだまほる蒟蒻玉掘る　一二五
こんにゃくほす蒟蒻干す　一二五
＊こんにゃくほる蒟蒻掘る　一二五

さ

さいばん歳晩　三三
さいぼ歳暮　三三
さいまつ歳末　三三
さぎあし鷺足　一二七
さくらずみ佐倉炭　一〇四
さくらずみ桜炭　一〇四
＊さくらなべ桜鍋　八九
ささご笹子　一七一
＊ささなき笹鳴　一七一
ささめゆき細雪　四六
＊さざんか山茶花　一九五
さしば刺羽　一六九
さつお猟夫　一一八
＊さとかぐら里神楽　一四七
＊ざぼん朱欒　一九九
さむさ寒さ　三〇
＊さむし寒し　三〇
さむぞら寒空　三七
＊さめ鮫　一七九
＊さゆ冴ゆ　三一
さよしぐれ小夜時雨　四二
さよちどり小夜千鳥　一七六
さんかん三寒　三三
＊さんかんしおん三寒四温　三三
さんたくろーすサンタクロース　一五五
さんとう三冬　一七
さんのとり三の酉　一四五

し

＊しおざけ塩鮭　九三
しおびき塩引　九三
しおん四温　三三
しおんびより四温日和　三三
しかがり鹿狩　一一八
しきがわ敷皮　七五
＊しきまつば敷松葉　一〇九
しぐるる時雨る　四二
＊しぐれ時雨　四二
しぐれき時雨忌　一五六
しぐれづき時雨月　一八
しごとおさめ仕事納　六六
ししがり猪狩　一一八
ししなべ猪鍋　八九

＊ししゃも柳葉魚　一八三
ししゃもししやも　一八三
じぜんなべ慈善鍋　六五
＊しだかり歯朶刈　一一二
しだかり羊歯刈　一一二
しだかる歯朶刈る　一一二
＊しちごさん七五三　一二七
＊しばれるしばれる　一一二
じふぶき地吹雪　四八
しまいこうぼう終弘法　一四八
＊しまいだいし終大師　一四八
＊しまいてんじん終天神　一四八
＊しみどうふ凍豆腐　九五
しむ凍む　一二
しめいわい七五三祝　一二七
＊しめかざる注連飾る　六六
＊しめつくり注連作　一一二
しめつくる注連作る　一一二
しめなう注連綯ふ　一一二
しめはる注連張る　六六
＊しも霜　四五
しもおおい霜覆　九七
しもがこい霜囲　九七
しもがる霜枯る　二〇七
＊しもがれ霜枯　二〇七
しもぎく霜菊　二〇八
しもしずく霜雫　四五
＊しもつき霜月　一一
しもどけ霜解　四五
しものこえ霜の声　四五
しものはな霜の花　四五
＊しもばしら霜柱　七五
しもばれ霜晴　四五
しもばれ霜腫　一一二
＊しもやけ霜焼　一一二
＊しもよ霜夜　二九
＊しもよけ霜除　九七
＊しゃかいなべ社会鍋　六五
じゃけつジャケツ　七六
じゃのひげのみ蛇の鬚の実　一二三
しゃんつぇシャンツェ　一一八
＊じゃんぱージャンパー　七六
＊じゅういちがつ十一月　一八
＊じゅうたん絨緞　一〇三
じゅうたん絨毯　一〇三
＊じゅうにがつ十二月　一二
じゅうにがつようか十二月八日　一二六
＊じゅうや十夜　一五〇
じゅうやがね十夜鉦　一五〇
じゅうやがゆ十夜粥　一五〇
じゅうやでら十夜寺　一五〇
じゅうやばば十夜婆　一五〇
じゅうやほうよう十夜法要　一五〇
しゅとう手套　七九
じゅひょう樹氷　四四
じゅひょうりん樹氷林　四四
しゅぷーるシュプール　一二八
しゅりょう狩猟　一一八
しゅろ手炉　一〇七
しゅんせいき春星忌　一五九
しょうがつことはじめ正月事始　一二八
＊しょうかん小寒　二七
＊しょうじ障子　一〇一
＊しょうせつ小雪　二〇
じょうどうえ成道会　一五三
しょうりんき少林忌　一五六
＊しょーるショール　七九

じょじつ除日 二五
じょせつ除雪 九九
じょせつしゃ除雪車 九九
しょそき初祖忌 一五六
しょとう初冬 八
＊じょや除夜 二六
＊じょやのかね除夜の鐘 一五三
じょやもうで除夜詣 一四九
しらいき白息 一三
しろしょうじ白障子 一〇一
しろたび白足袋 八〇
しろぶすま白襖 一〇三
＊しわす師走 二三
しわぶき咳 一三
しわぶく咳く 一三
しんせつ新雪 四六
＊しんのうさい神農祭 一四六
しんのうのとら神農の虎 一四六
＊しんのり新海苔 九三
しんらんき親鸞忌 一五二

す

＊すいせん水仙 二〇九
すいせんか水仙花 二〇九
すがきす酢牡蠣 一六六
＊すがもりすが漏り 一一三
＊すきースキー 一三八
すきーうえあスキーウエア 一三八
すきーじょうスキー場 一三八
すきーばすスキーバス 一三八
すきーぼうスキー帽 一三八
すきーやースキーヤー 一三八
すきーやどスキー宿 一三八
すきーれっしゃスキー列車 一三八
＊すきまかぜ隙間風 四一
＊すきやき鋤焼 八八
ずくづく 一七四
＊すぐき酢茎 九三
すぐきうり酢茎売 九三
すけーたースケーター 一三九
＊すけーとスケート 一三九
すけーとぐつスケート靴 一三九
すけーとじょうスケート場 一三九
すけそうだら助宗鱈 一八一
すけとうだら介党鱈 一八一
すすごもり煤籠 六三
すすだけ煤竹 六三
すすにげ煤逃 六三
すすはき煤掃 六三
＊すすはらい煤払 六三
すすゆ煤湯 六三
すちーむスチーム 一〇三
＊すとーぶストーブ 一〇三
すとーるストール 七九
すのーぼーどスノーボード 一三八
＊すみ炭 一〇四
すみかご炭籠 一〇四
すみがま炭竈 一一三
すみだわら炭俵 一〇四
すみとり炭斗 一〇四
すみのじょう炭の尉 一〇四
すみび炭火 一〇四
＊すみやき炭焼 一一三
すみやきがま炭焼竈 一一三
すみやきごや炭焼小屋 一一三
＊ずわいがにずわい蟹 一六六

せ

せいか聖菓 一五五

せいじゅ聖樹 一五五
せいじょ青女 四五
＊せいそんき青邨忌 一六二
せいぼ歳暮 三
＊せいほき青畝忌 一六二
せいや聖夜 一五五
せいやげき聖夜劇 一五五
＊せーたーセーター 七六
＊せき咳 一二一
＊せきたん石炭 一〇五
せく咳く 一二一
せたがやぼろいち世田谷ぼろ市 六二
せちぎこり節木樵 六五
＊せつげん雪原 五三
＊せつぶん節分 三四
せつれい雪嶺 五三
＊せなぶとん背蒲団 七二
＊せんりょぅ千両 二一〇
せんりょぅ仙蓼 二一〇

そ

＊そぅじょぅき草城忌 一六四
＊ぞぅすい雑炊 八四
＊そうせきき漱石忌 一六一
＊そうばい早梅 一九一
そこびえ底冷 三〇
そでなし袖無 七二
＊そばがき蕎麦搔 八二
＊そり橇 一三三
そり雪車 一三三
そり雪舟 一三三

た

たいか大火 一一三
＊だいかん大寒 二七
だいこ大根 二一五
だいこあらぅ大根洗ふ 一一六
だいこうま大根馬 一一四
＊だいこたき大根焚 一五三
だいこぬく大根抜く 一一四
だいこばた大根畑 二一五
だいこひき大根引 一一四
だいこひく大根引く 一一四
だいこほす大根干す 一一六
たいこやき太鼓焼 八五
＊だいこん大根 二一五
＊だいこんあらぅ大根洗ふ 一一六
だいこんつく大根漬く 九五
＊だいこんばたけ大根畑 二一五
＊だいこんひき大根引 一一四
＊だいこんほす大根干す 一一六
たいしゅん待春 三四
＊たいせつ大雪 三
＊たいまつあかし松明あかし 一四四
＊たいやき鯛焼 八五
＊たか鷹 一六九
たかあし高足 一二七
＊たかがり鷹狩 一一九
たかじょぅ鷹匠 一一九
たかの鷹野 一一九
たきいつ滝凍つ 六〇
たきかる滝涸る 五四
たきこおる滝凍る 六〇
＊たきび焚火 一一一
＊たくあん沢庵 九五
たくあんつく沢庵漬く 九五
たくあんづけ沢庵漬 九五
＊たけぅま竹馬 一二七

＊たたみがえ畳替 一〇一
たたらまつり蹈鞴祭 一四五
＊たっぺ竹瓮 一二〇
＊たどん炭団 一〇四
＊たぬき狸 一六七
＊たぬきじる狸汁 八六
たぬきわな狸罠 一一九
＊たび足袋 八〇
たまあられ玉霰 四三
＊たまござけ玉子酒 八三
たまござけ卵酒 八三
＊たら鱈 一八一
たら雪魚 一八一
たらば鱈場 一八一
たるひ垂氷 五九
＊だるまき達磨忌 一五六
＊たんじつ短日 六八
たんぜん丹前 七四
だんつう緞通 一〇三
＊たんばい探梅 一三五
たんばいこぅ探梅行 一三五
＊たんぽ湯婆 一〇八
＊だんぼぅ暖房 一〇三
だんぼぅ煖房 一〇三
だんぼぅしゃ暖房車 一〇三
だんろ暖炉 一〇三

ち

＊ちかまつき近松忌 一五八
＊ちちぶよまつり秩父夜祭 一四六
ちとせあめ千歳飴 一三七
＊ちどり千鳥 一七六
ちどり鵆 一七六
＊ちゃのはな茶の花 一九六
＊ちゃんちゃんこちゃんちゃんこ 七二
ちりもみじ散紅葉 二〇〇
ちんもち賃餅 六五

つ

＊ついな追儺 一三九
つきさゆ月冴ゆ 三七
つきのわぐま月の輪熊 一六六
つたかる蔦枯る 二〇四
＊つめたし冷たし 三〇
つよしも強霜 四五
＊つらら氷柱 五九
つりな吊菜 一一七
＊つる鶴 一七八
＊つわのはな石蕗の花 一二〇
つわのはな槖吾の花 一二〇
つわぶきのはな石蕗の花 一二〇

て

てあぶり手焙 一〇七
＊ていとくき貞徳忌 一五八
てそり手橇 一一三
てっちりてつちり 八六
＊てぶくろ手袋 七九
でんきもぅふ電気毛布 七五

と

とぅこ凍湖 五八
＊とぅこぅ冬耕 一一三
＊とぅじ冬至 二三
とぅじかぼちゃ冬至南瓜 八四
＊とぅじがゆ冬至粥 八四
とぅじばい冬至梅 一九一
とぅじぶろ冬至風呂 八四

とうじゆ冬至湯　八四
とうしょう凍傷　一三
とうせいき桃青忌　一五六
とうてい冬帝　一七
とうてん冬天　三七
*とうみん冬眠　一六六
*とうれい冬麗　一一
*とうろうかる蟷螂枯る　一八七
とおかじ遠火事　二一
としあゆむ年歩む　二四
としおくる年送る　二四
*としおしむ年惜しむ　二五
としおとこ年男　一三九
としぎうり年木売　六五
としぎきる年木伐る　六五
*としぎこり年木樵　六五
としぎつむ年木積む　六五
としくる年暮る　二一
*としこし年越　一六
としこしそば年越蕎麦　六七
*としこしのはらえ年越の祓　一四九
としこしまいり年越参　一四九
*としこしもうで年越詣　一四九
としこす年越す　一六
*としごもり年籠　一五〇
としつまる年詰まる　二一
としながる年流る　二四
*としのいち年の市　六三
としのいち歳の市　六三
*としのうち年の内　二四
*としのくれ年の暮　二一
としのせ年の瀬　二一
としのはて年の果　二一
としのまめ年の豆　一三九
としのよ年の夜　一六
*としまもる年守る　六七
としもる年守る　六七
としゆく年逝く　二四
*としようい年用意　六三
どじょうほり泥鰌掘　二一
*どじょうほる泥鰌掘る　二一
*としわすれ年忘　一六
どてなべ土手鍋　九〇
*どてら褞袍　七四
とふぎょ杜父魚　一八三
*とらひこき寅彦忌　一六三
*とりのいち酉の市　一四五
とりのまち酉の町　一四五
とんびとんび　七七

な

なぐさかる名草枯る　二一七
なづけ菜漬　九二
*なっとじる納豆汁　八六
*なのきかる名の木枯る　二〇四
*なのくさかる名の草枯る　二一七
*なべやき鍋焼　八六
なべやきうどん鍋焼饂飩　八六
*なまこ海鼠　一八六
なまこぶね海鼠舟　一八六
*なみのはな波の花　六〇
なやらいなやらひ　一三九
*ならいならひ　四一
ならい北風　四一
なるたきのだいこたき鳴滝の大根焚　一五三
*なわとび縄飛　一二七
なわとび縄跳　一二七
なわなう縄綯ふ　一二一

に

にお鳰　一七七
におどりにほどり　一七七
＊にごり煮凝　九一
にしきだい錦鯛　一八二
にじゅうまわし二重廻し　七七
にちれんき日蓮忌　一五一
＊にっきかう日記買ふ　一一〇
にっきはつ日記果つ　一一〇
にっこうしゃしん日光写真　一二六
にのとり二の酉　一四五
＊にんじん人参　二一五
にんじん胡蘿蔔　二一五

ぬ

ぬのこ布子　七二
ぬまかる沼涸る　五四

ね

＊ねぎ葱　二一三
ねぎじる葱汁　八七
ねぎばたけ葱畑　二一三
ねこひばち猫火鉢　一〇七
＊ねざけ寝酒　八二
ねぶか根深　二一三
＊ねぶかじる根深汁　八七
ねゆき根雪　四六
ねんない年内　二四
ねんないりっしゅん年内立春　二四
＊ねんねこねんねこ　七三
ねんねこばんてんねんねこばんてん　七三
ねんまつ年末　二一三
＊ねんまつしょうよ年末賞与　六二
ねんまつてあて年末手当　六二

の

のうさぎ野兎　一六八
のずいせん野水仙　二〇九
のすり鵟　一六九
のせぎょう野施行　六八
のそ犬橇　一一三
＊のっぺいじるのつぺい汁　八七
のっぺじるのつぺ汁　八七

は

はかかこう墓囲ふ　九八
＊はきおさめ掃納　七〇
はぎかる萩枯る　二一八
＊はきょうき波郷忌　一六〇
＊はくさい白菜　二一三
＊はくちょう白鳥　一七九
＊はごいたいち羽子板市　一二八
ばしょうかる芭蕉枯る　二二一
＊ばしょうき芭蕉忌　一五六
ばしょうきばせを忌　一五六
はすかる蓮枯る　二一二
＊はすね蓮根　二一六
はすねほり蓮根掘　二一五
＊はすねほる蓮根掘る　二一五
はすのほね蓮の骨　二一二
はすほり蓮掘　二一五
ばそり馬橇　一一三
はだかぎ裸木　二〇五
はだかまいり裸参　一五四
＊はたはた鰰　一八〇
はたはた雷魚　一八〇

はたはた鱩 一八〇
*はちたたき鉢叩 一五一
はつあられ初霰 四三
*はつごおり初氷 五八
*はつしぐれ初時雨 四二
*はつしも初霜 四五
はつしもづき初霜月 一八
*はつふゆ初冬 一八
*はつゆき初雪 四六
はなあろえ花アロエ 二三
はなかぜ鼻風邪 一三〇
はなひいらぎ花柊 二〇八
はなひるはなひる 一三一
はなびわ花枇杷 一九九
はなみず鼻水 一三一
はなやさい花椰菜 二一三
はなやつで花八手 一九五
はねぎ葉葱 二一三
はねずみ跳炭 一〇四
*はぼたん葉牡丹 二〇九
はまちどり浜千鳥 一七六
はやぶさ隼 一六九
はやりかぜ流行風邪 一三〇
はりおさむ針納む 一二八
はりおさめ針納 一二八
*はりくよう針供養 一二八
はりまつり針祭 一二八
はりまつる針祭る 一二八
はるじたく春支度 六二
*はるちかし春近し 三四
はるとおからじ春遠からじ 三四
はるどなり春隣 三四
*はるまつ春待つ 三四
ばんどり晩鳥 一六八

ひ

*ひあしのぶ日脚伸ぶ 三三
ひーたーヒーター 一〇三
*ひいらぎさす柊挿す 一四〇
*ひいらぎのはな柊の花 二〇八
ひおけ火桶 一〇七
ひかぶら緋蕪 二一五
*ひかん避寒 一二四
ひかんざくら緋寒桜 一九二
ひかんち避寒地 一二四
ひかんやど避寒宿 一二四
ひぐま羆 一六六
ひけしつぼ火消壺 一〇四
*ひさじょき久女忌 一六三
ひせつ飛雪 四六
ひともじ一文字 二一三
*ひなたぼこ日向ぼこ 一三五
ひなたぼこり日向ぼこり 一三五
ひなたぼっこ日向ぼっこ 一三五
びにーるはうすビニールハウス 一一七
*ひのばん火の番 一一一
ひば干葉 一一七
*ひばち火鉢 一〇七
*ひび胼 一三三
ひびぐすり胼薬 一三三
ひふ被布 七六
ひみじか日短 一八
ひもかがみ氷面鏡 五八
ひょうかい氷海 五八
ひょうこ氷湖 五八
ひょうこう氷江 五八
ひょうばく氷瀑 六〇
*びょうぶ屛風 一〇三

＊ひらめ鮃　一八四
ひるかじ昼火事　一三三
＊ひれざけ鰭酒　八一
＊びわのはな枇杷の花　一九九
びんちょうたん備長炭　二〇四

ふ

＊ふいごまつり鞴祭　一四五
＊ぶーつブーツ　七九
ふか鱶　一七九
ふかしも深霜　四五
ふくふく　一八四
＊ふぐ河豚　一八四
＊ふぐじる河豚汁　八六
ふぐちりふぐちり　八六
ふぐとふぐと　一八四
ふぐとじるふぐと汁　八六
ふぐなべふぐ鍋　八六
ふぐのやど河豚の宿　八六
ふくはうち福は内　一三九
ふくらすずめふくら雀　一七三
ふぐりおとしふぐりおとし　一四一
ふくろふくろ　一七三
＊ふくろう梟　一七三
＊ふしづけ柴漬　一三〇
＊ふすま衾　七一
＊ふすま襖　一〇三
＊ぶそんき蕪村忌　一五九
＊ふださめ札納　一四八
ぶどうかる葡萄枯る　二〇四
＊ふところで懐手　一三四
＊ふとん蒲団　七三
ふとん布団　七三
ふとんほす蒲団干す　七三
＊ふぶき吹雪　四八
ふぶく吹雪く　四八
＊ふゆ冬　一七
ふゆあおぞら冬青空　二七
ふゆあかつき冬暁　一八
ふゆあかね冬茜　五〇
ふゆあけぼの冬曙　一八
＊ふゆあさし冬浅し　一九
＊ふゆあたたか冬暖か　二一
＊ふゆあんご冬安居　一五三
＊ふゆいちご冬苺　二〇七
ふゆうらら冬うらら　二一
＊ふゆおわる冬終る　三四
ふゆがこい冬囲　九六
＊ふゆがすみ冬霞　五〇
＊ふゆがまえ冬構　九六
＊ふゆかもめ冬鷗　一七八
ふゆがらす冬鴉　一七三
＊ふゆがれ冬枯　二〇六
ふゆかわ冬川　五六
＊ふゆき冬木　二〇三
ふゆぎ冬着　七一
ふゆきかげ冬木影　二〇三
ふゆぎく冬菊　二〇八
ふゆきたる冬来る　一九
ふゆきのめ冬木の芽　二〇七
ふゆきみち冬木道　二〇三
ふゆぎり冬霧　五〇
ふゆぎんが冬銀河　三八
ふゆく冬来　一九
＊ふゆくさ冬草　二一七
ふゆぐも冬雲　二七
＊ふゆげしき冬景色　五四
ふゆこだち冬木立　二〇三
＊ふゆごもり冬籠　九六

ふゆざくら　冬桜　一九二
＊ふゆざしき　冬座敷　一〇一
ふゆさる　冬去る　二四
ふゆざるる　冬ざるる　一九
＊ふゆざれ　冬ざれ　一九
ふゆじお　冬潮　五七
ふゆしゃつ　冬シャツ　七一
ふゆしょうぐん　冬将軍　一七
ふゆすすき　冬芒　二一九
ふゆすずめ　冬雀　一七二
＊ふゆすみれ　冬菫　二一一
＊ふゆそうび　冬薔薇　一九三
ふゆぞら　冬空　二七
＊ふゆた　冬田　五四
ふゆたつ　冬立つ　一九
ふゆたみち　冬田道　五四
＊ふゆたんぽぽ　冬蒲公英　二一一
ふゆちょう　冬蝶　一八七
ふゆつく　冬尽く　二四
ふゆつばき　冬椿　一九四
ふゆどとう　冬怒濤　五六
ふゆともし　冬灯　一〇〇
ふゆどり　冬鳥　一七〇
＊ふゆな　冬菜　二一二
＊ふゆなぎ　冬凪　二八
ふゆなばた　冬菜畑　二一二
ふゆなみ　冬波　五六
ふゆなみ　冬濤　五六
ふゆにいる　冬に入る　一九
ふゆぬくし　冬ぬくし　二一
＊ふゆの　冬野　五三
＊ふゆのあさ　冬の朝　一八
＊ふゆのあめ　冬の雨　四三
ふゆのいずみ　冬の泉　五五
＊ふゆのうぐいす　冬の鶯　一七一
＊ふゆのうみ　冬の海　五六
＊ふゆのうめ　冬の梅　一九一
＊ふゆのかり　冬の雁　一七〇
＊ふゆのかわ　冬の川　五六
＊ふゆのきり　冬の霧　五〇
ふゆのくさ　冬の草　二一七
＊ふゆのくも　冬の雲　二七
＊ふゆのくれ　冬の暮　二九
ふゆのしお　冬の潮　五七
ふゆのその　冬の園　五四
＊ふゆのそら　冬の空　二七
＊ふゆのたき　冬の滝　六〇
＊ふゆのちょう　冬の蝶　一八七
＊ふゆのつき　冬の月　二七
＊ふゆのとり　冬の鳥　一七〇
ふゆのなぎさ　冬の渚　五六
＊ふゆのなみ　冬の波　五六
＊ふゆのにじ　冬の虹　五一
ふゆのにわ　冬の庭　五四
＊ふゆのはえ　冬の蠅　一八八
＊ふゆのはち　冬の蜂　一八八
ふゆのはなわらび　冬の花蕨　二一二
ふゆのはま　冬の浜　五六
＊ふゆのひ　冬の日（時候）　一八
＊ふゆのひ　冬の日（天文）　三六
＊ふゆのひ　冬の灯　一〇〇
＊ふゆのほし　冬の星　三八
ふゆのみさき　冬の岬　五六
＊ふゆのみず　冬の水　五五
＊ふゆのむし　冬の虫　一九九
＊ふゆのもず　冬の鵙　一七一
＊ふゆのもや　冬の靄　五〇
＊ふゆのやま　冬の山　五三
ふゆのゆう　冬の夕　二九

ふゆのゆうべ冬の夕べ　二九
＊ふゆのゆうやけ冬の夕焼　五〇
＊ふゆのよ冬の夜　二九
＊ふゆのらい冬の雷　四九
ふゆばえ冬蠅　一八八
ふゆはじめ冬初め　一八
ふゆばち冬蜂　一八八
ふゆはつ冬果つ　二四
ふゆばら冬薔薇　一九二
＊ふゆばれ冬晴　二六
ふゆひ冬日　二六
ふゆひかげ冬日影　二六
＊ふゆひでり冬旱　二七
ふゆひなた冬日向　二六
＊ふゆひばり冬雲雀　一七一
ふゆびより冬日和　二六
＊ふゆふかし冬深し　二二
＊ふゆふく冬服　七一
ふゆぼう冬帽　七七
＊ふゆぼうし冬帽子　七七
ふゆほくと冬北斗　二八
ふゆぼたん冬牡丹　一九二
ふゆまんげつ冬満月　二七
ふゆみかづき冬三日月　二七
＊ふゆめ冬芽　二〇七
＊ふゆめく冬めく　二一
＊ふゆもえ冬萌　二二三
＊ふゆもみじ冬紅葉　二〇〇
ふゆもや冬靄　五〇
＊ふゆやかた冬館　九六
＊ふゆやすみ冬休　六八
ふゆやま冬山　五二
ふゆやまじ冬山路　五二
ふゆゆうべ冬夕べ　二九
ふゆゆうやけ冬夕焼　五〇
ふゆゆやけ冬夕焼　五〇
＊ふゆりんご冬林檎　一九九
＊ふゆわらび冬蕨　一一二
＊ぶり鰤　一八一
ぶりあみ鰤網　一八一
＊ぶりおこし鰤起し　四九
ぶりつる鰤釣る　一八一
ぶりば鰤場　一八一
＊ふるごよみ古暦　一一〇
ぶるぞんブルゾン　七六
ふるにっき古日記　一一〇
ふれーむフレーム　一一七
＊ぶろっこりーブロッコリー　二二三
＊ふろふき風呂吹　九二
ふろふきだいこん風呂吹大根　九二
ぶんたん文旦　一一九

へ

＊へきごとうき碧梧桐忌　一六四
ぺちかペチカ　一〇三

ほ

＊ぽいんせちあポインセチア　一九七
＊ほうおんこう報恩講　一五三
ぼうねんかい忘年会　六六
＊ほうぼう魴鮄　一八〇
ほうよう放鷹　一一九
＊ほおおちば朴落葉　二〇三
ほおかぶり頰被　七八
＊ほおかむり頰被　七八
ぼーなすボーナス　六三
＊ほげい捕鯨　一一二
ほげいせん捕鯨船　一一二
ほしざけ干鮭　九二

ほしさゆ星冴ゆ　三八
ほしだいこん干大根　二一六
＊ほしな干菜　二一七
＊ほしなじる干菜汁　八七
ほしなぶろ干菜風呂　二一七
ほしなゆ干菜湯　二一七
ほしぶとん干蒲団　七二
ぼせつ暮雪　四六
＊ほた榾　二〇七
ほたあかり榾明り　二〇七
ほたのぬし榾の主　二〇七
ほたのやど榾の宿　二〇七
ほたび榾火　二〇七
ぼたんくよう牡丹供養　二三七
＊ぼたんたきび牡丹焚火　二三七
ぼたんたく牡丹焚く　二三七
＊ぼたんなべ牡丹鍋　八九
ほどまつり火床祭　一四五
ぼや小火　一一二
ほりごたつ掘炬燵　一〇五
＊ぼろいちぼろ市　六三
ぼんたん文旦　一九九

ま

まがき真牡蠣　一八六
まがも真鴨　一七五
まくらびょうぶ枕屛風　一〇三
＊まぐろ鮪　一八〇
＊ますくマスク　八〇
まだら真鱈　一八一
まつあかし松明し　一四四
まつかざる松飾る　六四
まつばがに松葉蟹　一八六
まふゆ真冬　三三
まふらーマフラー　七八
まめうち豆打　一三九
まめたん豆炭　一〇四
まめまき豆撒　一三九
＊まんとマント　七七
まんどう万灯　一五一
＊まんりょう万両　二一〇

み

みかぐら御神楽　一四七
＊みかん蜜柑　一九八
みかんやま蜜柑山　一九八
みざけ身酒　八一
＊みずかる水涸る　五四
＊みずとり水鳥　一七五
＊みずばな水洟　一三一
＊みずもち水餅　八一
みせんりょう実千両　二一〇
＊みそかそば晦日蕎麦　六七
＊みそさざい鷦鷯　一七四
みそさざい三十三才　一七四
みそしこむ味噌仕込む　一二三
みそたき味噌焚　一二三
＊みそつき味噌搗　一二三
みそつく味噌搗く　一二三
みそつくる味噌作る　一二三
みぞる霙る　四四
＊みぞれ霙　四四
みまんりょう実万両　二一〇
みみあて耳当　七六
みみかけ耳掛　七六
＊みみずく木菟　一七四
＊みみぶくろ耳袋　七六
＊みやこどり都鳥　一七七

みゆき深雪　四六
みゆきばれ深雪晴　四六
みわたり御渡り　六二

む

＊むぎのめ麦の芽　二一六
＊むぎまき麦蒔　一二五
むぎまく麦蒔く　一二五
＊むささび鼯鼠　一六八
むしろおる筵織る　三一
むつのはな六花　四六
＊むひょう霧氷　四四
むひょうりん霧氷林　四四
むらしぐれ村時雨　四三
むれちどり群千鳥　一七六
＊むろざき室咲　一九七
むろのはな室の花　一九七

め

めかりねぎ和布刈禰宜　一四九
＊めかりのしんじ和布刈神事　一四九
＊めばり目貼　九七

も

＊もぅふ毛布　七五
＊もがりぶえ虎落笛　四一
もち餅　六五
もちくばり餅配　六五
もちごめあらぅ餅米洗ふ　六五
＊もちつき餅搗　六五
もちつきぅた餅搗唄　六五
もちむしろ餅筵　六五
＊もみじちる紅葉散る　二〇〇
もみじなべ紅葉鍋　八三
ももんがももんが　一六八
もろがえり蒼鷹　一六九

や

＊やきいも焼藷　八五
やきいも焼芋　八五
やきいもや焼藷屋　八五
＊やきとり焼鳥　九一
やくおとし厄落　一四一
＊やくはらい厄払　一四一
やくもうで厄詣　一四一
やけい夜警　一二
＊やつでのはな八手の花　一九五
やつでのはな八つ手の花　一九五
＊やどりぎ宿木　二〇六
やどりぎ寄生木　二〇六
やなぎかる柳枯る　二〇五
やはんていき夜半亭忌　一五九
やぶぅぐいす藪鶯　一七一
＊やぶこぅじ藪柑子　二二一
＊やぶまき藪巻　九九
＊やまねむる山眠る　五三
＊やみじる闇汁　八八
やみなべ闇鍋　八八
やみよじる闇夜汁　八八

ゆ

ゆうあられ夕霰　四三
ゆうしぐれ夕時雨　四三
ゆうたきび夕焚火　一二一
ゆうちどり夕千鳥　一七六
ゆかだんぼぅ床暖房　一〇三
＊ゆき雪　四六
ゆきあかり雪明り　四六

＊ゆきあそび雪遊 一二七
ゆきあんご雪安居 一五三
ゆきうさぎ雪兎 一二八
＊ゆきおこし雪起し 四九
＊ゆきおれ雪折 二〇七
＊ゆきおろし雪下し 一〇〇
ゆきおろし雪卸 一〇〇
ゆきおんな雪女 四八
＊ゆきかき雪搔 九九
ゆきがき雪垣 九八
＊ゆきがこい雪囲 九八
ゆきがっせん雪合戦 一二七
＊ゆきがっぱ雪合羽 七七
ゆきがまえ雪構 九八
＊ゆきぐつ雪沓 一一三
ゆきげしき雪景色 五四
ゆきけむり雪煙 四八
ゆきごもり雪籠 九六
＊ゆきしまき雪しまき 四九
ゆきしまく雪しまく 四九
＊ゆきじょろう雪女郎 四八
＊ゆきだるま雪達磨 一二八
ゆきつぶて雪礫 一二七
＊ゆきつり雪吊 九九
ゆきつり雪釣 一二八
ゆきの雪野 五三
ゆきのの雪の野 五三
ゆきのはら雪の原 五三
ゆきばれ雪晴 四六
ゆきばんば雪婆 一八九
ゆきぼたる雪蛍 一八九
ゆきほてい雪布袋 一二八
ゆきぼとけ雪仏 一二八
ゆきまろげ雪丸げ 一二七
＊ゆきみ雪見 一二四
ゆきみざけ雪見酒 一二四
ゆきみしょうじ雪見障子 一〇一
ゆきみの雪蓑 七七
ゆきみぶね雪見舟 一二四
＊ゆきめ雪眼 一二四
ゆきめがね雪眼鏡 一二八
＊ゆきもよい雪催 四六
＊ゆきやけ雪焼 一三三
ゆきやま雪山 五三
ゆきよけ雪除 九八
＊ゆくとし行く年 二四
ゆげたつ湯気立つ 一〇九
＊ゆげたて湯気立て 一〇九
＊ゆざめ湯ざめ 一三〇
ゆずぶろ柚子風呂 八四
＊ゆずゆ柚子湯 八四
ゆたんぽ湯たんぽ 一〇八
＊ゆどうふ湯豆腐 八三
ゆりかもめ百合鷗 一七七

よ

よかぐら夜神楽 一四七
＊よぎ夜着 七一
よこしぐれ横時雨 四三
よしも夜霜 四五
＊よせなべ寄鍋 九〇
＊よたかそば夜鷹蕎麦 八五
よたきび夜焚火 一二一
よなきうどん夜鳴饂飩 八五
よなきそば夜鳴蕎麦 八五
よばん夜番 一二一
よまわり夜廻 一二一
よわのふゆ夜半の冬 二九

ら

らがーラガー　一二九
らがーまんラガーマン　一二九
＊らぐびーラグビー　一二九
らっせるしゃラッセル車　九九
＊らんせつき嵐雪忌　一五七

り

りっか六花　四六
＊りっとう立冬　一九
りゅうかん流感　一三〇
＊りゅうのたま竜の玉　一二三
りゅうのひげのみ竜の髯の実　一二三
りょう猟　一二八
りょうかいきん猟解禁　一二八
りょうき猟期　一二八
りょうけん猟犬　一二八
りょうじゅう猟銃　一二八

る

るすのみや留守の宮　一四三
るすもうで留守詣　一四三

れ

れんこん蓮根　二一六
れんこんほる蓮根掘る　一一五
＊れんたん煉炭　一〇五

ろ

＊ろ炉　一〇六
ろあかり炉明り　一〇六
ろうげつ臘月　二三
＊ろうばい蠟梅　一九一
ろうばい臘梅　一九一
ろうはち臘八　一五二
＊ろうはちえ臘八会　一五二
ろうはちがゆ臘八粥　一五二
ろうはちせっしん臘八接心　一五二
ろうはちせっしん臘八摂心　一五二
ろがたり炉語り　一〇六
ろばなし炉話　一〇六
ろび炉火　一〇六
＊ろびらき炉開　一〇八
ろんぐぶーつロングブーツ　七九

わ

わかんじき輪樏　一一一
＊わし鷲　一七〇
わすればな忘れ花　一九二
＊わたいれ綿入　七一
わたこ綿子　七一
＊わたむし綿虫　一八九
＊わなかく罠掛く　一一九
＊わびすけ侘助　一九五
わびすけ佗助　一九五
わらぐつ藁沓　一一二
＊わらしごと藁仕事　一二一

俳句歳時記《はいくさいじき》　第五版《だいごはん》　冬《ふゆ》　【大活字版《だいかつじばん》】

2018年11月24日　初版発行
2024年２月15日　７版発行

角川書店《かどかわしよてん》 編

発行者／山下直久

発行／株式会社KADOKAWA
〒102-8177　東京都千代田区富士見2-13-3
電話　0570-002-301（ナビダイヤル）

カバー装画／ SOU・SOU「せつざん」

カバーデザイン／大武尚貴＋鈴木久美

印刷所／旭印刷株式会社

製本所／牧製本印刷株式会社

●お問い合わせ
https://www.kadokawa.co.jp/（「お問い合わせ」へお進みください）
※内容によっては、お答えできない場合があります。
※サポートは日本国内のみとさせていただきます。
※ Japanese text only

定価はカバーに表示してあります。

Printed in Japan
ISBN 978-4-04-400386-9　C0092